教育的诗意

朱永新教育序跋录

山西出版传媒集团　山西教育出版社

图书在版编目（C I P）数据

教育的诗意：朱永新教育序跋录/朱永新著．—太原：山西教育出版社，2014.5
ISBN 978－7－5440－5934－3

Ⅰ．①教…　Ⅱ．①朱…　Ⅲ．①序跋－作品集－中国－当代②教育学－文集　Ⅳ．①I267　②G40－53

中国版本图书馆 CIP 数据核字（2013）第 069856 号

教育的诗意：朱永新教育序跋录
JIAOYU DE SHIYI：ZHU YONGXIN JIAOYU XUBA LU

责任编辑　李梦燕
复　　审　彭琼梅
终　　审　张沛泓
装帧设计　王耀斌　陶雅娜
印装监制　贾永胜

出版发行　山西出版传媒集团・山西教育出版社
（太原市水西门街馒头巷 7 号　电话：4035711　邮编：030002）
印　　装　山西人民印刷有限责任公司
开　　本　787 × 1092　1/16
印　　张　22
字　　数　344 千字
版　　次　2014 年 5 月第 1 版　2014 年 5 月山西第 1 次印刷
印　　数　1—10 000 册
书　　号　ISBN　978－7－5440－5934－3
定　　价　45.00 元

CONTENTS 目录

一、把最美丽的童话给最美丽的童年

对于孩子们来说，童话无疑是世界上最美好的东西。我希望，孩子们能够通过童话，去感知到一个古老、久远而美好的世界，感知到一个充满神奇事物、一个真善美最终战胜假恶丑的世界，希望童话能够在他们幼小的心灵中播下一颗颗善良的种子。这些种子，日后只要有阳光雨露，迟早会生根、发芽、开花、结果。

我更希望，父母们能够抱起年幼的孩子，共同阅读、品味这些泛着时光色泽的温馨故事。把孩子抱在怀里，把书本捧在手中，在讲述故事的过程中，让孩子与书、与父母，有着最温暖的感应。这爱在流动的甜蜜时刻，将是让所有孩子一生都无法忘却的永恒。

相信童话的人，才会相信幸福，才能最终创造并拥有幸福。

二、教育，需要爱，更需要思想

在现实生活中，一线教师缺乏足够的话语权，而且承受着来自社会、父母、学生的诸多压力，不少人长期处于教育转型期的极度困惑之中，迷惘、倦怠、埋怨。但是，也总有一些人，不仅坚守在讲台，而且还坚守着内心的理想，执着地探寻通向幸福的路径。对他们来说，无论外在的教育环境多么恶劣，无论体制内的矛盾怎样尖锐，教育理想总能像火炬一样点燃心中的梦想，照亮远方的通途，让他们在前进的征途上自信、潇洒，且一路高歌。他们的故事告诉我：教育，需要爱，更需要思想。

三、让学校拥有灵魂

当下，缺失文化的教育已将儿童带入了一个他们倍感陌生、抽象、片面和异己的地带。精神的失落带来的是精神世界的浮躁、迷误、幽暗甚至荒芜，这样教出来的孩子可能是一些有知识没灵魂、有技艺没根柢、有智力没情怀的“怪物”。而解决这一危机的关键，就是真正地让学校重新发现生命的意义、文化的价值。学校是有生命的，是由充满灵性的人所汇聚成的。“教育”、“文化”、“生命”这三个词在其本质上意义相同，讨论学校文化，就是寻找一种培育年轻生命、塑造未来社会的最佳途径，让学校真正拥有灵魂。

四、生命的颜色

生命是有颜色的。生命的颜色在不同的“遭遇”下是可以变化的。我们没有办法控制生命中的各种“遭遇”，但是我们可以认识别人和我们自己的生命的颜色，我们可以帮助别人和自己书写生命的颜色，让它更加阳光、更加多彩。

五、与孩子一起成长

孩子最重要的老师是父母。在孩子来到人世以前，我们的父母就应该接受基本的教育理念，掌握基本的教育方法。而现在的父母大部分是“无照上岗”，这与没有经过驾驶训练的司机，其实没有什么区别，而且危险性更大——因为儿童的早期教育，是决定人的一生发展的关键。所以，家庭的教育，是为生命奠基的事情。在孩子走进学校大门以前，他们的人格特征、行为方式、认知风格，基本上已经开始形成或者具备了雏形。正如惠特曼所说，儿童最初看到的东西，那个东西就成为他的一部分，他就会变成那个东西。

六、教师的生活原来可以如此美丽

每个人都有两个重要的世界——情感世界与智慧世界。一个人是否幸福，是否快乐，在很大程度上取决于这两个世界的满足的情况。教师也是如此。而且，这两个世界又是互相影响的。在情感世界，如果我们的老师能够真正地把爱心给所有的孩子，真正地用心对待自己的每一次讲课、每一次与学生的沟通，他一定会感受教育的乐趣，体验教育的幸福。同时，在智慧的世界，他也一定会找到“把发现留给学生”的办法，让学生每一天都在期待和惊喜中度过。

乐为他人做嫁衣（代自序）

这是一本关于书的书。

这些年，为朋友的书写过不少文字。有些是为朋友的精神或者学问感动，情动于中而形之于文，甚至是我主动为朋友写的推荐；也有一些是受出版社或者朋友之托，从文字中走近这些平日我所不熟悉的人；还有一些是为了鼓励我的学生、鼓励一线的新教育同仁而写出的感言。

最近在整理自己的著作时，发现这一类文字竟然已经有一百余篇。于是，就想到出一本序跋集。这些文字缘起不一，但内容基本上离不开教育，因此称之为教育序跋。

序跋是序和跋的总称。序，有自序和他序之分，又称叙、叙文、叙言、序言、序文、引、引言、前言、导言等。在古代，序多放在书的后面，现在则放在书的前面，而把放在书后面的序称为后序或跋。序跋的内容、体例大致相同，基本上是交代书之缘起、撰写经过、编写体例、书之价值等，因而一般合称序跋文。最有趣的是梁启超先生为别人的书作序的时候，序言竟然比正文的文字还多，最后不得不单独成书。

序跋是我比较喜欢看的一种文体。谢大光先生在《序跋的念想》中曾经写道："在我为数不多的文字中，常有念想的，就是这些序跋了。它们每一篇都连着一段难忘的记忆，每每想起来，总会感觉到暖意。"徐少康先生在《爱读序跋》一文中也说："好的序跋知人谈书，回顾展望，有见地、有性情、有文采，可作文论读，可作索引读，可作传记读，更可作美文读。”两位先生的确道出了阅读序跋的个中三昧。

写序跋是一件费力的事情。序跋写得如何，全看对于这本书的感觉。因此所写的序跋虽然字数不多，但需要读许多作品，不仅要读为之写序跋的书，有时候还需要读关于这个作者和关于这本书的主题的相关著作，才能够写出高水平的序跋。

不过，写序跋通常也是一件让人开心的事情，因为写作过程往往是咀嚼友谊、回味幸福的过程。写作的过程中，我经常回忆起与作者交往的历程，回味我们曾经共同度过的时光。这本序跋中的许多文字，有的是为我尊敬的老师写的，如南通的特级教师李庾南、天津的模范班主任张万祥、北京青少年研究中心的孙云晓等；有的是为我亲密的友人写的，如高万祥、冯卫东、袁卫星、卢军等；也有的是为我优秀的学生写的，如李镇西、苏静、李庆平等；还有一些是为素不相识的网友写的，如申屠、衣奎伟、里下河等。甚至，有些是我主动要求写的，如王开东的《非常课堂》、庄惠芬的《魅力数学课堂》等。当然，也有的是我受人之托写的。

整理这本序跋集的时候，几乎每一篇文字，都让我想起许多往事：在酷热的夏天敞露着长满痱子的上身伏案写作的场面，在收到著者十万火急的邀请通宵达旦赶写序言的情景。那种赶工期的紧张，那种完成任务的轻松畅快，那种朋友之谊或师生之情，时常在心中激荡、徜徉。

因此，尽管事情越来越多，也见过李镇西博士曾经写过《不再写序》的声明，我却一直不敢。我知道我的性格做不到，我也不能够这样做。因为，在新教育的事业中，有那么多感人的故事在发生，需要记录；有那么多优秀的年轻人在成长，需要鼓励。

写序跋既辛苦，也幸福。为他人做嫁衣是一种快乐，何况做的是一件充满诗意的教育嫁衣呢？

我一直说，教育是诗意的事业。教育是一首诗，教育工作者就是诗人。教育需要我们用宗教般的虔诚和激情去工作，需要我们有诗人般的创造和灵动，需要我们像年轻人一样怀有梦想和期待。

这本小书，就是这样一件由诗意的嫁衣重新裁剪的衣裳，我也希望它能够让大家从中感受到教育之诗的激情与温暖。

朱永新

2013年4月29日凌晨

写于北京滴石斋

一、把最美丽的童话给最美好的童年

对于孩子们来说，童话无疑是世界上最美好的东西。我希望，孩子们能够通过童话，去感知到一个古老、久远而美好的世界，感知到一个充满神奇事物、一个真善美最终战胜假恶丑的世界，希望童话能够在他们幼小的心灵中播下一颗颗善良的种子。这些种子，日后只要有阳光雨露，迟早会生根、发芽、开花、结果。

我更希望，父母们能够抱起年幼的孩子，共同阅读、品味这些泛着时光色泽的温馨故事。把孩子抱在怀里，把书本捧在手中，在讲述故事的过程中，让孩子与书、与父母，有着最温暖的感应。这爱在流动的甜蜜时刻，将是让所有孩子一生都无法忘却的永恒。

相信童话的人，才会相信幸福，才能最终创造并拥有幸福。

摄影：薛晓哲

作者：杨明义

大教育需要大视野

——东缨《教育大乾坤》序

教育科学出版社，2012 年 8 月版

前不久，傅东缨先生来函告诉我，他撰写的大教育三部曲之二《教育大乾坤》已经杀青，即将付梓印行。

他告诉我，自己文字一生，身入教海五十载，出版了十多部教育文学书籍，但这本《教育大乾坤》，才是他用心最精、用力最深，瓜熟蒂落而集大成的作品。

他告诉我，半个世纪以来，自己一直希望能够写一本既能打通古今中外的教育，立于理性高端，又能够进入践行深处；既有如诗如画的描述，又有入木三分的思辨，高屋建瓴的发现；既能够破解困扰中国当代教育的难题，又能够绘制出重建圣园胜境的蓝图；既能够继承上世纪上半叶民族精英们的探索，又能够描绘出他自己心中的东西方教育融通之径，从而再造中华师道。

他告诉我，为此，他准备了 50 年。50 年来，他遍访 3 1 个省市及港澳台的 1 650 所学校，与 6 500 余位教育工作者进行了访谈交流，召开了 1 000 多个座谈会，走进了数千间教室听了 5 000 余节课，阅读了千余部古今中外的书籍。

他告诉我，为此，他写作了 5 年。5 年来，他数易其稿，一遍遍探究，一次次增删，一回回锤炼，终于完成了这本皇皇巨著。

应该说，这本书是写出来的，更是走出来的。我目睹过东缨先生四处奔波的身影。十多年前的一个酷暑，他也到过我的办公室与我促膝长谈。我也读过东缨先生的许多作品，无论是 54 万字的《泛舟诲海》，还是 78 万字的《圣园之魂》，还是作为大教育三部曲之二的《教育大境界》，其内容之丰富、文辞之美丽，都给我留下了深刻的印象。

但是，坦率地说，这本书给我的冲击和震撼，是读他前面几部作品时所没有过的。也许，他所有的作品，都是为这本书作准备、作铺垫的。

这本书中，我看到了一个教育家的良知和焦虑。我们知道，中国教育病了，而且病得不轻。每一个关心中国教育的人，关心国家前途和命运的人，都对疗治我们的教育深怀期待。东缨的这本书，也努力在破解这个难题，试图交出他的“傅氏药方”。

在本书的坤篇，他试图探索制约教育的三大瓶颈难题，即如何汲取华夏文明的地气，如何规避知与行的分裂，如何获取西方文化的真谛。他试图从自孔子开始的中国教育思想遗产中寻求智慧，从自夸美纽斯开始的西方现代教育思想流派中寻找答案，从中西文化的交汇融合中去辨别方向。他知道，在这样一个开放的社会，应该有一个开放的胸怀，有一个真正的教育的大视野。中国教育的格局有多大，在很大程度上取决于我们的教育事业有多么开阔。

如果说坤篇更多的是理论的思考与构建，那么，本书的乾篇，则是从实践的层面研究疗治中国教育问题。他提出了三条路径——重建圣园胜境，完善理想育人园；再造师道乐土，塑造理想育人师；通向既济之路，驶入理想育人场。从学校文化与教师队伍两个重要方面，观照中国教育的变革方案，是东缨“傅氏药方" 的两帖主药，虽然不猛烈，但是很对路。

大教育需要大视野。从中医辨证施治的角度来看，中国教育的许多问题，可能还不能够完全限于教育内部。如干部人事制度的改革，劳动分配制度的改革等，已经严重制约了我们教育的发展。如果公务员录取仍然需要高学历，高考的竞争就很难停息；如果社会不同职业收入分配差距仍然如此之大，千军万马过独木桥的问题就不可能解决。另外，作为社会公平基础的教育，如果不在机会公平、过程公平和结果公平等方面有新的突破，如果不能够尽快缩小城乡之间、区域之间、重点学校与薄弱学校之间的差距，教育是很难真正走出困境的。

当然，一本书不可能包罗万象。东缨的这本书更多的是从教育内部来看教育的，从他的逻辑体系来看，这本书已经较好地完成了自己的使命，已经成功地把我们带到了一个新的教育天地。值得一提的是，这是一本文图并茂的教育理论书籍，全书精选了百余幅图片，增强了可读性。

那么，请大家与我一起走进东缨先生的教育大乾坤，领略教育世界的绮丽风光，思考教育问题的疗治之方，畅想未来教育的美好蓝图吧！

2012 年 10 月 8 日

于姑苏滴石斋

把最美好的童话给最美丽的童年

——黄蓓佳《中国童话美绘书系》序

江苏少儿出版社，2012 年 5 月版

黄蓓佳还是那么年轻，我却认识黄蓓佳很久了。

上世纪 80 年代末 90 年代初，我们曾经一起在江苏省政协的青年界别组。那个时候，我已知道她是一位优秀的作家，但出于对作家的崇敬，只是敬而远之，远远地眺望。

本世纪初，我们一起当选为中国民主促进会江苏省委副主任委员。这个时候，才知道她是大名鼎鼎的儿童文学作家，是《我要做好孩子》、《今天我是升旗手》等深受孩子喜欢的作品的作者；也才知道，她几乎囊括了包含中宣部精神文明建设"五个一工程"奖、全国优秀儿童文学奖、宋庆龄儿童文学奖、全国优秀少儿图书奖、冰心图书奖等在内的几乎所有儿童文学奖项。但由于专业领域的不同，虽然距离近了，却只是悄悄地打量。

真正地走近黄蓓佳，是读了江苏凤凰传媒集团少儿出版社寄来的由黄蓓佳撰文、一批优秀画家配图的《中国童话美绘书系》系列丛书，并由此读了她的一些成人小说。

在中国作家中，黄蓓佳是难得的"双栖"明星。有评论家说，她一直联系着两个世界，一个是童真的世界，一个是成人的世界；一个是童话的世界，一个是现实的世界，并巧妙地借助两个世界间的视点转换与音质张力，来追问人性的问题和伦理的问题。正因为始终有着童年世界的情结，她对历史变迁和世道人心的表现就充满了生命的痛感，对生命与美的消逝与毁灭、对成长的困境，充满了伤感。

黄蓓佳自己则说：“儿童文学的魅力在于它的纯美。每写完一本儿童文学，心里就像被洗过了一样，那么干净，那么透明，跟写成人文学是两种完全不同的享受。成人文学中，我会淋漓尽致地表达我对社会、对人生的看法，我生活当中不能去够到的东西，或者想了不敢去做的，我可以用文学来完成。”

其实，我更愿意把黄蓓佳看成是儿童文学作家，就像泰戈尔一样，我更愿意把他看成是儿童诗人。黄蓓佳的成人小说，其实也有着儿童精神，所以她的成人小说即使写至人性幽微处，也并不绝望，总是闪耀着人性至美之光辉。恰如老子云：复归于婴儿。她正是以儿童的独特视角来观照成人的世界，如此既烛照出荒诞，却又不至虚无。

前几年听说黄蓓佳要改写中国童话的时候，我就很开心。因为我知道，这是一件功德无量的事情。多年前意大利的著名作家伊塔洛·卡尔维诺也做过类似的事情，他努力搜寻了意大利各地区的民间故事200篇，通过重新书写使那些优秀故事得以保存。我认为，这已经远远不仅是一项文学的工作，更是一件文化的寻根与固根的事业。无疑，黄蓓佳想做中国的卡尔维诺，她肩负的是一份守望民族精神家园的沉甸甸的责任。

走近才会尊敬。当我读完经过黄蓓佳改写的《含羞草》、《牛郎织女》、《泸沽湖的儿女》、《住在橘子里的仙女》、《欢喜河娃》、《小渔夫和公主》、《碧玉蝈蝈》、《美丽的壮锦》等故事时，通过这些文字我触摸到她的心，再一次感受到她的那份责任与情怀的炽热，对她的敬意也油然而生。

这些故事，大部分我们孩提时就听过、读过，但现在已经离我们的孩子渐行渐远了。正如她自己曾追问的那样：“那些童年时代铭刻在心的，纯真的、美好的、忧伤的、感人至深的故事，那些在各民族中世代流传下来的属于文学精华的东西，真的就要这么消失了吗？我没有丝毫救世主的意识，只是为此惋惜。……我希望用我的笔让孩子们了解我们民族文化中美好的一个部分，值得让他们记住的一些东西。最起码也要让孩子们知道，在我们过去的历史中存在过这些动人的神话。”

经过黄蓓佳改编的这些民间故事，不仅保留了中国传统文化的基本价值和故事原型的风格，还增加了大量的细节描写，语言的流畅优美也让故事更具有文学性与可读性。我相信，这样的改写，是可以实现黄蓓佳最初的预期的，即“给孩子们一次华美的阅读享受，用饱和浓烈的文字，引领他们走进民族的历史，走进人类在童真稚拙的年代里想象出来的天地，同时也领略到中国的汉文字之美”。

而这套“中国童话美绘书系”，不仅是对中国童话的一次简单的配图，在一定意义上更是再次的创造。一方面，黄蓓佳用了大量的时间和精力丰富了原作；另一方面，这是在基于原作的文字基础上，用绘画的语言进行的再度阐发。

美绘本虽然不是真正意义上的图画书，但多少有了一些图画书的元素与功能。我曾经说过，在儿童的眼里，图画就是一种语言，而世界就是一幅图画。儿童正是通过这一张张图画慢慢认识这个色彩斑斓的世界的，也就是说，儿童是把世界作为图画来认知的。儿童就是这个图画世界的国王。

儿童也是通过图画进入图书世界的。图画帮助儿童建立了自身与外部世界的联系，也帮助他们建立了自身与文字的联系，建立了自身与另外一个浩瀚的知识海洋的联系。儿童由读图进而读书，由绘画进而写作，一切是如此自然天成。

把最美好的东西给最美丽的童年。对于孩子们来说，童话无疑是世界上最美好的东西。所以，我要代表孩子们感谢黄蓓佳和为这套美绘书系配图的画家，感谢江苏少年儿童出版社做了这样一件功德无量的好事。

而我希望，有更多孩子通过黄蓓佳的这套美绘书系，去感知到一个古老、久远而美好的世界，感知到一个充满神奇事物、一个真善美最终战胜假丑恶的世界，希望童话能够他们幼小的心灵中会播下一颗颗善良的种子，这些种子，日后只要有阳光雨露，就会生根、发芽、开花、结果。

我更希望，父母们能够抱起年幼的孩子，共同阅读、品味这些泛着时光色泽的温馨故事。记得松居直先生讲过，儿童为什么不喜欢听电视里的人讲故事？因为电视里的人不会像妈妈一样把孩子搂在怀里，把孩子抱在怀里，把书本捧在手中，在讲述故事的过程中，孩子会与书、与父母，有最温暖的感应，这种爱在流动的甜蜜时刻，将是让所有孩子一生都无法忘却的永恒。

相信童话的人，才会相信幸福，才能最终创造并拥有幸福。所以，能写出如此童话的黄蓓佳肯定是幸福的，而能读到这些童话的人们，也同样幸福。

2012 年 2 月 28 日晨

写于北京滴石斋

为诗教而活着

——苏静《中华儿童诗意课》序

中华书局，2012 年 12 月版

当苏静请我为她的新书《中华儿童诗意课》作序时，我欣然接受。一是苏静是我的弟子，师生情深；二是著作本身就是新教育的研究成果，苏静作为新教育实验最早的参与者和全程的见证者，这本书不仅承载了她自己的诗意梦想，也承载了我和许多新教育人的诗意梦想。所以，我想从两个方面来表达一下真实的感受。

首先，作为十几年的师生，我想很有必要先简单梳理一下苏静的诗教经历。

早在十年前，我就这样评价苏静："这是个创造了教育奇迹的年轻人。"那时的她，还是一个二十岁出头的小姑娘，任教于青岛嘉峪关小学，做语文老师兼班主任。但就是这个初出茅庐的新教师，却做了一件让很多人都望尘莫及的事情：通过不到一年的教学，就能让一个全校无人敢接手的"麻辣班"脱胎换骨，七十个孩子齐刷刷爱上古典诗词，成为气质非凡的"诗界神童"，不仅能轻松背诵百余首诗词，赏诗论诗侃侃而谈，还能在两三分钟内，随意命题挥笔而就一首词整句工的诗作，令人叹为观止。而这个班毕业时，语文成绩也由过去的倒数第一变成了全班优秀，全校榜首。这不是奇迹又是什么？

当我通过《中国教育报》和中央电视台等媒体了解到这个神奇的年轻人时，我就在想，这样的新诗教如果能够惠泽更多的老师和孩子，将是一件多么美好的事情。于是，2002 年，我让自己的研究生与苏静取得了联系，邀请她参加新教育实验的首次年会。在苏州，我们有了第一次会面。她对孩子的热爱、对诗词的见地和对教育的真诚深深打动了我，我随即将其招致门下，她成为苏州大学的硕士研究生。我希望苏静能够涵养元气，通过三年的专业学习，更好地研究和传播新诗教，打造一门弘扬传统文化，体现新教育思想和理念的儿童诗意课程，让全国参与新教育实验的学校都有机会走进新诗教，感受古典文化和诗意教学的魅力。

三年的研究生学习让苏静更加成熟和理性，她一边研究诗教理论，一边进行诗教实践。三年间，许多新教育实验学校都留下她授课研讨的足迹，她的硕士毕业论文也是以诗教为题。2006 年，从苏州大学毕业后的苏静回到故乡青岛，成为青岛大学师范学院小学教育系的老师。她对我说："朱老师，我很庆幸，一直没有脱离小学教育。我喜欢孩子，也一直希望能够在更高层次上做小学教育。我如愿以偿。今天，我所教的大学生们将成为未来的小学教师，他们将改变无数孩子的命运。所以，我更加责无旁贷，我要带他们走进新教育，过一种幸福完整的教育生活。我更会把新诗教进行到底，打造体现新教育精神的儿童诗意专业课程。"

她说到做到。此后的苏静，以大学教师和新教育"儿童诗意课程"公益项目组负责人的身份，开始了儿童诗意课程的进一步研发和实践。她带领着一群和她一样执着的青年教师志愿者，利用节假日走进偏僻的大山，也走进繁华的都市，从讲授课程到修改打磨再到教师培训，为新教育实验区的老师和孩子们送去诗意的温暖。她一直都说，做新教育是她最快乐的事，她可以真实地感受到师生精神状态的改变，虽然新诗教只是新教育星空中的一颗小星，但也可以自得其乐，点缀夜空的寂寞。

在历经十余年的艰辛和努力后，苏静和她的新诗教团队终于为新教育，也为无数热衷于中国古典文化的老师、家长和孩子们奉上了这本书。我不敢说这本书有多完美，但我相信它足够真诚。这本书的意义就在于，让每个试图带给孩子传统文化熏陶的人，能够找到一种表达和传递古典知识、创作技能以及跨越时空，与古人共情的途径。

第二个方面，我想谈谈对诗教的认识。

谈到诗教，我不由想起了一个令人肃然起敬的老人——89 岁的叶嘉莹先生，她说她这一辈子都是为诗教而活着。我在想，如果苏静和千百万致力于诗教的老师特别是年轻教师们，也能够像叶嘉莹老人那样，再有五十年、六十年的时间为诗教而活着，我相信诗教的复兴、中华文化的复兴是有希望的。2006 年，我在一次苏静诗教的研讨会中，提到了叶老的一些观点，至今想来仍有感动挥之不去，我愿意再次写出来与读者们分享，也作为对苏静这本书的一个价值观照。

记者访问叶老的时候，她说：古典诗词是中国传统文化的一部分，是医治唯利是图、浮躁病、空虚症的一剂良药，能够给人们的灵魂洗个澡。她在介绍自己经验的时候说："我六岁时候开蒙的读物是《论语》。"但是她女儿上学时背的却是简单的儿歌，她认为这些对启迪儿童的思想和知识储备起不了太大的作用，反而会浪费孩子一生最珍贵、最强大的记忆；而如果让他们背诵一些古典著作、诗词，他们一生都不会忘记，并且随着一个人生命的成长和理解力的发达，自然能够悟出其中的道理。所以，当我看到苏静的这本书里涉及了大量的古典名篇、诗词佳句，并且以游戏的方式促成孩子们的记忆时，我非常认同。

叶老先生还说，学人文学科的，应当担当起将民族精神命脉传承下去的责任。而学习中国古典诗歌，能够唤起人们一种更富于高瞻远瞩之精神的不死的心灵。的确，经过千百年来的淘汰，千百年来的历史冲刷，传颂至今的优秀的诗歌都是能够超越物质世界而抵达精神世界的表达。可以说，诗是千古以下的心灵和千古以上的心灵的一种交流，是一颗心对另一颗心的造访，穿越时光的旧路，两个灵魂碰撞着，散发着诱人的光泽。而教诗歌，则是注重诗歌中感化的生命，不仅带着自己的生命，而且带着古人的生命。诗歌是"活的"，是生生不息的。所以，我很欣慰，在苏静的这本书里，所有知识都是以生动的故事启蒙，闪烁着鲜活的人物情感。例如，在上编"诗与历史"中，我们看到的是历史长河中诗词的流变和诗人的坚守。孩子们不仅能够通过诗词理清历史的脉络，而且还能通过诗词故事和经典诗句，对诗人产生深刻的情感共鸣。下编"诗与生活"，则融合了诗词对生活诸多层面的影响，孩子们可以通过诗词走进古人的生活，用生命聆听生命，用歌唱回复歌唱。

叶老说，她相信古典诗词这份中华民族的遗产中富有人性魅力的存在，完全可以成为现在精神的教科书。在这份遗产中蓄积了古代伟人的心灵、品格、修养。它能够帮助活在物质世界的人们，帮助我们的青年学生开启精神世界的大门。而我想，苏静这本书的价值，就是从一个角度打开了一扇诗意之门，把热爱诗词或者未曾感受过诗词美好的人们请进来，为孩子们传递一种遥远的博大和精彩。

我一直认为，诗歌是精神生活的最高境界之一，也是重要的文化符号之一。世界上最伟大的民族、最伟大的作品，其最精致的语言就是诗歌。所以，在诗歌离我们远去的时候，上有 89 岁的叶老给我们信心，下有苏静这样的年轻人让我们看到希望。我觉得这样一种孜孜以求的境界，正是我们新教育人的重要使命，我们应该用不懈的努力去传承中华文化。

2012 年 10 月 10 日
写于北京滴石斋

眺望教育家

——中国民主促进会江苏省委员会《风范——江苏民进特级教师思与行的轨迹》序

中国民主促进会江苏省委员会，2012 年 10 月版

去年民进全会期间，民进江苏省委专职副主委徐菊英告诉我，他们正在编辑一本关于江苏民进教师会员的作品集，完成以后希望我写点文字。

我不假思索地答应了。因为我知道，江苏民进教育界的会员可谓群英荟萃、人才辈出，仅特级教师会员，就有近百人之多。王兰、喻旭初、丁强、沈美萍、罗世杰、吴晓茅、张昕、邓小瑾、张同、陈萍……一个个闪亮的名字是那么熟悉，我自以为写点文字会有神来之笔。

一个月以后，徐菊英就把书稿发来了，然后就是不断地催我的序言。

本来我以为写序言是一件容易的事情。我长期在江苏工作，长期做教育研究，对江苏民进的教育界会员也比较熟悉，其中不少会员还是我多年的好朋友。但是一旦开始写作，还是时断时续，需要不断地阅读这些老师的故事，不断汲取他们的精神养料。四十余万字的材料，需要咀嚼和消化。

记得我在苏州工业园区职业技术学院的一次讲演中，曾经谈过教师的四种境界：第一，要做一个让学生瞧得起的老师；第二，要做一个让自己心安的老师；第三，要做一个让学校荣耀的老师；第四，要做一个让历史铭记的老师。江苏这些民进特级教师会员的故事，多少验证了我的判断。其实，在我们寻找教育家的时候，我们往往容易忘记，有些教育家已经站立在我们面前。一位优秀的教育家，也是从老师的这四种境界逐步发展成长起来的。南京的王兰老师就是把让学生喜欢作为自己的追求的。她说："既然选择做老师，就要做一个好老师，做一个让学生喜欢、把学生越教越聪明的老师。这样活着才有意义，生命才有价值！"

而让自己心安，也一直是许多特级教师会员对自己工作要求的底线。如金陵中学的喻旭初老师就不断向最优秀的语文教师同行学习，不断努力提升自己。他曾经这样深刻地解剖自己："思想的敏锐，我不如王栋生；论文的严密，我不如蔡肇基；反应的快捷，我不如靳贺良；表达的优美，我不如虞晔如；教态的优雅，我不如赵志昇；阅读的指导，我不如孙芳铭；古文的功底，我不如朱德勇；课堂的创意，我不如曹勇军；教研的务实，我不如黄厚江；审稿的仔细，我不如张雨仁。我校语文组的同事和其他学校的许多教师都有各自的特长，都值得我学习。这么一想，就看清了自己的位置。"

其实，一旦一位老师把让学生喜欢、热爱、瞧得起，把让自己问心无愧心安理得作为重要的追求，后面所说的让学校荣耀和让历史铭记，就是自然的结果了。这本风采录的老师，都是可以写进学校的历史、写进民进的历史的人物。教育因为他们而精彩，民进因为他们而荣耀！

难能可贵的是，这些老师不仅是教书育人的名师，其中许多人还是参政议政的高手。如沈美萍老师先后为省、市、区的教育和建设出谋献策，撰写提案议案百余篇，其中有的被评为"优秀建议"，有的被政府授予"金点子奖"。她提出的《关于解决拖欠教师政策性补贴和教工住房拆迁差额款问题的建议》，引起政府的高度重视，市领导现场办公，使该问题得到迅速解决。

我曾经有幸与喻旭初老师同在江苏省政协的民进组，每次会议，无论是对于素质教育的呼唤，还是对于不良现象的抨击，他都慷慨陈词，建言献策。退休以后，他仍然笔耕不辍，前不久还寄赠我他 70 岁时撰写的时论。喻老师说得好："作为一名语文教师，我对教育的热情不减，对母语的热爱不减，对教育的探索不减；作为一名民进成员，我对民主的促进不停，对腐败的斗争不停，对人权的关注不停。作为一名教师，首先要把课上好，在实践中思考，在思考中提高。我对自己的要求是：不吹牛皮，不赶时髦，认认真真教书，老老实实做人。我经常提醒自己：浮躁总跟肤浅结伴，冷静常与深刻同行。我总是这么想：为教育付出辛劳是美丽的，与学生在一起是年轻的，看到青少年成长是幸福的。”我想，喻老师的这段话，是江苏民进特级教师这个优秀群体的共同心声，也是中国民主促进会教育界会员的共同心声。

在我们眺望教育家的时候，读着这些老师的传记和他们自己撰写的文字，我心中一直在想：他们，不就是站立在江苏大地上的教育家吗？他们不正在努力践行民进教育人以党为师、教书育人的教育理想吗？

2012 年 17 日

写于北京滴石斋

小舟在远航

——顾舟群《改变，从习惯开始》序

教育科学出版社，2012 年 11 月版

她是新教育海洋中的一叶小舟。

她是苏州一所普通新教育学校的一位普通的小学女老师。

她是所在学校里的新教育名片，她还是一位影响了周边很多老师、影响了网络上一大批老师的老师。当然，这位普通的老师，在新教育的世界里远远比她在苏州的知名度要高。——她就是顾舟群。

顾老师是苏州工业园区斜塘实验小学（原娄葑第二中心小学）的老师，一位曾经是代课教师的普通老师。2006 年，她所在的学校成为新教育读写绘儿童课程的实验基地。短短一年之后，在山西运城的新教育年会上，她就作为新教育榜样教师上台发言。她的那番话，让包括我在内的许多人为之动容，流下眼泪。

在参加新教育实验的这一年里，顾老师在自己的教室里全力开展读写绘儿童课程。按照实验要求，她还以“小舟成群”的网名在教育在线论坛上发布主题帖。从实验开始，她白天给孩子讲绘本，晚上整理课堂实录、撰写教育随笔、上传读写绘作品。她一封接一封地给家长们写信沟通，迫不及待地分享孩子们的成长……

就在顾老师全身心地投入、享受着教育生活的美好时，命运却对她露出了狰狞的一面：她的先生因车祸不幸逝世。接连好多天，她的灵魂似乎随着先生去了另一个世界，她无法吃喝，无法言语，全靠打点滴维持生命。

这时，朋友把顾老师的不幸遭遇发到了教育在线网站上，四面八方的祈祷与祝愿向她汇聚而来，尤其是班上孩子与其家长的声声呼唤：顾老师振作起来，我们离不开你，孩子们离不开你！

是这些声音，重新点燃了顾老师的生命激情。她把全部的情感倾注到教室里，倾注到孩子们身上。又过了一年，她带的那个入学时平均成绩比平行班差十几分、全年级后20名孩子大部分都集中在此的班级，变成了同年级里的佼佼者。尤其是她教的语文科目上，这些孩子展现了惊人的写作水平，在"姑苏晚报杯"小荷现场作文竞赛中，她班上参赛的十几个孩子几乎个个获奖，让大赛组织者赞叹不已……

我一直追看顾老师的实验帖。记得在不幸发生时，我几乎是第一时间从网上得知消息，并对她说："命运经常如此，只有坚强面对。同悲。"我相信在听到顾老师发言后为顾老师流泪的人们，和我有着同样的感触：我们不仅同情她的遭遇，更叹服于她的坚强、执着，她用教育点燃了自己的生命，最终驱散了命运的阴霾。

从开始新教育实验的2006年到现在，已经过去了6年。顾老师一直这样行动着、记录着、成长着。文如其人，她的文风并不华丽，但是朴素、真挚、实在，贴近生活，给人启发。有些教师自身很优秀，但不愿把自己的东西与人分享，顾老师却特别乐于奉献，以助人为乐。从她的实验主题帖上、从全国各地其他老师写的文章里，我不断看到不同老师同声感谢她给予的帮助。

顾老师的成长，恰好验证了我的一个观点：教师是否优秀，差异不在于其他，而在于做还是不做。相当多的教师都是不做的，只是得过且过地混日子，拿着一张教育的旧船票，每天重复昨天的故事。如果一个老师肯做、能用心去做、能坚定地做，就一定能成为优秀的老师。

2011年底，积累了丰富的师生共读经验的顾老师成为"新教育萤火虫"项目苏州分站的负责人。"新教育萤火虫"是一个公益项目，旨在推动亲子共读，将父母深度卷入，成为教育的共同体。顾老师充分运用这个公益项目平台，从教室走向社会，组织各种社会公益活动，将这些年自己与孩子们的共读经验传授给父母们，受到热烈欢迎。

几乎与此同时，应出版社之邀，顾老师将这些年所写的给家长的信结集出版。这是来自一线的最真实的声音，是一位教师与一群家长心的交流。尽管这本书的内容主要还是感性地记录实践，也许从理论涉猎、学术视野的角度看，可能还不够丰满，但它恰恰也是顾老师这本书的优点：这些文字与身为父母的读者之间几乎没有任何距离，完全是结合具体事例、手把手地帮助父母学会如何做好家庭教育。

人生如海。在风浪里，一叶小舟能走多远？顾舟群老师用自己的行动给了我们答案：只要认准方向，再大的风暴也无法阻止小舟的远航。为此，我有理由期待，随着她的继续前行，我们将领略到更多新的、美的风景。

2012 年 3 月 16 日

写于北京滴石斋

教育改变需登高望远

——张荣伟《我们需要怎样的教育：中国基础教育改革概论》序

教育科学出版社，2012 年 7 月版

张荣伟的新著《我们需要怎样的教育——中国基础教育改革概论》就要出版了，希望我能够写点文字。大概一个重要的原因，是因为我曾经是他的博士生导师，相对比较熟悉他的思想与文字吧？或者，因为这本书介绍的九大教育学派，也包括了“新教育实验”，他希望我成为第一位读者，听听我的意见吧？不管出于什么原因，我怀着为自己的学生摇旗呐喊的快乐心情，断断续续读完了书稿。认认真真读完，我发现真的从中学到了许多东西，于是，欣然写下一些感想。

我曾多次去福建省厦门市，虽然很多地方移步换景，不乏精彩，但直到有一天登上鼓浪屿的最高峰日光岩，才真正看清厦门的地理位置和整体风貌。观察任何事物，最重要的是明确立场，最难得的是找到观察事物的独特视角或“制高点”（commanding height）。同样，要整体把握中国基础教育改革，必须找到观察中国基础教育的“制高点”。“制高点”是决胜的关键。或许，这个“制高点”就是中国基础教育改革哲学。只有找到了这个“制高点”，只有从本体论（什么是改革）、价值论（为什么改革）、方法论（怎么改革）

等不同维度确立可靠的改革观，中国基础教育改革才可能在理论和实践层面获得实质性进展。否则，“顶层设计”无从谈起，必然出现“头痛医头脚痛医脚”现象，必然出现形式主义、盲目主义、功利主义等价值偏向。荣伟这本书的一个重要意义，是在构建中国基础教育改革哲学（观）方面，作出了积极的探索。

2003 年至 2006 年，荣伟在苏州大学跟我读教育哲学博士。那时，“新教育实验”才刚刚启动，荣伟经常随我参加各种会议，听我的各种讲演，经常和我一起到中小学去与一线的校长、老师交流，了解实验进展状况。我有一个不成文的规定：我的博士生，是必须作新教育研究的。荣伟也不例外。所以，他不仅在论文选题时把新教育的话语体系作为研究方向，而且协助我做了大量“新教育实验"的事务工作。亲身参与实验，为他研究实验提供了切实的感受；生命在场的体验，也为他日后研究中国基础教育改革问题，奠定了坚实的基础。

荣伟这本书的基本论题在他的博士论文中已初见端倪。博士毕业以后，他回到福建师范大学教育学院工作，为教育学专业本科生开设了“基础教育改革研究”这门必修课。据说，已有七届学生（2004 级－2010 级）修了他的这门专业课，而他一直是这门课程唯一的授课教师。另外，这些年他还为教育学专业的研究生先后讲授了“教育哲学”、“当代教育理论专题”、“中国教育体制改革研究”等课程，“中国基础教育改革”是其中不可或缺的话题。在繁重的教学工作之余，荣伟一直没有忽视阅读、思考和写作，先后主持了全国教育科学“十一五”规划教育部重点课题“中国基础教育‘九大学派’研究”、教育部人文社会科学规划基金项目“我国基础教育‘十年课改’的历史考察与反思”等研究项目，并出版了《当代基础教育改革》（福建教育出版社 2007 年版）、《“新课程改革”究竟给我们带来了什么?》（福建教育出版社 2008 年版）、《新中国教育实验改革》（天津教育出版社 2010 年版）等著作。如果说已出版的三本书，重点在于对中国基础教育改革进行点状和线性描述的话，那么，现在这本书的特色则在于，自觉地构建中国基础教育改革的总体认知框架，试图为探讨中国基础教育改革确立更为宏观、更为根本、更为可靠的问题域。

在我的博士生中，荣伟是比较擅长理论思维的，也是比较能够坐冷板凳研究学问的。在“新教育实验”的理论构建过程中，荣伟也作出了自己独特的贡献。我经常说，问题的高度和深度直接决定理论的高度和深度。”细读全书，可以看到清晰的问题意识和严谨的逻辑结构。我想用下面这个表格来呈现本书的内容框架。

前言	我们需要怎样的教育
当代格局	我们在争论什么　我们在借鉴什么　我们在探索什么
言说方式	谁来言说　向谁言说　如何言说
话语类型	意识形态话语　知识精英话语　平民实践语话　大众诗性话语
行动逻辑	谁来改革　改革什么　怎么改革
实践模式	行政模式　专家模式　校本模式　共同体模式
主体形态	政策规划型主体　理论建构型主体 实践突破型主体　商业炒作型主体　社会公益型主体
对象与目标	改变学生的生存状态　改变教师的行走方式　改变学校的发展模式 改变父母的家教理念　改变人才的评价制度　改变教育的研究范式
教学关系范型	多教少学　先教后学　以教定学　教学分离　教学互损 少教多学　先学后教　以学定教　教学合一　教学相长
九大学派	情境教育　情感教育　理解教育　生命化教育　主体教育 指导—自主学习　新基础教育　新教育实验　新课程改革
结语	中国基础教育改革的困境与出路

通过这个框架，我们可以看到，本书对于中国基础教育改革的脉络、现状、问题的把握是系统全面的，分析是鞭辟入里的。可以说，这是迄今为止我见到的研究中国基础教育改革最优秀的著作，最具深度的研究成果。

我们知道，教育改革是一项系统性工程，“顶层设计”非常重要。“顶层设计”所强调的是“全局意识”和“整体谋划”，它需要拥有一个考察教育改革现状的整体认知框架，需要拥有推动教育改革的可靠的立场、视角和思维方法，或者更直接地说，需要一个教育改革的哲学。可以说，正因为改革哲学的不同（虽然有些改革者自己并没有自觉的哲学意识，但事实上也会有

个人混沌的偏好喜恶），或改革者在立场、视角、思维方面存在差异，才出现了各种不同的改革理论与实践。

教育改革如何才能拥有自己的哲学头脑？中国基础教育改革何以走向理性和自觉？荣伟这本书本身就是一部教材，一个案例。这本书对基础教育改革的一些深层次问题，对基础教育改革的合理性、合法性、可行性问题，进行了探讨；对一些比较有影响的重大教育实验改革案例进行了评析；对改革过程中的一些片面化、简单化的思维方式和行为模式进行了批评。所有的基础教育改革者，不妨用本书所构建的框架图，来解剖一下自己的教育哲学，分析一下自己的言说方式、话语类型、行动逻辑、实践模式、主体形态等，从而更自觉地从事教育改革与探索。

基础教育改革的力量和智慧来自哪里？我一直认为，我们长期以来的做法是以自上而下的行政推动为主，往往走向了封闭、保守和大一统，丧失了灵活性和创造性。许多改革为什么没有深入持久地进行？为什么经常是雷声大雨点儿小？为什么经常是虎头蛇尾不了了之？就是因为缺乏广泛的群众基础。形式主义是对付官僚主义最有效的办法，也是一线校长、老师用脚投票的意见表达。日本教育家佐藤学在《静悄悄的革命》一书中也分析过教育改革的困难之处。他认为，真正的教育变革是从课堂开始的，是从教师开始的。对于教育行政部门来说，应该学会关注并且推广那些行之有效的民间教育实验，应该汲取民间教育改革的智慧。这也是荣伟这本书给我们的重要启示。

是为序。

2012 年 5 月 14 日晨

写于烟台

着眼大多数学生

——白惠珠《让“中游”的学生游上来》序

华文出版社，2012 年 9 月版

在学校中，如果按照学习成绩的分布，学生会呈现出纺锤形——拔尖的学生是这个纺锤形的尖头，落后的学生是这个纺锤形的尾部，最为庞大的群体则是这个纺锤形的腰部：成绩中游的学生。这些学生的成绩既不落后，也不靠前；他们也认真听讲，认真做作业，但总是欠缺那么一点火候。他们是一个不稳定的群体，努力一把，有可能冲进上游；懈怠一点，就有可能掉到下游。他们的未来也在优秀与平庸之间摇摆，如果能够充分挖掘他们的潜力，让他们掌握高效的学习方法，在智商之外培养起良好的情商，那么他们进入上游的行列，成为优秀学生的几率必定大大增加。

传统的教育方法，更多提倡的是抓两头，带中间。这种方法关注的是上游的孩子和下游的孩子，主要目的是防止上游的学生滑下来，促进下游的学生游上去，并且以此激励和调动中游学生的积极性。所以，在许多学校，中游学生是老师们经常“视而不见”的。如此庞大的群体在老师的眼睛里消失了，教育的结果可想而知。

所以，拿到白惠珠老师这本书稿的时候，我是怀着好奇的心理阅读的，不仅因为白老师是中国民主促进会的会员，我想走进她的班级，看看我们的会员如何把自己的智慧和激情倾注在自己的班级中；也不仅因为白老师培养了一群阳光少年和一个优秀的女儿，其中有许多鲜为人知的感人故事；更因为想知道，她如何看待中游的学生，如何帮助中游的学生，又是如何处理中游学生与上游学生、下游学生的关系的。

因为，中游学生如何游上来，看似简单的一个问题，实际上蕴涵着很多重要的教育哲学命题。比如，如何定义中游的学生？中游到上游的距离有多远？“游泳能力”如何获得？怎样才是处于上游？分数是否是最重要的考量标准？过去很多教育界人士进行过相关研究，但是成果并不显著，而且缺乏系统化和理论化，其中不乏一些似是而非的东西。

中游学生如何游上来？白老师在书中提出了很多非常实用的建议，并且用真实故事作为例子，娓娓道来，说服力很强。她一开始就提出，要相信孩子，用赏识来激发孩子的潜能，让他成为更好的自己，成为有独特个性的自己。接着，她针对学生在学习中经常出现的问题，比如马虎，比如急躁，比如拖延，提出了行之有效的解决方法。如关于中学生常见的拖拉问题。有父母问白老师：“我儿子每天的作业如果我不提醒，不催促，他就不知道写，写的时候还磨磨蹭蹭的，抠东摸西的，你说这样下去可怎么办?”这个让很多家长深感头疼的问题，白老师的解决之道是让孩子制订计划，提出明确目标，在规定时间内完成任务；同时要求父母以身作则，说到做到，雷厉风行，给孩子树立良好榜样。让孩子从小养成有计划做事的习惯，不仅对于学习有莫大的益处，对于性格的形成、生活的安排、事业的开拓，都有强大的助力作用，有时候甚至成为很关键的因素。

其实，上游学生绝不只是一般人认为的学习成绩好的分数尖子生。多年前我们在研究智力因素与非智力因素的关系时就发现，学生的情感、意志、理想、性格等对智力因素的影响，对学业成绩的影响，是与时俱进的。白老师在实践中也看到了这样的事实：一个真正的上游学生，绝不是只会做题的机器，而是高效安排自己的学习，严格自律，抵制无关诱惑，重视各种能力共同发展的优秀学生。所以，这本书不仅仅告诉你如何从学习成绩上赶上来，而且还强调了良好的心理素质，优秀的品德、习惯、个性，对于一个人成长的重要性。正是因为有了这样的认识，白老师主张，对学生的教育方法绝不能简单粗暴，对学生自尊心、自信心和责任心的保护和培养，是让学生游上来的重要手段。

让中游的学生游上来，最关键的是基于对中游学生的无限期待和信任。这也是我们“新教育实验”的一个重要理念：无限相信教师与学生的潜力。每个人体内都蕴藏着巨大的潜力，这些潜力一旦被开发出来，效果将是惊人的。白老师作为一个长期工作在教学第一线的资深教师，非常了解“教育”这两个字的深刻内涵，她相信学生的潜力，并且知道如何去挖掘这种潜力。在这本书中我们可以看到，面对不同性格的学生，她采取了不同的方法，让羞怯的人变得勇敢，让骄傲的人学会谦虚，让自卑的人变得自信，让粗心的人学会细心，让每个学生都能从自己身处的位置不断地向上游，到达人生的新高度。所以，不仅是中游的学生往上游，下游的学生往上游，上游的学生也要往上游。

我很高兴看到，越来越多有责任心的优秀老师，把自己的根深扎在课堂和教室之中，关注和研究教育生活中出现的各种实实在在的问题，并且为此进行身体力行的探索和研究，这样的研究是鲜活的，是有效的，是值得提倡的。我也希望有更加多的老师着眼大多数学生，关注中游学生，研究中游学生。

2012 年 7 月 8 日

写于北京滴石斋

破解理想语文课堂的密码

——张悦《知识、生活与生命的共鸣——新教育语文课堂》序

福建教育出版社，2012 年 10 月版

在我的学生中，张悦是属于那种内秀型的，说话轻言细语、慢条斯理，婉约文雅，但内心丰富、自信坚定，善解人意。她不喜欢在公开的场合张扬自己，经常通过一则短信、一个消息表达主张。不经意间，透露出用心。

前不久，她陪同学校的校长专程来北京，邀请我参加效实中学建校 100 周年校庆，并且希望能够把新教育的国际论坛放在他们学校举行。我愉快地接受了邀请。很快，她又告诉我，作为对母校的献礼，自己的新书《知识、生活与生命的共鸣——新教育语文课堂》就要出版了，希望我能够写点文字。

我自然不能够推辞。一方面，因为我是张悦的博士生导师，以阅读和写作与学生交流，教学相长，天经地义；另一方面，则是因为这本书有一个美丽的书名。这个书名“盗用”了新教育理想课堂的最高境界：知识、社会生活与师生生命的深刻共鸣。

这种“盗用”，反映了张悦语文教学思想的自觉，即把自己的语文教学思想和实践，放在这样的新教育哲学背景下来审视、剖析和解读。

从教育思想发展的历史来看，对于知识、生活、生命的侧重，本身也可以视为整个教育观念的三重境界。以赫尔巴特为代表的传统教育学，重视知

识传授的精致与效率；以杜威为代表的现代教育学，重视的是生活，认为学校只是社会生活的一种形式，不仅仅是一个传授知识、学习课业、养成习惯的地方；而以人本主义与后现代教育学为代表的当代教育学，则把知识、生活、生命的高度融合与深刻共鸣，作为教育的重要使命。毫无疑问，这是一种最高的境界。

问题是，在急功近利的教育现实中，这样一种理想有多大的生存与发展空间？作为一个新教育人，张悦的语文课堂所要做的，就是在这样的教育现实中，去寻求空间，这需要勇气与智慧。

我不懂语文教学。但翻阅了张悦的这本书，还是收获颇多。这是一本课堂实录与思考集，课堂教学的体裁是丰富的，从散文到戏剧，从小说到诗歌，再到作文，而且每一节课都是那么圆润、流畅、精致。来自浙江、北京、湖北等地的多位专家都做了点评，他们当中有教授、教研员、教材编审、一线教师，大家都认为她的课超凡脱俗。而听过她讲课的老师们，也一致认为张悦是一个上了讲台就光彩照人的老师，就像那些优秀的演员，在台下似乎平淡无奇，但上了舞台，就精彩纷呈。

所以，年轻的她，近年来先后获得了浙江省中学语文课堂教学大赛一等奖、全国中青年语文教师课堂教学一等奖、浙江省首届教师师德演讲比赛特等奖、全国“做人民满意的教师”演讲比赛一等奖等殊荣，并在全国二十多个省市开设过示范课和讲座。

我一直认为，语文教学不是简单地教学生一些字词句，不是简单地让学生写好文章，而是让学生们真正地热爱自己民族的文字与语言，真正地掌握听说读写的基本能力，真正地用那些美丽的文字与思想润泽自己的心灵。这大概就是知识、生活与生命的共鸣在语文学科中的意义了。

我不知道，在张悦上这些课的时候，有多大程度自觉意识到语文的这种功能和作用，因为其中的许多课例，是发生在她接触新教育之前。所以，我的这篇序言，与其说是“总结”，不如说是“期许”。期许张悦能够真正地在她的课堂里演绎知识、生活和生命的深刻共鸣，期许她能够真正地在她的博士论文中破解语文教学的密码。

是为序。

2012 年 5 月 30 日

于苏州

局长仍是一书生

——汤勇《做一个卓越而幸福的教育者》序

教育科学出版社，2012 年 9 月版

给汤勇写第一本书的序言时，没有见过汤勇，也没有去过阆中。只因好友吴法源兄告诉我，这是一位勤奋好学的教育局长，我就毫不犹豫地为他的新著写了推荐的文字。

后来，汤勇又一本新书出版，继续希望我写序言。犹豫了许久，还是我的学生李镇西出面邀请，他告诉我去阆中以后遇到的汤勇局长的许多故事，于是我又写了第二篇推荐的文字。

前不久，汤勇局长从国外回来，途经北京，专程到民进中央看望我，希望我为他即将出版的又一本新书写序。这将是第三次为汤勇的著作写序。

本来是想坚决不再为这本书写序言的。因为，要说的话，在前两本书《修炼校长力》和《我的教育心旅》的序言中基本上都说了。但是，汤勇先生还是坚持让我看看书稿。细读了这本《做一个卓越而幸福的教育者》以后，我知道，我的坚决拗不过汤勇的坚持。

我被汤勇的坚持而感动。他真是一个难得的坚定、坚守的人。做了教育局长以后，他就给自己提出了读书、写作的要求。其中之一就是每年写一本书。他认为，其他人可以不读书、不写作，校长、教师不能不读书，不能不写作；其他局长可以不读书、不写作，教育局长不能不读书，不能不写作。教育局长的读书、写作，不仅是自身学习的需要，也不仅是努力使自己成为专家型局长的需要，更是对校长、对教师的引领与示范的需要。六年下来，他兑现了自己的诺言。这是他写的第六本书。

我也被汤勇这本书的内容所感动。他是一个善于讲故事的人。这本书分九章，从“把自己变成珍珠”到“行走在幸福教育的路上”，从“做最好的自己”到“有效课堂的追求”，从“让课堂焕发生命活力”到“走向明亮的远方”，从“校长力量的源泉”到“今天怎样做教育”，每一章都用精彩的故事开始。故事是最能够感动人的体裁，故事里面的哲理也最容易被润物无声地接受。如果说校长是教师的教师，那么，汤勇局长就是校长的教师，自然也是教师的教师。从可读性的角度来看，汤勇的这本书更值得推荐。

被这本书的内容感动的第二个原因，是其中自始至终透露出的新教育理念的信息。新教育实验的价值追求，就是让教师和学生过一种幸福完整的教育生活。而这本书的核心思想，也是幸福二字。正如汤勇自己在后记中说的那样，“校长没有幸福，就没有浓厚的教育情怀，就没有浓郁的教师情结，就不会去构建和谐的人际关系，去营造芬芳的校园文化，去创设优美的校园环境，就不会去为教师的专业发展创造条件，为教师的职业幸福铺路搭桥，从而使教师的心理需求得不到满足，精神生活得不到丰富，个人价值得不到彰显，职业幸福得不到享受。可以说，没有幸福的校长就没有幸福的教师，没有幸福的校园”。而教师没有幸福，就不能体味到教育的本质、领悟到教育的真谛，“教育生活便仅是简单、机械的重复，教育工作便缺乏永恒的力量和激情，职业的厌倦和疲惫便会油然而生”。阆中虽然还没有参加新教育实验，但是，他们的许多探索和实践，与新教育的理念是契合的。

我曾经为河南焦作原教育局长张丙辰写过一首小诗：“暮迎晨送劳丙辰，春耕夏种显精神。携手追梦新教育，局长本是一书生。”张丙辰局长苦苦寻找教育变革之道六年，终于与新教育结缘，得益于他的读书、写作。

坦率地说，在当下研究变“烟酒”的不良氛围中，能坚持读书、写作的教育局长，并不太多。认真读了六年书、勤奋写出六本书的汤勇局长正好也在六年局长任上。阆中是否会成为下一个新教育的实验区并不重要，重要的是，我希望他仍然能够保持书生局长的气质，仍然能够坚持幸福教育的追求，让阆中的教师和孩子真正过上幸福完整的教育生活——坚持，才有奇迹。

2012 年 7 月 29 日晨

写于北京滴石斋

爱心育人，用心做事

——赵萱、张小武《霍懋征传》序

中国大百科全书出版社，2012 年 8 月版

霍懋征老师是我国当代著名教育家。她一生倡导和实践“爱的教育”，用“爱”诠释了教书育人的真谛，并将“爱”融入了中国教育的长河。周恩来总理称她为“国宝"；胡锦涛总书记盛赞她“把自己一生献给了教育事业”；温家宝总理为她题词“把爱献给教育的人”，刘延东国务委员称她是“德高望重的教育大家”。此外，全国人大常委会副委员长、民进中央主席严隽琪，全国政协副主席、民进中央常务副主席罗富和等领导人，也对她有过高度评价。她被誉为“中国教育的一面旗帜，人民教师的优秀楷模，全社会的一代师表”。

作为一个教育人，我和全国所有中小学老师一样，对霍老师仰慕已久。我知道，她是 1943 年北师大毕业的高才生，可毅然地做起了小学老师；她是新中国第一批特级教师，在“文化大革命”中受到了严重迫害，甚至失去了至亲，可她依然坚守讲坛。她爱教育，爱孩子，“以爱育人”，从教六十多年，给了许多孩子最细致的培养与温柔的呵护，从来没有让一个孩子掉队……

作为一个教育学者，我在自己的教育实践探索中，和霍老师神交已久。和她一样，我也认为爱的教育不是一个人独自高唱的孤高悲情，而是发自于无数声音的共鸣。因为有爱，有了这样一个人类永恒的主题，有了这样一个为人师者永恒的主旋律，我们就能唤醒无数教师的爱和理想，就能唱出爱的教育的进行曲。霍老师无疑就是这样做的：在她退休以后，不顾高龄，依然孜孜不倦奔走于全国各地，培养青年教师，送教送书，更送去了关于教育的爱和理想。无法统计有多少教育旅程的困惑者因为霍老师的点拨而豁然开朗，亦无法统计有多少艰难跋涉者因她的示范身教获取了前行的动力……

作为一个民进人，在为教育事业奔走呼号的路上，我总能找见霍老师的足迹。大到作为民进中央常委、当时全国基础教育界唯一一位全国政协常委，从改善教师待遇，提高教师地位，到设立教师节，制定《教师法》，还有促进边远地区教育发展、减轻学生负担……她的深入调查与不懈呐喊点燃了时代的音符；小到从平顶山教育顾问、柳河县教育顾问，到东莞市长安镇教育顾问、平湖镇教育顾问，还有老君堂小学名誉校长、三元小学名誉校长……这一个个看似普通的头衔，从细微之处印证着她热爱教育事业并为之不懈努力的点点滴滴。

在工作中，我和霍懋征老师也有过几次接触，每次都留下很深印象。好几年前，在北京市海淀区为清华大学附属小学特级教师窦桂梅举行的语文教学思想研讨会上，我第一次近距离接触霍老师，她在女儿赵萱的陪同下参加了会议，还作了热情洋溢的讲话。赵萱告诉我，妈妈和她们一起成立了霍懋征教育思想研究的课题组，希望把妈妈的教育教学经验毫无保留地奉献给全国的中小学教师们。后来我才知道，这也是霍老师晚年最大的心愿。一位八十多岁的老人，亲自参加一个年轻老师的研讨会，让大家非常感动，霍老师却觉得非常自然。她说，能为年轻教师的成长做点小事，她最开心。

还有一次是在霍老师去世前不久，我代表民进中央去医院看望她。霍老师显得安详、宁静，尽管躺在病榻上，她还是对我们点头致意，我握着她的手，祝福她健康长寿。当时感觉她的身体恢复得不错。她的女儿赵萱拿着她最喜欢的一本影集给我看，其中有温总理看望她的合影，还有她与学生们的合影。赵萱告诉我，只要把这些照片给妈妈看，她就会露出欣慰的笑容。我还在想，等到春暖花开时再来看她，听她讲教育故事，向她请教教育问题。可没想到，这次见面，竟成永诀。

后来，霍老师的遗体告别仪式在北京八宝山革命公墓东礼堂举行，那天我很早便赶往参加，没想到温家宝总理和刘延东国务委员在日理万机的情况下，都亲自参加了告别仪式，为这位普通而伟大的老师送最后一程。他们含着泪水慰问霍老师的亲属，要求教育部门和新闻媒体大力宣传霍老师“以爱育人”的教育理念。而民进中央的严隽琪主席、罗富和常务副主席和原主席许嘉璐、张怀西等领导，也专程前来送别。

在告别仪式上看到的两副挽联，深深地感动着我：“传道授业解惑躬耕一生，彰爱扬清懿德垂范千秋”，“爱心烛照千秋人人可得为尧舜，懿德师表万世缕缕不绝继圣贤”。我想，这不仅是霍老师一生的真实写照，也是国家和人民对她的最高褒奖。霍老师的人生告诉我们，只要我们拥有爱心，只要我们用心做事，一个普通的灵魂，也可以走得很远很远。

霍老师去世后，她的家人和相关部门做了一系列整理工作，研究她的教育思想和教学经验。去年 9 月教师节前夕，成立了北京霍懋征教育思想研究会，当时全国人大常委会副委员长、民进中央主席严隽琪出席成立大会并做了重要讲话，教育部也发了贺信，我也参加并见证了这一过程。此外霍老师的女儿赵萱等还编著了《把爱献给教育的人——霍懋征》等有关著作，我还写了《让爱陪教育一起走》的文章在媒体发表，呼吁“让我们与霍懋征老师一起，继续走在教育事业这条充满艰辛、任务艰巨的路上，享受幸福而完整的教育人生”。

现在，《霍懋征传》的出版也是上述工作的一部分。我相信，通过这本传记，我们会看到一个真实而生动的霍懋征。霍懋征教育思想会得到更好的传承和推广，霍懋征平凡而伟大的教师形象也会被更多人牢记，霍懋征爱心育人、用心教书的态度，以及不计个人利益，甘为教育事业献身的精神，也会更加激励更多的教师在教育的路上努力前行。

是为序。

2012 年 7 月 22 日

于北京滴石斋

常识不寻常

——熊丙奇《教育的挑战》序

华东师范大学出版社，2012 年 7 月版

熊丙奇先生的新著《教育的挑战》就要出版了，嘱我写点文字。我很愉快地接受了邀请，因为我一直为这位敢说真话、为教育鼓与呼的朋友而感动。

丙奇兄是一个勤奋的写作者。在《新京报》、《北京青年报》、《东方早报》、《南方都市报》等全国报刊上，几乎每天都可以读到他的文字，尽管有些文章用了“冰启”等“马甲”，但我一看就知是他的笔法。我也在三个报刊上开了专栏，一个月一篇，就已经够忙乎了，但是丙奇兄的专栏大多是一周一篇，他的忙碌与勤奋可想而知。

丙奇兄也是一个智慧的学习者。其实他并不是教育的“科班”出身，认识他的时候，他还在上海交通大学的党委宣传部工作，所以，他的早期著作基本围绕着大学生教育问题展开，如《步入大学》、《成功宝典》、《大学生创业》、《高校学生工作者手册》、《青春档案》、《迈向成功》、《网络文明》、《直面就业》等。这些著作为他转向教育问题的研究奠定了坚实的基础。

但是，要想解决中国大学教育的问题，必须回到基础教育。所以，他与此同时又开始了漫长的学习过程。其中一个路径就是与教育学者对话。记得

2004 年，熊丙奇先生作为新浪网的特约记者，与我进行了一次很长的对话，我提出了教育的最大失误是不把人当人、教育改革的关键是要倾听民众的声音、应该让社会资本更容易地进入教育领域等观点。后来这篇访谈以《教育改革的方向》为题正式发表。

丙奇兄的可贵，不在于他说出了多少石破天惊的言论，而在于他守住了一份教育学者的良心，守住了教育的基本常识，敏锐地发现日常生活中的各种教育问题。我百度了一下，关于熊丙奇的相关新闻约 55 000 篇，其中 2012 年 4 月 18—19 日两天，丙奇就在各种媒体发出了以下声音：“大学校长被撤喜与忧”、“决策公开难行，高校腐败不止”、“自主招生资格造假也应认定为作弊”、“一桩剪发引发的血案”、“幼儿园校车不应该被排除在保障体系之外”、“高考志愿，合适才是最重要”等，可以说，中国社会的每一个教育问题，几乎都有他的声音，他从来没有缺席。

这本《教育的挑战：别忘了教育是什么》是丙奇的第四本教育时评作品精选。在这本书中，丙奇围绕年度教育的重大事件，对事件背后的教育问题做出了深度剖析，并按照教育的价值挑战、教育公平的挑战、教育理念的挑战、教育模式的挑战、教师职业的挑战、教育管理的挑战、教育改革的挑战、教育国际化的挑战等八个方面进行了梳理。这样，一篇篇看似单独的文章，就有了强大的逻辑力量。

在有的人笔下，当今中国教育时评其实很好写，只需怒骂就能成文章，但丙奇不同。特别需要提出的是，他这本书，不是简单地指点江山信笔评论，不是幸灾乐祸地把伤疤揭开来示众，而是努力剖析教育问题产生的社会背景与文化土壤，尽力提出许多具体的解决方案。所以，他的这种建设性的批评，在浮躁的当下，显得尤为难能可贵。

在全书的结束语部分，丙奇深有感触地说道：“教育的本质十分简单，就是让人生活得更美好，为此，最重要的是给予孩子公民教育、生活教育、人格教育，但现在，教育被注入太多的非教育功能，因此，在这种教育环境中成长起来的一代又一代，有不少也已经不知道教育的本质。另外，在长期政府、学校、社会责任不明晰的教育管理体系中，大家已经不清楚教育的权责边界，不知道政府拥有哪些教育权力，公民有哪些教育权利，在政府不履责、同时越权、自身权益受损时，还浑然不觉，有时甚至为政府越权管理的方式叫好。从这一意义上说，我国教育需要一场全民启蒙运动。”

我非常赞同丙奇的判断和呼吁，几年前，我也提出了“回到教育的原点”，希望开展一个全民的教育大讨论，通过讨论，让全社会更加深刻地理解教育，知道教育应该做什么，教育的底线在哪里，什么是好的教育等等。当我们不停地大声疾呼创新时，往往会忽视，“旧”的精彩之处是创造“新”的坚实基础。教育的常识，恰恰需要我们辨析、继承、坚守。丙奇的意义，在于他主动承担了这份责任。愿他永秉此心、奇笔制胜，在中国教育的全民启蒙讨论中，且行且歌且评且谏，用笔用心，书写出自己不寻常的人生。

2012 年 4 月 19 日晨

写于张掖

书道与教育

——程方平《中国书道》序

华文出版社，2012 年 5 月版

程方平先生前几天来民进中央参加一个高考改革的座谈会，会后拿着他即将出版的《中国书道》清样到我办公室，嘱我写序。

我有些为难。因为我毕竟不是书法方面的专家，完全是一个外行。方平先生说，你就写几句鼓励的话吧！我更加惶恐。因为，论年龄他长我两岁；论学问，他比我渊博专精。我只能够婉拒。他退了一步说，“那么，作为朋友，你就帮着吆喝两句吧！”我没有退路了。

与方平先生的交往有十多年了。在我眼里，方平是一个多才多艺的人。他的专业是教育史，师从著名教育史学家毛礼锐先生。他先后出版过《隋唐五代的儒学：前理学教育思想研究》、《辽金元教育史》、《隋唐五代教育名人小传》等，与人合作撰写过《中国教育史》、《中国教育制度沿革》、《中华人民共和国教育专题史丛书：民族教育史》、《中国教育》、《中华文明史·教育卷》等。看这些著作的清单，他应该是一位严肃认真的学究。

但是，方平本质上却是一位对于艺术有执着追求的学者。他从事书学研究及教学有四十年的历史，早年师从叶希豪、章建平、陆敏等书画篆刻名家，后来又得到陈叔亮、韦启美、启功、史树青、史国良、刘汉春等专家的耳提面命。方平对于书画篆刻都有深厚造诣，其书道作品以行书、魏碑、隶书等见长，兼及篆书、草书、篆刻等。绘画则以速写、装饰画、漫画为主，兼及油画、国画等。他的作品曾在国内外比赛中多次获奖，并曾赴日本、韩国及中国香港、澳门、台湾进行展出与交流。他在书画艺术方面的著作毫不亚于他的教育学论著。先后出版过《虚静斋艺丛》（6 种，包括书法、篆刻、速写）、《方寸神韵：篆刻》、《神形合体的艺术：书法》（上、下册）、《四体四书》、《道德经》（硬笔）等，并主编《学生艺术百科辞典》、《历代名帖速成习字系列》等。

作为一个对于书道和教育都有理论和实践的教育学者，方平也一直努力在两者之间架设一个桥梁，为书道教育摇旗呐喊。他提倡高雅艺术与通俗艺术的结合与互补，注重挖掘中国传统艺术的文化哲学和美学的价值，并注重传统文化与现代教育传媒技术的结合。他认为，作为中国书学的伟大传统，如果我们只是把它看成是“书法”，看成是一种雕虫小技，就无法体会其真正的文化价值、哲学价值、美学价值和社会价值，更无法让“国人和世界领会其无穷的魅力、无尽的创新潜质与无与伦比的丰富内涵”。

方平的这本《中国书道》，系统辨析了书法、书艺和书道的联系与区别，论述了从甲金文、大篆、隶书、楷书到行书、草书之道的流变，介绍了字法、章法、欣赏与整体感受之道，分析了书道之品格、规范与创新、回归与多元等问题，最后他深情呼唤复兴书道，希望能够焕发书道的内在活力，使其在中国人的精神生活中发挥巨大的作用。

我完全赞同方平先生的观点。记得几年前中国书法家协会副主席赵长青、中国教育学会副会长郭振有给我写信，希望我能够为写字教育呼吁。他们认为，写字教育不是小事，它关涉中华文化的持续发展。两位老师在信中指出，中国人写好中国字，这是中国教育基本的，也是最基础性的要求。我国的教育，自古以来都是从教和学写字开始的。字写得如何，常常是衡量一个人是否受过教育或受教育水平的一个标志。汉字不同于拼音文字。汉字是中华民族智慧的结晶，是中华文明赖以传承和立于世界民族之林而不衰败的最重要的载体。经过数千年演化，汉字所独具的艺术形态、表意功能，汉字书写的独特规律与要求，能使书写者在动笔写字时，身、心、手、眼、脑形成联动机制，起到身正、心定、手敏、眼尖、脑快等修身养性功用。即使是在科学技术日益昌明发达的今天，写字教育仍然是其他学科的教学所不能替代的。

由于“应试教育”的影响，中小学写字教育和中小学生的写字状况令人担忧。目前，写字课普遍被取消，多数学生的写字水平越来越差，字写得潦草难认、错字屡出、提笔忘字的情况十分普遍。据某地对几所小学高年级学生写字情况的抽样调查，在被调查的40份试卷中，有6份识别不出答卷学生的名字，抽查10本作文本，其中7本字迹潦草、行款不整齐。有的学生在被抽查中读自己的笔记本时竟辨认不出字迹来。在天津举办的国家督学六人书法展开幕式上，一位老同志感慨地讲了一件事：他的一位老同事哭着给在国外的儿子打电话说：“孩子啊，你以后给我写信，能不能不用电脑，用自己的手写啊？我们中国人从来是讲见字如面的呀！”电脑打出的字是冰冷的、没有感情的，亲笔书写会让人感到亲切。这是中国文化的一大特色。两位老师的呼吁与方平先生对于中国书道的呼唤，是有着共同的心愿，那就是让我们的每一位中小学生都能写好中国字，让中国书道强调创新、重视人品的精神深入人心。

是为序。

2012年4月1日晨

于北京滴石斋

海门教育奇迹解码

——何新《海门教育的追梦之旅》序

江苏教育出版社，2012年3月版

结识何新局长，可以追溯到2006年。那时，他的副手许新海在跟随我读博士，常常聊起海门教育的种种新变化，话语中带着对何新局长的钦佩和尊敬。

其后，有几次机会到海门，亲眼目睹了在海门市委、市政府的正确领导下，何新局长与他的团队精诚合作，实现了“一年打基础，两年见成效，三年上台阶”的既定目标，并在随后的时间里不断地创造了海门教育的一个又一个辉煌。

我一直认为，孩子们的学习成绩是给我们真心办教育、用心办教育、齐心办教育、科学办教育的人的额外奖赏，虽然我们不刻意地去追求，但它一定在前方的路上等着我们，给我们以惊喜。就像海门一样——2007年一举实现“总均分、本二以上上线率、本一录取率、高分段人数”四大历史性突破；2008年本二以上上线率和录取率双双跃居全省第二，提前一年实现“教育质量上台阶”的目标；2009年创造了本二以上上线率超过全省平均水平30个百分点的辉煌业绩；2010年本二以上上线率高出全省平均水平39个百分点；到了 2011 年，本二以上录取率更是达到 60.3%。懂得教育的人知道，这是非常了不起的一组数字。而且，这些数字不是靠加班加点，不是靠题海战术！

结缘何新局长，是因为新教育实验。伴随着新教育实验在海门落地、生根、开花、结果，和何新局长的接触也多了，他对教育的痴迷和深刻认识，对改革的坚守和矢志不渝，对教育创新的肯定和支持维护，让我感动、感佩、感激。可以说，在一定意义上，是他的亲力亲为和全力支持，才使我们新教育的理想落实到了实处，得到了实证的机会。营造书香校园，他把晨诵、午读、暮省和日常的教学活动相结合，在幼儿园推广亲子阅读，在小学低年级推广绘本阅读，在小学中高年级推广整本书阅读，在中学推广经典美文诵读与课本剧表演；构筑理想课堂，他以“学程导航”教学范式为依托，积极开展幼儿“兴趣课堂”、小学“活力课堂”、初中“智慧课堂”、高中“高效课堂”和职校“技能课堂”的实践与探索；建设数码社区，他在鼓励海门教师积极参与教育在线论坛讨论、网师学习、博客撰写等的同时，创建了海门新教育在线网站，给八千多耕耘在海门教育沃土上的教师一个精神的港湾、一个学习的家园、一个研究的阵地、一个互动的平台、一个展示个人才华和班级风采的舞台；师生共写随笔，他把普及性要求和培养名师工程集合在一起，一方面，通过师生共读、共写、共同生活提高全体教师的进取愿望，激活全体教师的发展潜能；另一方面，相信榜样的力量，通过打造名师工作室、名品教育项目工作室、学科教育工作室，建设名师培养梯队，实施“铸魂、领雁、名师、夯基”四大工程，为海门教育后30年发展积累了宝贵的财富。经过这几年的不懈努力，在海门，推开任何一所学校任何一间教室的大门，你都可以看到精彩，感受惊喜，海门新教育人在何新局长的带领下，为新教育作出了卓越的贡献，海门已经成为中国新教育的一个重镇。

正因为何新局长这种关注于生命、落脚于生活、立足于田园的人文精神，我欣然与他结伴而行。他不仅在人力、物力、财力等方面全力支持建设新教育海门实验区，更是在 2009 年主动承办新教育海门年会。说实话，一开始，把这样上千人参加的全国大型活动放在海门这样的县级市，我还是有些担心的。但何新和他的团队，用精彩绝伦、无懈可击的表现证明了自己。他们严密的组织领导、高效的办事作风、高品位的展示活动、高素质的师生队伍，无不让我暗暗喝彩，也让来自全国的新教育人宾至如归、收获颇丰。从某种意义上说，海门年会是一个里程碑，提升了新教育年会的层次，为以后的活动开展树立了具有“海门标准”意义的标杆。

2010年暮春，何新局长从学校特色文化建设的反思中开始思考如何开展教室特色文化建设，这又与我们新教育缔造“完美教室”的思想不谋而合。一旦确定方向，他就坚定不移地开始实施，全力以赴在海门开展缔造“完美教室”的实验，成立“完美教室”工作室，树立“完美教室”榜样教师，开展“完美教室”班主任全员培训，开设《海门日报·教育周刊》“完美教室”专栏，编辑《海门教育·新教育专刊》；2011年11月，又举办了“全国新教育实验海门开放周暨缔造‘完美教室’展示活动”，学校全面开放与集中展示相结合，六大主题工作研讨与大会汇报交流相结合，全国重点课题开题论证与具体活动项目相结合。活动原计划200人参加，报名300人，实际400余人到会，足见海门新教育实验的号召力和影响力，加上海门自身的500余名教师代表，又是一个近千人的盛会。明年，新教育的年会将在山东临淄举行，主题就是缔造“完美教室”，海门的这次活动，不仅展现了一年多时间的研究成果和实践成绩，更是拉开了2012年年会的序幕，为年会呐喊造势，为新教育再一次作出了重要的贡献。

何新局长的这本书，记录他主政海门教育六年的历程，这是海门教育跨越式发展的历程，也是我们与海门携手圆梦新教育的历程。很荣幸，新教育多少为海门的教育改革和发展尽了绵薄之力，新教育人见证了海门教育的光荣与梦想。所以，读何新局长的著作，我感到很熟悉、很亲切、很感动。这本书，蕴藏着海门教育的成功密码，也蕴藏着一个中国基层教育局长的心路历程。

那么，让我们一起打开这本书，走近何新，走进海门教育吧！

2011年12月5日

写于北京滴石斋

魅力无限张曼凌

——张曼凌《魅力女教师修炼记》序

中国轻工业出版社，2012 年 2 月版

很长一段时间，我只知道她的网名叫小曼。

她是教育在线网站的明星，是新教育的一朵花儿。不是因为她长得漂亮，而是因为她的心灵的美丽。无论在哪里，小曼总是一道风景。

认识她是因为教育在线。教育在线创办之初，李镇西就极力推荐他在 K－12的那些“死党”，小曼就是其中的干将。

那个时候，小曼从教不久，在学校和本地名气不大，但在网络上俨然已经是一位“大虾”。担任了教育在线小学教育论坛的版主以后，她不仅热情地为各位网友烧茶倒水，而且辛勤地编织自己的文字。她每天都记载着自己的教育故事，书写着自己的教学反思，陆陆续续开设了好几个专栏，有记录她教学实录及反思的《我的语文教学实践》，有记载她和学生之间故事的《心路为你开——小曼教育随笔》，有交流自己点滴的生活感悟以及旅游见闻等的休闲文字《写给自己》，还有她收集整理的孩子们喜闻乐见的故事《小曼老师讲故事》。所以，不仅小学教育论坛宾客盈门，她自己的“小店”也是热闹非凡。2003 年，我们在昆山召开了新教育研讨会暨网友大会，当我宣布小曼为教育在线网站终身版主的时候，全场掌声雷鸣。

小曼慢慢出名了。就在她的故事讲到第 200 个的时候，辽宁音像出版社和辽宁少儿出版社主动与她联系，希望出版《小曼老师讲故事》。希望她讲学培训的邀请也接踵而至。

小曼的成长也感动了她们学校的邢校长。从小曼的身上，邢校长看到了新教育的力量。于是，2003 年，小曼所在的吉林第一实验小学成为新教育实验学校。一个人，撬动一所学校、带动一个区域参加新教育的故事虽然不少，但小曼无疑是“先驱”。

2005 年 10 月，小曼和邢校长来到苏州，希望举办一次新教育实验与教师成长的研讨会。这一年夏天我们已经在成都召开过新教育实验的第四届研讨会，没有精力再举办新的会议。但小曼和邢校长的热情感动了我们。邢校长说，她们从小曼的身上看到了新教育对于教师专业发展的作用，希望好好总结交流。于是，当年 12 月，在吉林最美丽的季节，我们召开了后来被命名为第五届新教育实验研讨会的“北国之春——新教育实验与教师专业发展研讨会”。作为东道主，小曼再次成为“明星”，许多新教育人成为她的“粉丝”。我也才知道，她的名字叫——张曼凌。

从 2006 年开始，小曼与新教育联系得更加紧密了。每一次年会，她都会参加，无论是公派还是自费，她说：小曼不能缺席！每一次支教，她也会参加，她说：小曼即使不做讲师，也要做服务生！

小曼的声名开始远扬。《魅力小曼》、《小曼舞在网中央》等一篇篇报道接二连三。但她没有陶醉。她还是那个普普通通、平平常常的小曼，一样爱打扮，一样爱孩子，一样爱课堂，一样爱旅行。她的博客一样青春靓丽，她的专栏一样热情飞扬。

小曼要出书了。书名如她对自己的美丽一样自信——《魅力女教师修炼记》。前言《一个普通教师快乐而充实的一天》是她日常生活的真实写照，忙碌而从容。打造魅力班级，修炼个性魅力，做生活中的魅力女人，“魅力”是这本书的主题词，也是小曼生活的主旋律。

一下子写得太多了，欲知小曼魅力几何，还是请君细读此书。

2011 年 12 月

写于北京滴石斋

一个人、一个团队和一个品牌

——张梅霞《童媒突围》序

光明日报出版社，2012 年 3 月版

《小学生拼音报》的前身是《晋南拼音报》，是在山西运城成长起来，现在已经走向全国，甚至走出了国门的一张报纸。

这张小学生的报纸，一直牵动着我的心，我一直关注着她的发展。

这是缘于一个人。2007 年，新教育年会在运城召开，《小学生拼音报》的主编梅霞同志忙里忙外，给予会议许多帮助。被她的精神所感动，我为她的报纸写了两句话：“童书，是最美妙的种子；阅读，是最幸福的生活。”

2009 年，新教育实验现场会在山西绛县召开。那两天雨雪霏霏，天气非常恶劣。《小学生拼音报》的主编梅霞同志又一次出现在现场，听课、采访、拍照，为大会提供了很多方便。她穿着厚厚的棉衣，戴着帽子，脸色赤红，并且坚持到最后——后来我才知道，她是带病来开会的。梅霞就此给我留下了深刻的印象。

爱屋及乌，我也因为梅霞与《小学生拼音报》结下了缘分。

一晃几年，《小学生拼音报》已经过了她的五十岁生日。在我们国家，能够存在五十年的报纸不多，少儿报纸尤其微乎其微。她的生命力何以如此强大、坚韧？五十年来，她做了哪些事情，走过了哪些拐点？五十年来，她沉淀了哪些本质，传承了哪些基因？五十年来，她迎向一个什么方向，追求一个什么目标？近年来，她每年都入选新闻出版总署公开向全国少年儿童推荐的优秀报刊目录，并且获得了很多大奖，其中的奥妙又在哪里？我一直想解开这个谜。

这个谜团终于被解开了。最近，梅霞同志把她的《童媒突围》的书稿拿给我看。看过之后，我一下子找到了答案。这一切，源于梅霞同志的果敢和大气，源于她的才思和才情，源于她的执着和勤奋。

《童媒突围》是一本细腻而流畅、生动而感人的教科书。它不只呈现结果，还披露过程；它不只清晰轨迹，还挖掘意义；它不只表现团队，还凸现个体；它不只提出理论，还提供案例；它不只让我们看到理性的价值，还让我们看到情感的力量。从不同的层面，我们看到的是同一个内容——本真的人，真切的话语，真实的事例。相信每一个读了此书的人都会有这样一种感觉：那些为了理想而坚持、坚守、坚定不移的人永远值得感动和尊重。

《童媒突围》是一部品牌史。虽然这之前也有过个别研究童媒的图书出版，但是这部书有它非同一般的个性和力量。它是理论书，又具有理论书没有的情感魅力；它也叙事，但是具有叙事体所不具备的系统的操作实务；它从童媒研究出发，视野又极为宽阔；它是一部品牌锻造史，又是一部童媒人开疆拓土永不止步的奋斗史；它注重提供团队成长的案例，又凸显了个体张扬与内敛高度协调的精神气质……从这部书里，我看到了一个人、一个团队、一个品牌的过去、现在还有未来。

让我感慨的是，全国有万余种报刊，少儿报刊只有二三百种。平时，我们看到了大报名刊巨大的影响力和广告份额，很少能看到似乎处于“弱势”的少儿报刊的读者群其实远远大于那些大报名刊——二三百种少儿报刊服务于全国三亿多少年儿童，而这些小读者在十年二十年之后，将是我们国家建设和发展的主力军。梅霞同志和她的团队，显然是认识到了这一点，所以，在艰难的“突围”过程中，他们坚持把对儿童一生成长负责、对国家和社会未来负责的意识，放在最重要的位置上，不急功近利，不迎合媚俗，不粗制滥造。他们坚定不移地走在前人开辟的道路上，一点一点地把自己的东西种下去——亲子共读的种子、提前读写的种子、主动探究的种子、自主学习的种子、快乐成长的种子，还有探索的种子、创新的种子、责任的种子、信念的种子、理想的种子、合作互助的种子、幸福与爱的种子！我们相信，优良的种子本身具有抗挤压、耐击打、见缝插针、在风雨中成长的顽强的生命力，我们相信优良的种子必定繁育出辽阔的庄稼或参天的森林。目前，儿童食品安全问题已经引起全社会的广泛关注，儿童的知识产品、文化产品、精神产品的质量，也应该给予高度重视。我们相信，只有像《小学生拼音报》这样追求零差错、高品质的报刊，才会有长久的生命力。

让我感慨的是，在我国传媒事业快速发展的今天，少儿报刊遭遇的竞争和压力竟然如此巨大！童媒人每前进一步，都会付出很大的代价。然而，他们选择了坚持，选择了坚守，选择了坚信。我不仅感动于他们的拼搏和奋斗，更感动于他们在挫折和逆境中始终保持了理想、信念和追求。他们不仅勇于牺牲，勇于付出，而且勇于反思，勇于批判，勇于革新和创新。他们在看起来很小的产业里所做的努力，体现出来的是很大的事业心和进取精神——他们始终知道自己从哪里来，要到哪里去。

让我感慨的是，在喧嚣和浮躁的社会大环境下，这些一直在行走的童媒人秉持了自己的纯真、质朴和激情。他们是那么敏感，那么细腻，对每一缕风每一丝雨每一朵花开和每一声鸟鸣，都生发出新鲜的感受和深沉的体味；他们是那么青春，那么浪漫，对每一次出发每一次归来每一次跌倒每一次站起，都表现出飞扬的激情和刻骨的珍重；他们是那么的热情，那么的理性，对每一次变化每一次改革每一次扬弃，都投注了深刻的思考和深情的拥抱……虽然我们隐隐约约看到了碰撞、反弹和泪光，但是，我们看到的更多是交融、汇聚和欢笑。而这些，正是一个团队蓬勃的精神和可亲、可爱的风貌。

让我感慨的是，作为一名领军人物，梅霞同志不仅善于思考，善于总结，而且身体力行，处处注意给队友以引领。她总是和她的伙伴在一起——像朋友，敞开肺腑交流；像师长，毫无保留指导；像父母，语重心长教诲。手把手带业务，心连心渡难关——她付出的，不仅是时间，不仅是心血，不仅是情感，而是全部身心。她做了 7 年的一把手，把《小学生拼音报》从 44 岁带到 51 岁。这 7 年的路程，不是这几十万字所能体现出来的。这是精神，还是品格，更是胸怀。

同样让我感慨的是，梅霞带领的这支团队，在山西运城这样一个小地方，不仅能够坚守生存下来，而且活得如此精彩，干得如此出色。我认为，这是一支把机遇视为财富、把成长视为使命、把付出视为收获的队伍。对教育的赤诚和对孩子的热爱是他们发展的强大力量。这样一支队伍，也许微小，但绝不弱小；也许会遇到很多困难，但绝不会被打倒；也许他们的理想之光目前只照亮了一部分人，但是我相信，这种光亮终会像阳光一样泽惠所有的儿童。因为，他们会有越来越多的同行者。

更加让我感慨的是，梅霞和她的团队，一直关注着我的事业。民进中央在贵州毕节金沙县对口支持，梅霞二话没说，就给当地小学生免费赠送报纸。她一直关注和参与新教育实验的事业，为我们摇旗呐喊，为我们鼓劲加油。边远地区的新教育实验学校有困难，她总是尽可能给予支持。她的博客，经常有新教育的文字，新教育的进展一直在她敏锐的视野之内；她也对我说，愿意成为新教育的伙伴，和我们一起携手共圆新教育之梦。

恒久的专注孕育成功。这是《小学生拼音报》的发展经验，也是拼音报人这个具有钉子精神的童媒团队带给我们的启示。我为他们骄傲，也为他们高兴。走出来，是成功；走出风采，是魅力；走出成就，是大智慧。

祝福他们，永远向着明亮那方——

明亮那方有无限的希望！

2012 年 1 月 10 日
写于北京滴石斋

幸福在哪里？

——杨斌《教师职业幸福的秘密》序

华东师范大学出版社，2012 年 1 月版

幸福在哪里？
朋友啊告诉你，
她不在教鞭下，
也不在分数里，
她在诗意的晨诵中，
她在美妙的午读里。
啊，幸福就在你闪光的暮省里！

幸福在哪里？
朋友啊告诉你，
她不在灯光下，
也不在题海里，
她在温馨的共读中，
她在快乐的共写里，

啊，幸福就在咱共同的生活里!

幸福在哪里?
朋友啊告诉你,
她不在霓虹下,
也不在酒杯里,
她在理想的愿景中，
她在田野的行动里,
啊，幸福就在你芬芳的果实里!

幸福在哪里?
朋友啊告诉你,
她不在名利下,
也不在地位里,
她在悲悯的情怀中,
她在合作的精神里,
啊！幸福就在这全新的教育里!

当我读到杨斌老师这本《教师职业幸福的秘密》书稿的时候，我脑海里首先浮现的就是这首三年前在河南焦作听到的歌。

这是一位名叫麦苗青青的老师在题为《幸福在哪里?》的教师沙龙上唱的。河南焦作是新教育的实验区，2008年开始全面推进新教育，晨诵、午读、暮省的儿童生活方式，教师专业阅读、专业写作、专业发展共同体等，让许多一线教师改变了自己的行走方式，他们发现，教育原来可以如此美丽，教师的生活原来也可以如此幸福。

所以，拿到杨斌的书稿，我当然非常关注他如何看待教师的职业幸福，他理解的教师职业幸福，与新教育实验的主张是否相同呢?

大约两年前，我应邀为杨斌的《什么是真正的教育：50位大师论教育》作序。当时，其中有几个专辑的名称让我眼睛一亮，记得有“知识的魅力”、“童年，人生已经开始”、“教师职业幸福的秘密”等。后来，看到杨斌发表在《教师月刊》上的“答读者问”，才知道他这本书的六个专辑，其实有着严密的内在逻辑联系；六个专题，六根支柱，支撑着他心目中教育美学理想的架构。而那一本《什么是真正的教育：50位大师论教育》的名著读本，只不过是他理想工程的一种准备和奠基。

没有想到的是，仅仅时隔两年，六根支柱之一的《教师职业幸福的秘密》书稿，就又发到了我的电子信箱里，而且再次邀我写序。虽然最近非常忙碌，一直在利用业余时间整理十六卷的《朱永新教育作品》，但为了写序，还是断断续续读了很久。杨斌是我非常熟悉的优秀语文教师，他所在的苏州市一中，是我们民进老主席叶圣陶先生的母校，我们都非常热情地共同关心着叶圣陶教育思想的学习、研究和实践工作，近两年来，仅仅是因为叶圣陶的机缘，我们就在几次会议上碰头和交流。再说，正如杨斌在来信中所说，教师职业幸福的概念是由我比较早地提出来的，我曾多次在演讲和文章中说过，要让教师和学生共同过一种幸福完整的教育生活。既然如此，现在有这方面的研究著作出版，似乎不说上几句，也有点不合情理。

翻阅着《教师职业幸福的秘密》书稿，我发现杨斌对该问题的观察与实践、思考与认识，颇具新意，而且已经达到了一定的深度。从本书的五个专辑名称上，即可以看出一些端倪：快乐就藏在职业本身；真情是最美的花朵；职业幸福从创造开始；职业幸福与“光环”无关；“相信种子，相信岁月”。这最后一个标题，就是借用我们新教育人的响亮口号。杨斌从教育教学活动的细节出发，从教师劳动的性质和特点出发，感性地也是理性地、历史地也是逻辑地对教师职业幸福展开多维度的考察，其角度是新颖的，视野是开阔的，阐述是辩证的，感悟是深刻的，尤其重要的是，叙述是生动的。因为不是理论专著，而是在一个个鲜活生动的教育故事展开过程中，或层层剥笋，或见缝插针地相机议论，让结论水到渠成、观点包蕴其中，因此读来毫无生涩之感，非常轻松愉快。我一直认为，教师做得精彩，才能写得精彩。杨斌老师从他自身以及身边的同事身上，捕捉到了一个个精彩的教育细节，感悟到了教师职业幸福的真谛。这种源于实践的总结和反思，应该是教师专业成长的重要一环。没有作者多年如一日的实践积累和思考，是不大可能产生如此新鲜丰厚的教育感悟的。

近些年来，在大江南北长城内外风生水起的新教育实验，就是基于这样一个朴素的梦想：让师生过一种幸福完整的教育生活。我们努力通过“四个改变”，让师生过一种幸福完整的教育生活。一是改变教师的行走方式。这是我们整个新教育实验的宗旨。新教育实验在最初的时候，就把教师的发展放在首位，提出让教师享受教育的幸福，享受成长的幸福，享受自己发展的快乐，追求教育理想的成功。二是改变学生的生存状态。我们希望让学生过一种幸福完整的教育生活，通过塑造未来的公民而创造未来。新教育实验的目标是培养既有民族情怀，又有全球视野，既有本真的生命体验，又拥有全面的科学知识、具有创造能力的未来公民。在实验中，我们一直期待孩子心里有梦想，脸上有笑容，一直追求学生能够和教师对话，一直追求教给学生终身有用的东西。三是新教育实验改变学校的发展模式。学校是我们共同生活的场所，是教育活动的中心。我们只有把学校改造成真正的学习型的组织，成为真正的学习共同体，拥有杰出的校长、优秀的教师队伍，拥有独具特色的发展模式，才能让学校得到真正的发展。四是改变教育科研的范式。教育科研是活生生的研究。在教育的领域中，研究者和研究对象都是主体，你和我，并不是分体的，是你中有我，我中有你，我们共同构成一个新的团体。

我很高兴地看到，新教育实验的理念，不仅正在变成有 32 个实验区、1 200多所学校，超过 100 万师生参与的新教育人的自觉行动，而且，也正在日益影响着新教育实验圈外的教育同仁。新教育不是一个精英俱乐部，而是一个宽容开放的团队，不管圈内圈外，只要认同并实践新教育的理念，只要从各自不同的方位积极致力于改善中国的教育生态，只要是在真心实意地推进素质教育，我们就是同道，就是战友，就是向着一个共同方向前进的教育追梦人。本书作者杨斌所在的学校虽然没有参加新教育实验，但他坚持不懈、矢志不移地在教育追梦的路上执着行走，所以，他具有新教育人的气质与追求。

教师职业的幸福是一个说不尽的话题，也是广大一线教师非常关心并且希望得到答案的话题，更是深入实施素质教育必须破解的一道难题。因为没有教师的职业幸福，就没有也不可能有学生的幸福！对于这个话题，我们新教育人用自己的话语体系说了，杨斌也用自身的体验和感悟说了。

幸福是人类永恒的追求，也是教育永恒的目标。教师的幸福是幸福完整的教育生活的基础，需要有更多的人在实践上进一步探索，在理论上进一步深化，希望有更多的人来关注和研究这个问题，更祝愿有更多的教师过上幸福而完整的教育生活！

是为序。

2011 年 7 月 27 日

写于北京滴石斋

种子的梦想

——周惠琴《快乐追梦人：周惠琴教数学》序

现代教育出版社，2011 年 9 月版

五年前，我曾为一位数学老师的新书写过序。

一年前，我接到这位老师赠我的新礼物——她的第二本新书出版了。

几天前，她又送来一叠厚厚的文稿——她的第三本书即将问世，并请我再次作序。

我不忍心回绝。尽管手里有一大堆事情，有一系列文债。因为玉峰实验学校是新教育的第一所挂牌实验学校，当然，更因为书稿的作者是一位怀有梦想和激情的新教育的种子。

十年前，我来到昆山玉峰实验学校，认识了书稿的作者周惠琴。当时，她是这所学校小学部的德育主任。如今，她已是全面负责小学部工作的业务校长了。但是有一点始终没有改变：她是一位普通、认真且富有激情的数学老师。

浏览她的三本书，风格与内容一以贯之，都是课堂实录、课堂点评和课后反思。她告诉我，尽管职务变化，但她一直在做着自己的梦——理想的数学课堂之梦，而且，一直努力在用好学、实干和激情去追寻属于她的梦。

据说，她原来是教语文的，后来才改教数学。我注意到，在她的第二本书里，有这样一个细节：“1999 年 9 月 9 日，在我刚执教数学第七天，我把昆山市小学数学教研员顾建芳老师请到了我的课堂，听我上课……”你见过刚执教才几天的青年老师，敢把“掌管一方”的教研员请来听自己上课的吗？她敢作敢为，她让自己没有退路，她希望站在巨人的肩膀上前行。我欣赏这样的勇气与自信，也欣赏这样自加压力、挑战自我的个性。

周校长告诉我，作为新教育人，她特别喜欢“相信种子，相信岁月”这句新教育人的密码。她把教育在线论坛上面的一段文字抄录在自己的笔记本上，时刻提醒自己不要懈怠，不要放弃：

> 相信种子，就是相信自己，无限地信任自己的生命。任何生命，都有可能开出一朵花来，这是上帝安排的神秘与神奇。但你若不信任，便永远不可以嗅到芬芳。
>
> 相信岁月，就是要努力坚持，就像种子必须穿越泥土一样，只有穿越岁月，让阳光进来，清风进来，鸟鸣进来，大自然界的一切神奇进来，人类文明的一切精华进来，那蕴天地之灵秀的生命，才能够真正地成为奇迹，成为传奇。

许多人既不相信种子，也不相信岁月，于是一生便平庸地度过，就像尼采所说的，许多人到死的时候，才发现自己从来没有活过。

因此，她与所有的新教育人一样相信，每个人都可能是一粒神奇的种子，只要怀揣着成长的梦想，不放弃，不抛弃，就一定能创造出属于她的奇迹。

是的，梦想对于一个生命来说，真的太重要了！

种子的梦可以在最初并不十分清晰，可以只想着“我要长大”。就这么想着、长着，长着、想着，终于有一天她就有了一个明确的目标：我要做一株芬芳的花，或是做一棵傲岸的树。

面对周惠琴的三本书，我们已看出她的清晰梦想：立足课堂，做数学理想课堂的追梦人。

构筑理想课堂是新教育实验的“六大行动”之一，那么，理想的数学课堂应该是个什么样子呢？周惠琴在她的课堂实践里有诸多的感悟，在我眼里，她试图在回答这些问题。不妨听一听：

——理想的数学课堂，应该是师生“玩”数学的课堂。

——理想的数学课堂，应该是引领学生经历数学思维之旅的课堂。

——理想的数学课堂，应该是体现想象力比知识更重要的课堂。

——理想的数学课堂，应该是启发学生自主探究数学奥秘的课堂。

——理想的数学课堂，应该是让数学与生活更加亲密的课堂。

——理想的数学课堂，应该是充满数学诗意的课堂。

……

如果您不能从这样的句式中弄明白她的课堂到底是什么样，那就请您打开她的这本书——《周惠琴教数学》，里面有丰富的案例等着您去品鉴。

如果您是一位老师，正教着某一门学科，那么读完后不妨想一想：我的理想课堂是什么呢？

我不知道周惠琴能够走多远，不知道这粒新教育的种子最后能否成为参天大树。但是我知道，这粒种子从来没有放弃梦想，从来没有放弃成长的渴望。所以，我愿意在岁月中等待她的绽放。

2011 年 12 月

写于北京滴石斋

有一种幸福叫教育

——于洁《草尖上的露珠》序

陕西人民教育出版社，2011 年 8 月版

2007 年 9 月，在媒体上看到了一则来自昆山玉峰实验学校的消息——《父亲突然离世　家校簿留言成 15 岁少女最珍贵礼物》。因为玉峰是我们新教育的第一所挂牌实验学校，所以我格外关注。

消息讲的是昆山市玉峰实验学校初二（6）班女生陆凯悦的父亲陆建新在车祸中不幸罹难，去世时没给妻女留下只言片语，全家沉浸在深深的悲痛中。怎样才能安慰这个孩子，让她学会坚强呢？班主任于洁老师想起了凯悦父亲曾经在家校联系簿上为女儿写下的一段段充满爱心的留言。她想，如果把这本联系簿送给凯悦作纪念，定会让凯悦感受到父亲的爱永远存在。

当这本不寻常的家校联系簿送到凯悦手中，看到父亲绝笔的凯悦禁不住泪流满面……在于洁老师和大家的关怀、鼓励下，15 岁的凯悦逐渐从悲伤的阴影中走出，变得越来越坚强。

凯悦在《留一份心痛也美丽》的文章中这样写道：

> 过去，我是一个人人羡慕的孩子，我拥有幸福美满的家，可是父亲的突然离去，让我一下子掉进了痛苦的泥沼。

直到听到这么一个故事：上帝总爱像吃苹果一样，在他认为是强者的人身上咬一大口，他越是青睐你，咬的那一口就越大越深。我于是开始想：大概我就是上帝眼中的那个可人儿，不然他为何在我身上咬那么大一口呢？

不过我又想：上帝无私地赐予我世界上最伟大的父爱，让我尽情享受了15年。或许是这15年来我只知道索取而不懂得给予，上帝才一怒之下收回对我的恩赐。这时我才明白要拥有爱就必须付出爱，但太迟了！

……尽管心还在隐隐作痛，但我仿佛听到了父亲在对我说："别哭，好孩子，等你长大了，你一定会明白：有时候，留一份心痛也美丽！

当时读到这个报道，我既为凯悦失去父亲而悲伤，也为她能够很快振作起来，微笑着面对灾难而欣喜，更为于洁老师的教育智慧而感动。从此，于洁老师的名字就深深地印刻在我的脑海中。

是的，作为第一所挂牌的新教育实验学校，昆山玉峰实验学校发生过许多感人的故事，书写过许多教育的传奇。吴樱花老师用教育随笔，帮助一位离异家庭的孩子成长为苏州市中考状元；高子阳老师通过专业阅读，与孩子一起阅读写作，成长为特级教师，等等。他们的共同特点，是通过教育随笔，通过教育叙事，通过与父母的便签，通过家校联系的卡片，等等，与父母、孩子共同编织有意义的人生。

没有想到，几年过去了，于洁老师拿着厚厚的一叠教育随笔文集《草尖上的露珠》来找我，说周建华校长希望我也能够为她的新书写点文字。我非常愉快地答应了。

泰戈尔说过：人的青春时期一过，就会出现像秋天一样的优美成熟时期，这时，生命的果实像熟稻子似的，在美丽、平静的气氛中等待收获。

这是我读了于洁老师书稿后从脑海里跳出来的第一反应。

是的，沉稳、优雅，有诗人的气质，有理想的追求，也不缺少青春的活力、创新的方法，也许，这就是做了20年语文老师、20年班主任的于洁老师在这本书里浮现出来的日渐清晰的身影。

教育这条路有时是藏在海底的，妄想漂浮在海面的人是走不远的。教师最要紧的是能够"沉"下去，沉到课堂里去，沉到学生中去，沉到教育教学的实践中去，沉到书本中去，沉到思考中去，沉到对教育实践的反思提升和不断校正中去。

新教育主张师生共写随笔，不是为写作而写作，不是为了培养离开教育生活的“作家”，而是为了改进教育的生活，改进教育的品质。于洁老师这本书的可贵之处，在于她用朴素的笔，饱含爱心，将她和学生的点滴成长一一记录下来。所以，我在意的不是她的教育随笔写得多么文采斐然，而是她已经把自己的根深深地扎在教室，扎在孩子的心里。

新教育一直主张教师与学生、父母共同编织有意义的人生。所以，无论是学期开始和中间写给孩子和父母的信件，还是学期结束时为每个孩子量身制作的生命叙事（学期评价），都是用心去写的。只有这样，教育的生活才是润泽的，师生的关系才是润泽的，教师与学生才是幸福的。

看了于老师写给每个学生的那么多信，几乎是一个学期一封，完全没有内容上的雷同，每一封信都有对学生学习生活细节的描述与点评，可见她对学生了解之深。我也看到学生们写给于老师的信，同样有对她的教学教育甚至穿着气质等生活细节的描述与点评，可见她的学生对她的了解之深。于老师在《一场对心灵的考试》中说：“教学相长，这应该是教育的最高境界，学生向老师学习，老师向学生学习，在教与学的过程中，互相促进，共同进步。我想说，同学们，我和你们，真的是教学相长呢。所以，除了被你们感动，还有一种心情我要告诉你们，和你们在一起，我很幸福。”

于洁老师在《红烛之光》的照耀下，成为《世界上最幸福的人》，她和她的学生有《一秒钟的默契眼神》，她为这些90后的孩子《拥有一颗善良快乐的心》而快乐着，她和他们一起《看焰火》，一起《席地谈心》，她《在笛声里，走进你的心》，她的《委屈，有你们安慰》，她平息《MP5风波》，她让一个《没有熟透的柿子》变得甘甜，她和她的学生们《用自己的方式，爱着我们的班级》，她时刻提醒自己《向年轻人学习》，她是一个用心而快乐的班主任。

她的生活丰富而细腻，精彩又精致。她诗意地栖居在教育的大地上，和她的学生们一起成长，一起享受成长的幸福。这应该是新教育关注学生、呵护学生，促进学生精神成长最为草根的范例。

是的，一个老师的好坏，最有发言权的是他的学生和家长，最直接的评论者却是内心深处的自己。你只要问自己，和你的学生在一起，你幸福吗？如果你毫不犹豫地、由衷地回答说你很幸福，那么，你一定是个好老师。

曾经有人诘问新教育：完全的草根运动是否具有长久的生命力？时至今

日，新教育实验已经走过了九个年头，要马上下永恒的结论似乎为时过早。让我欣喜的是，在新教育这条路上，我们已经从一开始拥有狂热的追随者，到如今拥有一批冷静成熟、能够适时调整教育教学状态、在实践操作中获得合适的教育教学方法、把手中的班级创设成一个“用教育的理想实践理想的教育”的舞台的厚积薄发的一线教育者。只要我们在推进的过程中防止形式主义、功利主义、虚无主义，坚守住新教育的理念，坚守住对教育的大爱，草根运动必成燎原星火。

鸟飞过，天空无痕。但是，鸟飞过，也是一段永恒。玉峰实验学校校长周建华曾经感慨地对学校的老师们说：“同事们，我已经做教师 20 年了，再做 20 年就要离开这个岗位了。如果我就这样碌碌无为地走过去，等我退休的那一天，我会发现我 40 年的教育历程是一片模糊不清的记忆。我不想这样，希望你们也不要这样。我们要把自己教学中哪怕是一点点的体会记录下来，我希望我们的图书馆里不光有别人的著作，更要有我们自己亲手写下的作品。”

我想，这大概就是于洁老师在书的第一部分起名“天空之痕”的原因吧。

这何尝不是她的教育之痕呢？这样的痕，有个名字，叫做幸福。这样的幸福，如同草尖上的露珠，晶莹剔透，润泽根底。

有一种幸福叫教育，这是新教育老师的追求，也是新教育人发自内心的真实感受。

祝福于洁，祝福新教育！

2011 年 11 月 5 日

写于北京滴石斋

二、教育，需要爱，更需要思想

在现实生活中，一线教师缺乏足够的话语权，而且承受着来自社会、父母、学生的诸多压力，不少人长期处于教育转型期的极度困惑之中，迷惘、倦怠、埋怨。但是，也总有一些人，不仅坚守在讲台，而且还坚守着内心的理想，执着地探寻通向幸福的路径。对他们来说，无论外在的教育环境多么恶劣，无论体制内的矛盾怎样尖锐，教育理想总能像火炬一样点燃心中的梦想，照亮远方的通途，让他们在前进的征途上自信，潇洒，且一路高歌。他们的故事告诉我：教育，需要爱，更需要思想。

摄影：薛晓哲

作者：杨明义

青峰的攀越

——夏青峰《同行的岁月》序

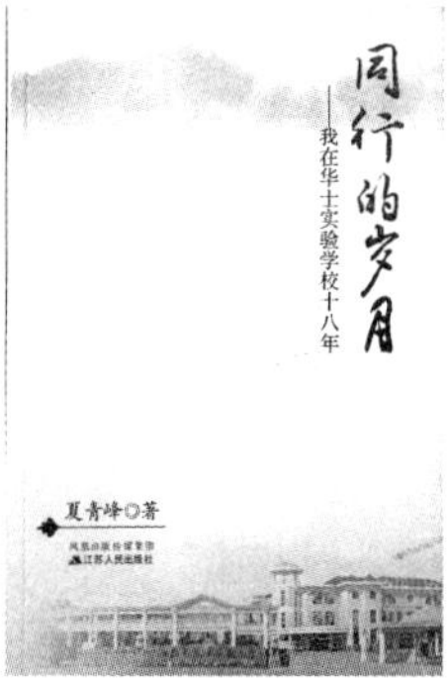

江苏人民出版社，2011 年 9 月版

第一次见到青峰，就喜欢上了他。

有点腼腆，谦逊和气，但自信和坚毅也清晰地写在脸庞。

知道了他的一些故事以后，更加喜欢他了。

一个卖过冰棍、养过地鳖、当过服务生、干过拆迁的年轻人，一个在苦难中长大的小伙子，一个差点与教育擦肩而过的优秀校长，我们很难把这些不同的形象，与眼前的夏青峰联系起来。

然而，这就是他，一个真实的夏青峰。

我真佩服吴辰校长，一个偶尔路过的打工仔，竟然被她一眼相中，而且培养成为自己的接班人！如果不是亲眼所见，无疑会以为这是一个天方夜谭般的神话。

虽然对青峰、对吴辰、对华士我已经非常熟悉，但昨天拿到青峰的《同行的岁月——我在华士实验学校十八年》这部书稿的时候，仍然一口气读完了它。感动，敬佩，我不仅读到了自己的影子，也读到了一个年轻不安分的灵魂，一个不断攀越的向上的力量！我更加更加喜欢他了。

青峰在书中说，要永远以积极与热忱的心态来对待生活，要相信生活中的阳光，相信人性的美好，这样才能够正视并化解面临的困难，不抱怨，不颓废，永远乐观向上。1993 年夏天，我评上了教授，担任了苏州大学历史上最年轻的教务处长，而此刻的青峰却在苏州的一个建筑工地上抡榔头、拖板车；在别人打扑克消闲的时候，他却在看着天上的星星，想着自己的未来。

遇到吴辰是青峰的缘分，更是他的福分。吴辰是充满激情与梦想的好校长，我们也是一见如故。大千世界，有些人就在你身边，但总是如天涯海角；有些人，虽然只是缘悭一面，但仿佛前世旧交，难以忘怀。对吴辰，对青峰，我就有这样的感觉。

掩上书稿，我问自己这样一个问题：如果青峰没有遇到吴辰，他们各自的命运会发生怎样的变化？我知道，这是一个伪问题，因为历史是无法回头的。但是我可以肯定地说，只要有这样的激情和梦想，只要有积极与热忱的心态，即使在江阴碰不到吴辰，也会在另外一个地方遇见另外一个李辰、王辰，青峰总会寻找到属于他的那片天空。而吴辰，也自然会找到另外一个红峰、黄峰，找到与自己一起创造华士奇迹的战友。

2009 年，青峰所在的学校加盟了新教育实验，晨诵、午读、暮省，教师专业发展，书香校园建设，理想课堂构建，有声有色。我对青峰说，希望他能够努力打造一所新教育的示范学校。其实，我还有许多没有表达的期待。

2010 年，青峰来到了北京。先是在我非常熟悉的芳草地小学，后来又到了一所基础非常薄弱的城乡结合部的学校。他悲喜不惊，仍然用自己那种积极而热忱的心态工作，一点点努力，一步步攀越。虽然命运对他有些不公，但我相信他，只要有这样的心态，就能够化腐朽为神奇，就能够书写他的生命传奇。

与华士同行的十八年青峰是幸运的，是精彩的，十八年他已经是一座青峰。

我相信，他接下来的十八年一定也是精彩的，一定会是一座更高的青峰。

我会与青峰同行。

2011 年 9 月 6 日清晨

写于太原二龙山麓中北大学

追梦人的朴实情怀

——游和平《追梦》序

吉林文史出版社，2011 年版

这些年来，新教育实验的理论与实践受到越来越多的一线校长和教师的欢迎。许多没有参加实验的学校，也开始按照新教育的理念行动起来。许多校长和老师与我见面的时候，经常说的一句话就是：我们也是追梦人！

是的，我之所以一直对中国教育充满信心，之所以能够坚守新教育的事业，就是因为我看到，在我们的教育界，活跃着这样一群人。他们没有因为教育问题重重而灰心丧气，没有因为各种压力而放弃努力。游和平校长，就是他们中的一个代表。

我与和平校长并没有见过面。年前他来信说，一直在关注着、实践着“新教育”，虽然没有正式加盟，但是也可以算是一个编外的“部队”，随时可以“作战”的。他告诉我，看过我去年 7 月在河北桥西“全国第十届新教育年会”上所作的《文化，为学校立魂》的主题报告，非常感动。他们学校正是按照新教育学校文化建设的理念来实践的。不知道他从哪里知道了我的手机号码和邮箱地址，于是我们有了文字之交，一来二往，自然就相识了。

于是，网上网下，多少知道了和平校长的一些情况。他是井冈山下一所省级重点高中的校长，是一位十分敬业、好学、颇有思想的校长。在十年的校长生涯中，他潜心于井冈山老区的高中教育，蹚出了一条符合校情的办学路子，把一所名不见经传的山区中学办成了“江西人民满意的十大品牌中学”、“江西高中教育十强单位”。他的办学经验经常在省市介绍，诸多媒体宣传报道过他们的成绩。和平也因此获得“首届全国中学十佳新锐校长”、“江西省特级教师”、“江西省模范教师”、“江西省师德先进个人”等荣誉称号。一路走来，他艰难跋涉，痴心不改，无怨无悔。

前不久，和平告诉我，他将自己十年来对教育的认识和实践探索整理成《追梦》一书，希望我写点文字。

相逢何必曾相识，我们都是追梦人。为追梦人的《追梦》写点想法，自然也无法拒绝。所以，利用闲暇时间，我从电子邮箱里仔细地翻看了该书稿，给我的印象是：非常朴实。

书稿的语言很朴实，几近白描，直叙其事，直抒己见，更朴实地表现了追梦人的情怀。一是责无旁贷的教育情怀。他以“教育一个学生，改变一个家庭，带动整个社会”为己任，不忘“为学生的终身发展与幸福奠基”的宗旨，善待每一个学生，用欣赏的眼光去面对每一位学生的差异，给不同潜质的学生以不同的选择，主张“能以健康的身体与心理融入社会，主动关爱他人并帮助他人”就是成功的人生！每一天，为明天。教育的过程，就是师生共同成长、共同创造的过程。二是彰显特色的文化情怀。文化，是立校之魂、治校之策、强校之路，是一所学校综合实力的体现，是可持续发展的重要保证。和平对校园文化建设情有独钟，不仅有宏观思考，而且有微观探索。“一切为了师生，一切依靠师生”的办学理念的提出与实践，蜚声江西教育界的“中学生业余党校”，独占鳌头的艺术教育，得天独厚的校本课程，别具一格而又是学生最爱的校园文化节、科技节、体育节等等，均特色凸显。校园里的每一面墙，每一扇窗，每一棵树，每一条道，都是文化积淀的自然流露。生活在这所校园里的师生，呼吸的是文化空气，目睹的是文化景观，感受的是文化氛围。沁人心脾的校园文化，无所不在，无时不有。总的来说，和平是与新教育有缘分的，是熟悉新教育的基本理念的。希望他能够尽早走进新教育，成为我们共同体的一员。

和平的这本书虽然不是一本系统的理论著作，内容与文字也不一定尽善尽美，但是，一位中学校长的心路历程却是淋漓尽致地呈现在我们面前，让

每一位读者都能触摸到追梦人的情怀。

愿和平梦想成真，愿所有的教育追梦人梦想成真！

2011 年 4 月 6 日晨
写于苏州滴石斋

教育，需要爱，更需要思想

——卜延中《用思想激扬教育》序

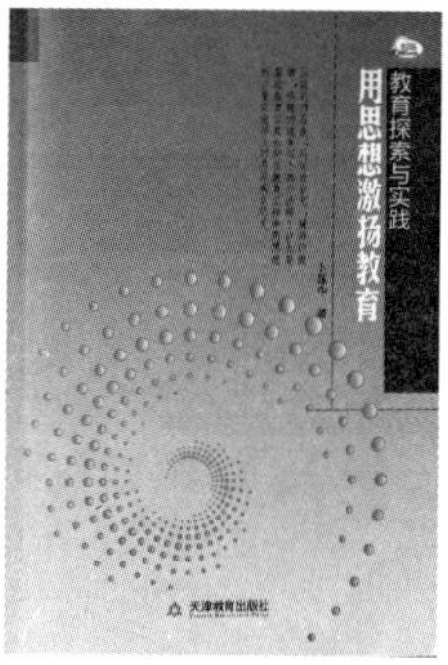

天津教育出版社，2011 年 4 月版

这些年，我一直在关注中国教育特别是基础教育的发展与改革，其中不少感性认识来自我那些坚守在一线的教师朋友们，我的一些观点或灵感往往也出于大家直率的思想沟通甚至碰撞。在现实生活中，一线教师缺乏足够的话语权，而且承受着来自社会、家长、学生的诸多压力，不少人长期处于教育转型期的极度困惑之中，迷惘、倦怠、埋怨。但是，也总有一些人，不仅坚守着讲台，而且坚守着内心的理想，执着地探寻通向幸福的路径。对他们来说，无论外在的教育环境多么恶劣，无论体制内的矛盾怎样尖锐，教育理想总能像火炬一样点燃心中的梦想，照亮远方的通途，让他们在前进的征途上自信，潇洒，且一路高歌。

卜延中便是这样一位教师。

认识卜延中，缘于新教育实验。十年前，教育在线网站创办之初，卜延中就成为我们的骨干之一，是新教育实验书香校园课题组的负责人。认识延中的时候，他刚刚从苏北调到苏州工业园区教研室，长期从事的教育、教学、教研工作，给了他丰厚的学术积累；为人乐观、坦诚、豪放，给了他特殊的个人魅力；心中有阳光、有梦想、有诗意，给了他幸福的精神力量。他是一位有“磁力”的学者，无论是他的朋友、同事或是学生都会赞同这一点，以至于朋友相聚举杯小酌，不约而同地说“尽在不言中”时，必定想到“卜延中”，这个给大家带来快乐的朋友。延中在教科室、教研室工作多年，在与一线教师交流、点评或讲学时，他倡导合作型、对话型的师生关系，倡导学习型、反思型的教育生活，他更不忘呼唤课堂教学中人性的回归，呼吁教师要学会享受教育生活。他认为，会享受幸福，才会关注生活的多姿多彩，才能感受时代的日新月异，也才能学会思考，懂得善待生命、善待自然。

2007 年，步入中年的延中有了重返讲台的机会。强调升学率与分数竞争的中学校园，让人时常感叹理想与现实的落差，我一直担心他从此落入红尘，也会像许多中学老师一样眼里只有考试与分数。但是延中就是延中，他不落俗套，坚守自我。他从内心拒绝那种“目中无人”的教学，追求着一种有品位的、灵动的语文教学，努力拓展学生的思维视野，让人文关怀充盈在课堂内外。他尝试挖掘教育资源，邀请了原本与语文教学及中高考不相干的学者走进课堂，为学生进行古今美文导读、中外艺术鉴赏、经典诗歌评析、哲学思想探讨等，还把现代书画家范曾的系列讲座搬进课堂，让学生在领略大师的风采与魅力的同时，陶冶性情，引发对艺术、对人生、对社会的思考。他知道，这样的课对学生应考起不到直接作用，而且有些观点与教科书内容并不相同，但却对学生人格的培养、感情的浸润具有深远的意义。另一方面，他从学生的年龄特点与心理特征出发，努力革新教学模式，在教师角色定位、课堂结构设置、阅读环境创设、教学提问效度等方面大胆尝试，追求“每一节课都让学生有期待、有快乐、有收获”。他带头进行不同班级语文教师“走班”，进行专题串讲，甚至将课堂交还给学生，让学生在讲台上洋洋洒洒地大讲纳兰性德的凄婉爱情与艺术成就……

美国学者杰弗里曾指出，许多师资培训依然把重点放在教学方法与专业知识上，这种中小学教师培训的理由是：如果谁精通了某门学科知识，掌握了适当的教学方法，就能够成为更有能力、更为出色的教师。事实上，成为优秀教师最关键的要素是教师的个性品质，因为学生最看重的是教师传递知识与智慧的个人风格。从这个意义上说，延中无疑将他的“磁力”释放得淋漓尽致：无论是课堂上的神采飞扬，球场上的英姿雄风，还是在家庭、在朋友间的谈笑风生，他都具有一种令人心悦诚服的感染力，这种感染力显然源于他的品质，来自他那颗对生命、对生活充满感激与爱的童心。

非常高兴我有机会先读到了延中的作品《用思想激扬教育》。是的，教育，除了爱，更需要思想。

2011 年第一场雪后

写于北京滴石斋

改造教育，从改造教室、改造学校开始

——李庆平《改造我们的学校》序

教育科学出版社，2011 年 5 月版

最近，山东诸城的李庆平把他的一部书稿寄给了我，嘱我写序。我很喜欢书稿的名字“改造我们的学校”。初读一遍，觉得不仅书名好，内容也好，应该说，这是一部见解独到且颇具思想深度的力作。

与李庆平的相识源于新教育。

早在 2004 年，庆平就带领着他的团队参加了新教育的会议，接着他领导的诸城实验中学加盟了新教育。由此，这所充满朝气与创新精神的学校，以及李庆平这位充满激情与思想的校长，开始不断引起我的关注。

2005 年 4 月，由山东省教育厅主办的“山东省学校文化建设现场研讨会议”在诸城实验中学召开，庆平邀请我来做关于新教育、关于读书的报告。会议期间，我参观了诸城实验中学，朴素的校园环境、浓郁的文化氛围，给我留下了极其深刻的印象。在这所学校，我欣慰地看到了他们举办的读书节活动，看到了他们大力营造书香校园、开展师生共写随笔的活动。为书香人生奠基，这正是新教育“六大行动”之一。至今为止，他们已经成功举办了十届读书节，形成了富有校本特色的十大读书新理念，很好地实践了“行动，就有收获”的新教育思想。

2006 年 4 月开始，庆平来苏州大学跟随我做高级访问学者，我对他有了更全面、更深刻的了解：这是一位有思想、有梦想、有追求、有激情、有行动的校长。他带领诸城实验中学全面发展，不断追求卓越。在学校、教师和学生成长的同时，庆平本人也在不断“行走”和“成长”着——在繁忙的管理事务中他一路读完了教育学硕士、博士，成为山东省首届齐鲁名校长。

庆平在中学语文界也颇具影响力。作为全国中语会常务理事，他把引领全国语文教师“追寻教育理想，享受教育幸福，过一种幸福完整的教育生活”当做自己的使命，把践行新教育的六大行动当做自己的使命。我曾经两次应邀参加由庆平主持的全国中语会课堂教学研究中心年会，深深感受到了他作为一名语文老师为全国语文教学改革的发展所付出的努力。而今，庆平撰写的又一部全面反映他教育思想、管理理念及实践的书即将出版了，这是可喜可贺的！

庆平在学校文化建设方面颇有建树。作为一位中学校长，他没有像许多学校那样把分数作为唯一的追求目标，而是坚持自觉的文化意识。他认为，文化是学校的灵魂，校长的重要使命之一就是用文化提升教师、学生的素养，提升管理的品位，从而把学校建设成富有人文情怀、师生共享的精神家园。为此，他任诸城实验中学校长以来，一直致力于学校文化建设，用文化驾驭全局，走新型的学校管理之路，并进行了一系列建设学校文化的创新实验，取得了丰硕的教育成果，引起了全国教育界的广泛关注。

庆平在学校管理方面屡有创新。作为一名勇于开拓的改革者，他带领诸城实验中学突破常规，锐意改革，将落实进行到底，靠创新赢得领先。在全国公办学校中，诸城实验中学首家引入 ISO9001 国际标准化质量管理体系，提升学校管理境界；实施责任教师制度，为学生成长助力；开创“六要点教学法”，在选课走班上破冰前行。创新教育改革理念转化成为教育生产力，为学校发展带来了生机与活力。

几年来，庆平写下的一些有关教育的文章我都陆陆续续地看过，所以对他的一些见解并不陌生。但拿到这本书，我还是感到眼前为之一亮。这本书不仅是他在学校教育教学工作中的思考和实践，更是他对教育的一些根本问题、原初问题的系统、深入的思考，集中展现了他的教育思想与理想、治学理念与管理实践。

尊重传统而又勇于创新，是此书的第一个突出特点。庆平将教育问题置于人类文明发展的历史过程与全球化视野中去进行纵横观照，注意吸收古今中外优秀的教育遗产和近年来基础教育界富有启发意义的新的教科研成果，取精用宏，兼容并包，且能仔细地梳理分析，并加以创造性改造，用以支撑、丰富自己的观点。读者会注意到，儒家传统思想对于作者有深刻影响。此书有一节专论孔子教育思想的现代启示，这类话题近年来虽然论者甚多，但能从现代教育角度谈出新意的并不多见。庆平曾就读于孔子故乡的曲阜师范大学，对孔子思想了解甚深，同时又结合了自己的教育实践，故能就古老话题谈出一番新意。比如对孔子的中庸哲学思想，学界之理解大都相近，认为就是无过无不及之取中思想及尊重常识、重视实用之原则，庆平则以多元主义、适度原则和权变精神对之给以新的阐释，确实令人耳目一新。再如，人们一般都熟悉叶圣陶等教育前辈说过的教是为了不教的话，但为什么教是为了不教，为了达到教是为了不教的目的，又应该教什么、怎么教，前辈们并没有给出过明确的解答。庆平这本书也谈到了这个问题，可以说是“接着说”，但这“接着说”中也显示出他的独特见解。比如他认为这“不教之教”中首先就是学生未来能独立自主地谋生、合理地做人的能力，而欲有此能力必须有正确的人生观、价值观。这种人生观、价值观应包括三部分，一是社会主义核心价值，一是人类积累的普世性价值，一是我国古代优秀文化传统、道德传统，且三者并不矛盾，而是互相包容、互相补充的。此种见解就颇为大胆，且富有新意。书中诸如此类的新见，比比皆是，读者从书中可以感受到作者澎湃的激情、创新的火花。也许，正是这种不断追求创新的激情，才催生了这本源于教育教学一线的佳著。

学理性与实践性统一，是此书的另一重要特点。庆平兼任着诸城教育局的副局长，他同时以一个教育管理者、教育决策者的身份长期奋战在教育教学第一线，对学校工作的各个方面、各个环节都有着深刻的体验与明晰的认识。他以一个教育思想者、教育研究者的宏阔视野，跳出一校一区的局部性视野或仅仅关注实践操作等形而下的层面，站在时代的高度、哲学的高度，去关注那些教育的本体性、原初性的根本问题，故而既拥有了从纯粹理论层面研究教育问题者所不具备的实践操作精神，又展示了高出一般教育管理者局限于琐碎现象和操作技术的思想厚度。打开目录，读者可以看到教育何为、校长何为、学校何为之类的六大叩问，并依次作出了个性化解答，视野宏阔，论证严密，具有很强的学理性。

另外，我还想提到的是，前瞻性与批判性也是本书的一些重要特点，很值得读者注意。本书有一节题目就叫做“寻求突围：我国教育的缺失与前瞻”，我以为这种前瞻性绝不是只体现于某一章某一节，而是流贯于全书的。举例来说，本书的第一节即谈到教育的本质与人的本质，教育的根本目的即在于开发、培育人类那种自由、自觉的创造本性。这表面上看是对马克思思想的一种重述，或强调了向教育本真的回归，但由于这是一个永恒的话题、长远的目标，回归也就成了前瞻了。再比如，此书最后一节是谈选课走班问题的，诸城实验中学确实在这方面走在了全国的前头，是先行者，他们的教改实验也就真正成为了一次“破冰之旅”，有很强的示范性。

理论来源于实践。现实的教育生活中出现的新情况、新问题、新挑战是推动教育理论前进的永恒的动力。令人高兴的是，这本书虽然对教育的一些本体性问题作了深刻的理论思考，但毕竟不是一部纯理论著作，用于支撑此书的基本论点的，除理论论据之外，更有大量的、活生生的具体案例，特别是来自他所在学校老师的教育第一线的鲜活经验。这既增强了本书的生动性、可读性，也使论证更加扎实。

人是需要一点精神的。教育作为帮助人类走向崇高的一项事业，更加需要一种精神。我曾经提出过新教育的四种精神——理想主义、田野意识、合作精神、公益情怀。其实，这不仅仅是新教育人必须具备的，一个有思想、有作为的教育工作者都应该具备这四种精神。这些，在庆平的这本书中也可以感受得到。我一直主张，每一位教师都应该有一个自己的梦，都应该有一种挑战自我的勇气，一种超越自我的精神。我希望有越来越多像李庆平这样用心做教育的人，能够在工作之余、休闲之余，潜心研究，推出自己的思想成果。

当然，我更加期待的，是有更多的教师，能够守住自己的教室，真正地让自己学生的生命在教室里开出一朵花来；有更多的校长，能够像庆平那样守住自己的校园，让自己的老师与孩子一起成长，书写自己的生命传奇。只有改造了教室，才能改造我们的学校，而我们的学校改造了，我们的教育也自然会得到改造。我想，这也是我对于庆平新的期待。

2011 年 3 月 17 日

写于北京滴石斋

为家庭教育导航

——江苏省妇联《给您一只金手指——父母教子百问百答》序

江苏人民出版社，2011 年 5 月版

前不久，江苏省妇联儿童工作部的苗宁部长一行专程来北京，带来了《给您一只金手指——父母教子百问百答》一书的打印稿，希望我能够担任这本书的顾问，并且撰写一个序言。

苗部长告诉我，为了适应广大父母对家庭教育的新需求，更好地发挥妇联组织在推进家庭教育中的指导服务作用，从去年 3 月起，江苏省妇联、省家庭教育研究会组织省内外多名知名家教专家，开始撰写此书。因为我在苏州分管教育，推动了苏州网上父母学校的建立，推进了新父母学校的建设，同时为省妇联培训了部分家庭教育的骨干，因此与苗部长等建立了比较密切的联系。他的要求，我自然不好意思推辞。

其实，于公于私，我是愿意为家庭教育鼓与呼的。这些年来，教育问题已经引起全社会的关注，政府对于教育的投入也逐步加大。教育是民族振兴、社会进步的基石，承载着中华民族伟大复兴的希望，已经成为大家的共识。但是，在教育体系中，家庭教育往往游离于义务教育、高中教育、大学教育、职业教育等之外，寄托着亿万家庭对美好生活的期盼的家庭教育，似乎还没有成为现代国民教育的重要组成部分，教育行政部门也没有专门的机构管理，所以妇联拾遗补缺，主动地承担了这个责任。我理所应当给予支持。

家和万事兴。家庭教育是学校教育和社会教育的基础。家庭教育在加强未成年人思想道德建设、推进素质教育、构建和谐社会中具有不可替代的作用。

虽然从全社会的角度来看，我们对于家庭教育远远没有给予足够的重视，但是许多家庭，自觉不自觉地关注教育问题，甚至是过度关注孩子的教育问题，已经是一个非常普遍的现象。无论是幼儿园“入园难”、“入园贵”问题的产生，还是“虎妈”、“猫爸”的争论；无论是哈佛女孩刘亦婷的火爆，还是“不让孩子输在起跑线上”的流行，都表明，家庭教育受到了前所未有的重视。

当然，与重视形成强烈反差的是，许多家庭根本不懂得什么是好的教育，如何开展健康的家庭教育。我曾经多次讲过，家庭教育是一个容易出错的地方。做父母比开汽车要困难得多，开汽车需要专门的培训，拿到专门的证书才能够开车，否则就是无照驾驶，必须受到重罚。但是我们的父母大多没受过专门训练，就可以“无照经营”。我们的父母们望子成龙、望女成凤的心理易使家庭教育偏离方向。很多父母总喜欢把自己没有实现的梦想交给孩子去实现，他们更多关注的是学校教育，而忽略了自己的教育职责，忽略了他们自己才是决定孩子命运的关键，他们不懂得与孩子一起成长的意义，不了解父母对孩子的教育将会影响孩子的一生。所以，为这本书写点文字，唤醒更多父母的家教意识，是我义不容辞的事情。

利用清明节的假期，我通读了这本书。该书分为身心健康篇、行为道德篇、智能发展篇、亲子关系篇四大板块，内容力求紧贴社会热点和家教难点，强调方法的实用可行，通过父母咨询、问题解析、家教案例、专家点评等形式，生动解答了现代家庭教育中100个有代表性和高关注度的问题。

浏览全书，我感觉有以下三个鲜明的特点：一是有时代感。书中的100个问题，基本上是父母普遍关注的热点问题，是从90后、新世纪不同年龄段孩子的父母在家庭教育中遇到的难题中筛选出来的，且从全新的角度进行了必要的梳理和剖析。二是有针对性。该书能紧扣父母的困惑，联系孩子的实际，以问答形式给予具体的方法指导，可供家长按图索骥，直接借鉴，避免了纸上谈兵的弊端。三是有可读性。全书四大篇的100个问题，不是闭门造

车拍脑袋想出来的，而是来源于一个个普通家庭，其中许多直接源自家长的“咨询”，带有共性，易引起共鸣；对问题的“解析”，既通俗易懂，又注意了可操作性；生动的“案例”故事，增强了可读性；画龙点睛的“点评”，赋予内容以厚重。附录的100句家教格言，精辟生动，给人深刻的启迪。

总的说来，这是一本可给父母诸多帮助的实用工具书。广大父母可以把它作为教材，浏览它，能收获科学教子的知识；也可以把它作为案头书，查阅它，可找到解决问题的办法；还可以把它作为互动话题，在亲友之间进行讨论、思考，树立网络时代的全新教育理念，分享成功育子的喜悦。

纵观全书，我们可以得出结论：家庭教育是科学，必须符合孩子的生长、成长规律；家庭教育是艺术，蕴涵情感，凝结智慧，必须找到适合自己孩子特点的沟通、教育方法；家庭教育是生活，不是刻意的说教，不是外加的任务，而是渗透到日常生活中的常态化教育，是随机引导的责任与义务。

希望大家能够喜欢这本书，希望大家能够不断创造家庭教育的新经验、新理论！

2011年4月6日夜

写于北京滴石斋

女孩当自强

——孙云晓、李文道《拯救女孩》序

作家出版社，2011 年 5 月版

去年，孙云晓兄与李文道等合作的《拯救男孩》一书由作家出版社出版，邀我写了一个序言。没有想到，这本书很快成为一本畅销书，关于男孩的问题也成为社会广泛关注的话题。据说，这本书也同时拿了多项大奖。我在序言中曾经开玩笑说，如果写一本《拯救女孩》，也许有更多的话可说。再次没有想到，云晓他们真的又完成了一本《拯救女孩》，并且让我再写一个序言。说出去的话如泼出去的水，无法收回，自然，我是无法拒绝写序的要求了。看来，人生不能够轻易承诺，否则是要为承诺付出代价的。

关于男孩女孩的问题，心理学有一门学科“儿童性别差异心理学”就是专门研究不同性别儿童的心理差异的。这门学科的研究成果表明，在一般情况下，男孩在大肌肉动作技能和力量方面占有优势，而女孩则在精细动作上占优势；男孩在言语叙述和操作方面占优势，而女孩则在言语流畅性、读写方面占优势；男孩偏于逻辑思维，女孩偏于形象思维；男孩在社会活动上对物体和事情更感兴趣，而女孩似乎对人更感兴趣。而我与朋友在多年前也写过一本《男女差异心理学》的小书，对于男女心理差异及其产生的原因进行了分析。

许多人认为，男女差异是生理上的原因造成的，甚至有人把原因直接归于荷尔蒙。我一直不同意这样的观点。马克思曾说过，一个哲学家和一个搬运工之间的差别，远远小于家犬和猎犬之间的区别。你说家犬跟猎犬之间有多大区别？无非是，一个经过人的驯化，一个没有经过驯化而已。一个伟大的哲学家和一个出卖力气的搬运工，他们的差别远远比这个小，那么，我们人和人之间的差距，男孩与女孩的差别，是不是更应该比哲学家和搬运工之间的差距还小呢？马克思说，他们的差别是社会的分工造成的。其实男孩与女孩的差别，更多的也是在他们社会化的过程中，家庭、学校、社会的期望、养育方式等造成的，是生理与心理、社会因素交织影响造成的。

云晓等撰写的这本《拯救女孩》，对于女孩的生殖健康、自信心、爱与性、节食减肥、异性交往、独立性发展、暴力、体质与健康、就业等问题进行了比较全面的分析与研究，其中有许多发人深省的数据与案例。但严格地说，它还不是一本完整的科学研究著作，对于女孩的思维与认知、男孩与女孩差异的形成原因等重要问题，还没有充分展开。

之所以要指出这个特点，是想让那些看了这本书的女孩，不因为书中讲了许多女孩的困境与问题，而自暴自弃，随波逐流。我之所以用《女孩当自强》作为序言的题目，也是基于这样的考虑。

在一个男性价值观占主导地位的社会，在一个几千年封建文化传统影响深厚的社会，“女子无才就是德”、“女人头发长见识短”等想法有非常大的市场。从女孩子诞生之日开始，社会就开始自觉不自觉地让她退缩、忍让、放弃，让她成为男性的附庸。伴随着女孩子特有的生理上巨大变化的发生，女孩子往往也开始恐慌、紧张、抱怨，甚至自我厌恶，自我放弃。这也是为什么许多在小学非常优秀的女孩子到了初中高中以后开始退步的原因所在。

其实，正如我前面所说的，男孩与女孩的区别远远不像我们想象的那么大，即使是差异心理学研究的成果，也在不断受到新的挑战。在现实社会中，为什么有一些男孩具有女孩子的特点，而有些女孩又具有男孩子的特征呢？在社会的角色期望和家庭的养育方式没有根本变化的情况下，我希望女孩子能够更加努力，更加自强，在发扬自己所特有的女孩优势的同时，学习男孩子的坚强，追寻梦想，成就自己的人生。

男儿当自强，女孩亦如此。

2011 年 3 月 23 日晨

写于北京滴石斋

用脑袋走路的卢志文

——卢志文《今天我们怎样做教育》序

文化艺术出版社，2011 年 1 月版

卢志文终于出书了。

千呼万唤始出来。那样一个充满智慧、洋溢活力的校长，那样一个在全国的重要讲坛上呼风唤雨、魅力四射的教育管理者，没有自己的一本书，总让我们觉得很遗憾。于是，催他写书，成了人们的口头禅。他总是说，快了。一说，就是一年；一晃，就是好几年。

终于，他的第一本书出版了。

书名就很不凡——《今天我们怎样做教育》。出版社点名让我写序，我想，自然这也是卢志文的意思。

最早认识志文，是在 1999 年秋天，在江苏省召开的一次教育会议上。组织者让我为会议作一场报告，我以“教育理想”为题作了一个讲演。在对话阶段，两个年轻的校长出场了，思想敏锐，激情勃发。一个是许新海，一个是卢志文。一个要与我商榷，一个对我的观点发表评论。从此，我知道，在江苏北部，在周恩来总理的故乡，有一所名为“淮安外国语学校”的民办学校，校长就是卢志文。

2002 年，教育在线网站开张，我邀请已经是翔宇教育集团总校长的卢志文主持其中的一个论坛。于是，“卢志文在线——学校管理论坛”便粉墨登场，毫无疑问，版主就是卢志文。当时，在教育在线，只有他享受了与李镇西同样的待遇——用自己的名字为论坛命名。多年来，志文一直在这里深耕细作，与比他更加年轻的校长们交流对话，一群“螺丝”（“卢丝”）也应运而生。

2003 年 5 月，卢志文请我给学校的老师作报告，我欣然同意。我有另一个目的，是想就此考察一下名校改制的问题。因为通过漫天飞舞的新闻报道，我知道翔宇在江苏宝应有一场公办名校转制民营的改革实践。我想通过这个个案，了解公办学校改制过程中的三个关键问题：一、会不会遏制教育事业的发展？二、会不会妨碍老百姓的利益？三、会不会导致国家资产流失？通过明察暗访，通过与当地官员、学校老师、附近居民、卢志文校长及王玉芬董事长等人的接触，我肯定了他们的探索。这次苏北之行，不仅让我见识了卢志文的教育管理智慧，还从另一个角度启迪了我这个当时在苏州分管教育、在苏州大学研究教育的“官人”兼“学人”：中国如此之大，出台政策也好，探究学问也罢，千万不能想当然、一刀切，扼杀民间的教育改革智慧，应该允许民间进行各种尝试与探索。

2003 年暑假，新教育实验第三次全国大会在志文的学校召开，他举重若轻，圆满地完成了组织会议的任务，也让教育界的朋友们第一次走进宝应，走进翔宇，走近志文。而卢志文，从此也与新教育真正结缘。

2006 年 7 月，新教育进京“赶考”（新教育实验第六次全国大会），新教育专业团队正式组建。卢志文领导的宝应实验小学成了新教育实验基地小学，干国祥、魏智渊、马玲等一群新教育研究中心的研究人员正式进驻宝应，在这里探索“晨诵、午读、暮省”的新教育儿童生活方式，探索教师“专业阅读、专业写作、专业发展共同体”的“三专”模式，探索理想课堂的构建，“新教育开放周”等也在这里起航。

现在，志文兼任了新教育研究院院长、新教育理事会理事长和新教育基金会理事长。新教育的担子不好挑。作为一个民间的教育实验，作为一个草根的教育改革，除了怀揣理想和激情的人，我们没有其他的资源，而全国众多实验区、实验学校需要专业的指导，研究院日常的工作需要开展，教育在线网站、新教育刊物需要维持，一个个担子压在肩上，志文只好牺牲本来属于他自己的休息时间。记得就在不久前，我们约好在北京商量新教育的事宜，他晚上10点的飞机来北京，在笔者家里开会到晚上3点，第二天一早，他又飞回江苏的学校，继续他的工作。

志文是忙碌的，但他不忙乱。尽管他是十所学校的总校长，身兼新教育数职，他依然有着自己的业余爱好。他酷爱灯谜和书法，其灯谜制作水平已达专家境界，书法与篆刻也是他的拿手好戏。

当然，他最主要的工作是做翔宇教育集团的总校长。他管理十所学校，从小学到大学，从普教到职教，师生超过了5万人。我见过很多中小学校长，管理一所学校，忙得团团乱转，但卢志文却有条不紊，忙而不乱。他善于管理和领导。他要求学校基层干部做“法家”，落实“制度第一”的管理理念；要求中层干部做“儒家”，以人为本，协调好内部人际关系，处理好学校各种矛盾；要求校长做“道家”，掌握大方向，把握大原则，放眼光，拿策略。这样，不仅领导从具体事务中脱身出来，各级干部的积极性也得到提高。他把教职工例会分为五大板块：一是“艺术鉴赏”，二是“道德建设”，三是“科研论坛”，四是“时政速递”，五是“校务工作”。每个板块精心设计内容和形式，精确到分钟，精致到标点。他这样解释其中的奥妙：艺术鉴赏，提升品位；榜样引领，增进道德；科研论坛，武装理论；时政速递，开阔心胸；校务工作，指路脚下。他说，当人们沉浸在《天鹅湖》中的时候，是不会为少几块钱奖金抓狂的。关于卢志文管理学校的故事，大概可以写成比这本书更加厚的好几本书来。再举几个精彩的小片段吧。

之一：校园开展告别零食活动。很多人要求“学校商店禁卖零食”，卢志文不同意。他认为，让孩子在校园不吃零食是对的，但是通过商店不卖零食这种方法去达到让学生不吃零食的目的是错的。一个人一生需要抵制的诱惑太多，倘若在几袋零食面前就经不起诱惑，那还怎么走好一生的路？应当让孩子在诱惑面前学会自我锻炼，形成自我约束能力。于是，商店里零食照卖，校园里禁吃零食的活动正常开展。学校商店里的零食慢慢地卖不动了，经营者觉得无利可图，自然不再进货。

之二：江苏孩子不喜吃辣，家长要求餐厅菜肴中不要有辣味。一贯倡导视家长为上帝的卢志文却不肯满足家长们的这一小小要求。他说，一个不能吃辣的人，大半个中国都不能去。吃辣不是受罪而是享受美味。不培养孩子吃辣是剥夺孩子享受美味的权利，更不利于提高孩子的生活适应能力。他安排餐厅师傅在做菜时，从微辣开始，逐渐加大辣味。看到孩子们胃口大开，辣得满头大汗仍爱之不舍，卢志文释然地笑了。

之三：一名花工工作勤恳，兢兢业业，卢志文把他推上翔宇讲坛，宣讲事迹，号召全体教职员工向他学习，认真做好身边的每一件事。学校还永久性地为这位花工每月增加百元工资，并把他的妻子也请到学校工作。

之四：一名负责后勤采购的员工为学校采购 10 只灯泡，批发价是 6 毛钱一只，这名员工在开票报销的时候，弄成了 9 毛钱一只，私吞 3 元钱进了自己的口袋。学校毫不犹豫解聘了这名员工。卢志文在教工会上解释原因：那不是 3 元钱，那是 50% 的回扣！

之五：卢志文在集团数万名师生员工中曾经掷地有声地宣称，他的教育理想是："翔宇人不随地吐痰！"他知道，让学生做到不随地吐痰容易，让教职员工做到不随地吐痰困难！让大部分翔宇人做到不随地吐痰容易，让所有的翔宇人都做到不随地吐痰困难！让翔宇人在校园里做到不随地吐痰容易，让翔宇人在社会上做到不随地吐痰困难！让翔宇人在一段时间做到不随地吐痰容易，让翔宇人在任何时候做到不随地吐痰困难！他说："我们有鲜明的办学特色：体制创新、文化管理、人本理念、环境育人……我们有严谨的育人目标：德智双全、文理兼通、学创俱能、身心两健……我们有严明的职业规范：不接受家长宴请、不收受家长礼物、不利用家长办事……我们更要有值得自豪的'小节'：所有翔宇人在任何地方永远不随地吐痰。"卢志文把消灭吐痰"小题大做"——要建立随地吐痰者档案，长期陈列随地吐痰者名单。随地吐痰者档案没有建成，校园里已经没有了痰迹的踪影。

现在，卢志文这个民办教育界赫赫有名的"草根教育家"已经闻名遐迩了，一顶顶桂冠也纷至沓来：十一届湖北省人大代表，扬州市十大杰出青年，江苏省劳动模范，中国民办教育协会常务理事，中国教育学会管理分会理事，学校管理体制改革专业委员会副理事长，中国民办教育十大风云人物，等等。短短十一年，这个影响着无数校长的名校长是怎样炼成的？在中小学民办教育空间日趋逼仄的环境里，卢志文和翔宇是如何一枝独秀的？

答案就在这本看似形散的书中。怎样当校长，怎样做管理，怎样做教师，怎样和学生说话，怎样让人生充满意趣，怎样推动翔宇的成长，怎样推动民办教育的发展——乍看之下，我觉得问题一堆，什么都有；转念一想，豁然开朗，我所理解的七个“怎样”，作为本书的七辑，犹如夏日夜空的北斗七星，蜿蜒曲折，线条流畅，逻辑清晰，浑然一体：

一个不能让人生充满意趣的人，一个缺乏人生感悟的人，怎能发现和学生说话、沟通、交流的秘密？

一个不曾掌握和学生说话沟通交流的秘密的教师，怎么可能是一个好教师？

一个做不好教师的人，怎能做好校长、做好管理？

一个做不好管理的校长，怎能推动一个教育集团的成长？

一个不能推动事业成长的人，又怎能为中国民办教育积累经验，推动中国民办教育的发展？

卢志文一直很清醒。在这本书中，我们随处可以看到他的清醒。譬如他有这样几段箴言小语：

“用脚板思考，用脑袋走路，做实践的思考者和思考的实践者。”

“有可能就多做一些能感动别人的事，没有可能至少要学会被别人感动。”

“有舞台就好好地演一个角色，没有舞台就静静地做一名观众。很多人的失败在于——处于舞台的中央，却做起了观众；或者人在观众席上，却把自己当个角色。”

“聪明人会把弯路走直，因为他总在努力寻找捷径；豁达者不悔把直路走弯，因为他着实多看了几道风景。成功者会把窄路走宽，因为他心中装着远大的理想；失败者常把宽路走窄，因为他眼里只有足尖前面的方寸空间。”

从容，淡定，坚韧；讲大局，识大体，明大理——这是我眼中的卢志文。

我相信，读完这本书，大家会同意我的这个判断。

2010 年 11 月 18 日

写于北京滴石斋

用梦想成就奇迹　用足迹写下思想

——奚亚英《我的平民教育情怀》序

江苏教育出版社，2011 年 10 月版

我和奚亚英校长的缘分要追溯到 1999 年。记忆中挥之不去的是那一场《我的教育理想》的报告。于是，在随后的日子里，从理想的教育到理想的教师，从理想的学校到理想的校长，奚立英一路探求、一路追寻，一路发展、一路超越。

我常常说自己是一个追梦人，追寻着“新教育之梦”。而奚亚英无疑是我追梦生涯的同行者。她常常自喻为“一个穿着草鞋追梦的人”。我以为，“穿着草鞋追梦”的平民心态是她最为宝贵的思想财富。

她追寻的，是一个跨世纪的教育之梦，那就是新教育之梦，“优质教育平民化”的新教育之梦。正是这个梦，给了她追求人生价值的原动力；正是这个梦，促使她追寻教育的理想和理想的教育；正是这个梦，悄然改变着学校的发展模式，改变着教师的行走方式，改变着学生的生命状态。从奚亚英身上，我们看到了一位校长“胸怀天下”的大志，看到了她心中装着平民情怀！这样的办学定位，不仅是一种思想，而且还是一份高高教育道义，一份独特的教育情怀！

宋代著名学问家张载说过："志大，则才大，事业大；志久，则气久，德性久。"没有大的志向不可能做出一番大事业来。从 20 世纪 90 年代的一所普通学校，到今天享誉全省乃至全国的品牌学校，湖塘桥中心小学的发展历程恰恰印证了这一点。平民教育理想的价值守望、一品平民的培养目标、发展型教师的成长之道、超市化的立体课程……奚亚英带着她的平民教育思想，从理念走向实践，从实践走向理论。

教育改革需要敢为人先的勇气和胆识。其可贵之处在于，当许多人对教育改革还不够理解，或者还犹豫观望的时候，他们已经勇敢地进行了各项重大的实验，并在一定程度上将改革的主要理念逐步转化成学校的办学思想，进而取得了初步的成效。他们的贡献不在于提出了多少崭新的概念，而在于把我国教育改革的基本指导思想初步转化为成功的教育实践。这种转化是十分艰苦的，但又是当前教育改革最需要的。在奚亚英的平民教育理念中，我欣喜地看到了"人"作为核心要素与根本目标的统一。从教师专业发展的角度，不仅有校本研修文化的弥散，更有深层的教师团队的精神生长。平民教师的师魂、师能，平民教师的学养、学识，平民教师的修养、修为，在学校精神的熏陶中日渐生长、摇曳生姿。从学生个性发展的角度，不仅有校本课程的特色化实施，更有国家课程的校本化实施。奚亚英大胆提出了超市化的课程体系，使学习的本身成为一种个性化选择的过程。学习的适切性、自主性，发展的阶段性、差异性，评价的多元性、发展性，为更多平民孩子的自由成长提供了充盈生命特质的滋养，让他们成为了自由呼吸的、站立的"人"，成为了拥有平民情怀、平民品质的"人"！

在奚亚英的平民教育实践中，学校可以拥有属于自己的独特思想，教师可以拥有属于自己的发展权利，学生可以拥有属于自己的成长空间，"为了每一个平凡的人，让每一个平凡的人更完善、更优秀"，从中，我们可以读出奚亚英平民教育思想的新内涵。

一个心中有信念的校长，在追求理想教育的道路上，留给人们的是思想，更是人格。奚亚英拥有了对平民孩子和教师的大爱，有着争创一流的大志，有着独立的精神和独特的创造，也有着坦荡的胸襟、恢弘的气度和过人的睿智，进而折射出她独特的教育情怀。她愿意永远守着"教育"这方热土，把爱倾注在每一个教师与学生身上，倾注在每一个家庭中，这是难能可贵的。

三十多年的执着，三十多年的坚守，三十多年的经验，这是基础教育的财富。相信奚亚英的人生经历和多年的办学经验，以及她“优质教育平民化”的办学思想，能够给大家有益的启示。也期待并祝愿奚亚英的平民教育之梦，结出更多更美的果实。

2011 年 7 月

写于北京滴石斋

品诗词之美，壮文化之根

——曹文轩主编《听听读读背背：新课标小学生必背古诗词75首》序

光明日报出版社，2011 年 8 月版

光明日报出版社社长朱庆博士寄来一本《听听读读背背：新课标小学生必背古诗词 75 首》，嘱我写序。这本书虽然在选题上没有多少创新，但是朱社长做事情的品质我是放心的。细阅一遍，我发现这本书还是值得向广大读者推荐的。著名作家、北京大学教授曹文轩先生主编，中央人民广播电台少儿节目主持人朗读，每篇诗文绘制精美插图……所有这些使我对这本书的品质有了更大的信心。同时，我也愿意借这个机会，谈谈新教育的晨诵问题。

晨诵午读暮省是新教育的儿童生活方式，古诗词的诵读当然也是新教育实验的重要内容之一，但是，我们的诵读是与众不同的。

新教育实验认为，晨诵的目的主要不在于记忆未来可能用到的知识，不是为了进行记忆力的强化训练，而在于丰富儿童当下的生命，在于通过晨诵，既养成一种与黎明共舞的生活方式，又能习诵、领略优美的母语，感受诗歌所传达的感恩、优美及音乐感。所以，新教育实验开发的晨诵，是一个结合了古典诗词、儿歌与儿童诗、现代诗歌的复合课程。词句优美、儿童在吟诵时可以感受与理解、传递人类美好的愿望与情愫，是新教育晨诵的三个基本特点。我们给晨诵取了一个非常诗意的名称：与黎明共舞。希望孩子们在每天的黎明时分与经典诗歌共舞，让他们的生命在每天的第一时间得以舒展，灵魂得以空灵，师生共同传达一种愉悦、饱满的精神，并以此开启一天的学习。

晨诵的主要形式有：晨间诵诗、日常诵诗、生日赠诗和情境诵诗。晨间诵诗提倡在一定的时间内，用同一首诗歌来“开启”黎明，为每一天注入生命的源泉。晨间诵诗一般都是那些意义深远的诗，既能够让孩子一下子感觉到它的力量与美，又无法对其全部奥秘进行把握，每一次朗诵都会带来新的感悟，而从新的感悟中又将萌生出新的力量与美。因此，晨间诵诗是需要反复咀嚼、吟诵、玩味的。日常诵诗的内容可能达不到晨间诵诗那类诗歌的“无数次打动人的灵魂”的高度，但也必须是优美典雅的、天真纯净的、奋发向上的，更重要的是，是儿童以当下的经验能够感受得到的。生日赠诗是最受孩子们欢迎和期待的一种晨诵形式。在每个孩子过生日时，新教育人都会精心选择一首诗或者一个故事进行改编，把学生的名字嵌入其中，然后让全班同学一起朗诵给他。这首诗一定是当下最适合这个孩子的，也一定是暗含了他的将来的，所以具有“唯一性”。情境诵诗则是在特别的日子，或者是特别的场景，有针对性地选择一些诗歌。比如教师节、母亲节等节日时诵读一些写给教师、写给母亲的诗歌，再如汶川大地震发生后，选择一些悼念遇难同胞的诗歌等等。

这本书中的75首诗词，也全部是我们新教育晨诵的内容。古诗词，作为汉语中最美丽、最精致的表达，作为中国文化的精华，作为中国古代文人最基本的交往方式与生活样式，吟诵唐诗宋词，擅长琴棋书画，曾经是古代知识分子的必修课。现在，这些东西正在离我们远去。希望我们的中小学生通过这些诗词作为桥梁，走进更加广阔浩渺的古诗词世界，走进丰富无垠的中国文化！

2011年5月

写于北京滴石斋

不老的燕国材先生

——燕国材《教育学与心理学的和谐变奏》代跋

人民教育出版社，2011 年 1 月版

师恩重于山，师情长于江。在燕国材教授的自选集即将由人民教育出版社出版的时候，作为他的学生，我感到非常高兴。

几年前，我与人民教育出版社原副总编辑、中国教育学会教育学分会理事长吕达先生，人民教育出版社文化教育编辑室主任、中国教育学会教育学分会秘书长刘立德先生谈到，作为中国教育心理学界的前辈，燕国材先生为中国心理学史、教育心理学以及教育基本理论研究作出了重要的贡献，当代教育思想史上应该记录他的贡献。吕达先生和刘立德先生表示，中国教育学会教育学分会与人民教育出版社正在陆续编辑出版新中国教育学家自选集《中国当代教育论丛》，可以考虑我的建议，将燕老师列入，并且委托我先与燕老师打个招呼。

不久，燕师的书稿编竣，数十万字，沉甸甸的。这是他从事教育学和心理学研究五十多年的成果结晶。看老师的文字，你根本感觉不出，他是一个年近八旬的老人。

吕达先生和刘立德先生嘱我为老师写一点文字。我的思绪不由回到了

1980 年 9 月。那个时候，我刚刚通过考试被选送到上海师范大学教育心理学研究班。当时“四人帮”刚刚粉碎，教育科学元气尚未复苏，但一批著名的教育心理学家已经张开双臂拥抱即将到来的“科学的春天”。

一天，教室里来了一位个子不高，但气度不凡的中年人。上课铃一响，他就健步登上讲台，在黑板上写下“标新立异，自圆其说”八个大字。后来，我们知道，这就是学术界一个传奇式的人物——燕国材教授。他把“创新”作为治学的灵魂，也作为对弟子的期待。后来，他确实是用这种精神把我们带进了心理学园地的。

燕师于 1931 年 1 月 17 日出生在美丽的桃花源边，17 岁时考入湖南省立第四师范学校，20 岁时考进北京师范大学教育系，是正宗的科班出身。大学毕业后不久，他就出版了个人专著《马卡连柯的教育理论和方法》，在学术界崭露头角。但随之而来的反右运动，让这位血气方刚的年轻人离开了心爱的教学岗位，先是劳动“改造”，再是到图书馆搬书。80 年代初，差不多与我们一起走进了课堂。

他给我们开设“心理学概论”、“教育心理学”和“中国心理学史”三门课。有一次，他用“蜂蝶纷纷过墙去，都疑春色在邻家”开始了他对中国心理学史课程的讲授。这句也许不太经典的诗，却激起了一个年轻学子的强烈冲动——研究中国心理学史，破译中国人心灵的密码！于是，有了我们师徒间的长期合作，有了中国心理学史上的一段佳话！

我的第一篇习作《朱熹心理思想研究》，被燕师带到一个重要的学术会议上，向潘菽、高觉敷教授等大力推荐，很快收录在两老主编的《中国古代心理学思想研究》文集中；

我的第二篇习作《二程心理思想研究》被燕师推荐到权威核心期刊《心理学报》，很快变成了铅字；

我被推荐破格参加《中国大百科全书·心理学》的编纂工作，没想到撰写的条目被出版社编辑作为“样板”条目供其他作者参考，还闹出了责任编辑到苏州大学来寻找“朱老先生”的笑话……

这些，对一个刚刚走上教学科研道路的年轻人来说，是多大的激励！

在燕师的推荐下，我参加了中国心理学史的第一本全国统编教材的编写工作，参加了中国心理学史的第一套教学参考资料的编写工作，参加了中国心理学史第一本辞典的编写工作……可以说，我参与了中国心理学史学科创建的全过程。

后来，我又同燕师合作撰写了一些著作与论文，如《非智力因素与学习》、《地球上最美的花朵——心理学纵横谈》、《现代视野内的中国教育心理观》、《刘劭〈天才性理〉对于大脑研究的贡献》、《中国古代心理学思想史》等。他从不以先生的口吻教训我，而总是以朋友的方式进行沟通。

后来，燕师又鼓励我独自放飞，开拓新的研究领域，如中国犯罪心理学史、中国管理心理学史。当我有新著出版的时候，当我获得一个个国内外科学研究基金的支持时，他总是为我喝彩，为我加油。

在我的印象中，燕师似乎是不老的，他的心近乎明代李贽所说的“童心”。燕师虽然学富五车，讲演时口若悬河，声音洪亮，但在生活中他却是一个不太擅长交际的人。他只顾耕耘，不计收获；他淡泊名利，不计得失。这种个性也使他失去了一些本来应当属于他的东西，然而他不在乎，依然乐呵呵地向前走。

前几年，和他相濡以沫的师母因病去世后，燕师在家乡为她购置了墓地。师母的灵魂在那片美丽的土地上安息了，而燕师，又像往常那样投入了另一本新著的写作之中。第二年的五一节，燕师家乡的一所名校——桃源一中邀我去讲学，我不假思考地应允了，为了那一方水土，为了那恩师之情，也为了拜谒师母之灵，这一去，我也与桃源结下了不解之缘。

2003 年 8 月，酷暑时节。温州的苍南县让我为全市校长作一个报告。为此，他们打了数十次电话，我实在太忙，不敢应承。结果，他们搬来了燕师，要我们师徒同去，我没有了拒绝的勇气。其实，与老师多说几句话，多待几分钟，也正是我所渴求的。与其说我成全了苍南，不如说是苍南满足了我。

在我所知道的学术前辈中，很少有人能像他那样勤奋，60 岁以后；他差不多每年至少还有一部个人专著问世，数十篇论文发表。他不仅用他那四卷本著作奠定了在中国心理学史中的地位，而且在非智力因素理论、素质教育理论等方面，都独具慧眼，自成一家。

2005 年年底，他与张人骏先生来到苏州。年近八旬的燕师虽然多了一些白头发，但是精神依然非常好，又带来了几本他的新书。2006 年，在张家港宾馆举行了“燕国材教授学术思想报告会”，燕师作了一个多小时的报告，声音仍然那么洪亮。我们看到了一个青春依旧的燕师。的确，在我们的心里，燕老师是永远不会老的。

明年年初，将迎来燕师 80 岁华诞。《教育学与心理学的和谐变奏》这部书的出版是献给燕师的最好礼物。

2010 年 11 月

写于北京滴石斋

开启学校之门的咒语

——杜军《践行教育的信仰——一位校长的学思行》序

中华书局，2011 年 10 月版

不知道为什么，见到杜军的时候，我头脑中一闪的是寓言故事《阿里巴巴与四十大盗》，杜军校长就是那个念着“黑芝麻开门”咒语的阿里巴巴，而藏宝的宝库，就是她所在的北京黑芝麻胡同小学。

作为民进的会员，我对杜军并不陌生。她是北京基础教育界颇具影响的人物，曾获北京市教育系统优秀教师、北京市十佳青年教师等称号，又是全国青联委员、民进中央委员、民进中央教育委员会委员、民进北京市东城区副主任委员、区政协委员、北京市第十届人大代表等。

2006 年 1 月，杜军走进黑芝麻胡同小学，担任学校的校长。这是一所传统与现代合璧的学校，西面是现代化的教学楼，东面是古朴、典雅的四合院，一校两址使这所学校既有古老的文化底蕴，又富有现代化的气息。在第一次全体教职工会议上，杜军就向大家亮出了自己办学的思路和愿景：“因我的存在使师生快乐，因我的存在使学校品牌更亮！干在黑小！爱在黑小！奉献在黑小！”

思路归思路，愿景归愿景，如果没有实现愿景的路径，也是难以兑现自己的承诺的。正如面对一个巨大的宝库，虽然知道里面有价值连城的宝物，如果没有打开宝库之门的咒语，也是难以真正得到这些宝物的。其实，这个时候，杜军已经成竹在胸，已经拥有打开黑芝麻胡同小学之门的咒语。这就是陶行知先生的教育思想。

在陶行知先生的弟子方明老的亲自引领下，杜军在1999年开始走进陶行知的教育世界，开始懂得“千教万教教人求真，千学万学学做真人”的教育理想，开始接触“爱满天下”、“创造教育”、“生活教育”的理论。经过咀嚼消化，这些理想与理论逐渐在她心中亮堂起来。所以，来到黑芝麻胡同小学的时候，她已经清晰地把握了打开这所学校之门的咒语。

于是，在2006年5月，学校启动了学习陶行知教育著作的仪式，为每位老师发放了《陶行知教育名篇》，杜军亲自做了首期“学习陶行知”的导读讲演。

于是，在2006年10月，学校举行了“纪念陶行知诞辰115周年暨黑芝麻胡同小学创造教育启动仪式”。杜军在仪式上说，教师的工作就是撒创造之光，播创造之种，浇创造之水，施创造之肥，生创造之根，开创造之花，结创造之果，植创造之林。而学生则应该沐创造之光，饮创造之水，食创造之粮，长创造之智，做创造之人。

于是，2007年10月，学校举行了以“在行知路上享受创造的快乐”为主题的文化庙会，展示了学习创造教育一周年的成果。方明老和全国陶研班的骨干参加了活动。

于是，2011年4月，学校召开了以“追随陶行知，学做教育家”为主题的纪念陶行知诞辰120周年暨学校开展创造教育5周年系列活动启动仪式。师生共忆陶行知故事，共讲学习陶行知教育思想的心路历程，共诵《黑芝麻胡同小学创造宣言》。

杜军说，作为校长，她最大的快乐就是培养出自己所崇拜的教师，最大的愿望就是让黑小成为创造的乐园。而她最想做的，就是把教师看做宝石，用陶行知教育思想这条主线把每块宝石串联在一起，形成一条宝石项链，再用智慧给宝石镶边，让这条项链放射出耀眼的光芒。

现在，摆在我们面前的《黑芝麻开门——我在黑芝麻胡同小学做校长》一书，已经把杜军的咒语教给了我们，让我们说一声：黑芝麻开门，让我们走进杜军的教育世界，走进黑芝麻胡同小学的宝库吧！

2011年8月27日

写于北京滴石斋

百尺竿头更进步，书香飘园竞风流

——郭涵等主编《北京一零一中学教育丛书》序

人民日报出版社，2011 年 3 月版

到北京工作以后，先后三次去了这所学校，校长郭涵和副校长严寅贤等一群一零一人建设书香校园的理念与行动，给我留下了深刻的印象。

第一次去一零一，是 2008 年 9 月。来学校前，对学校的唯一印象是“一零一网校”，认为它一定是一所屹立在繁华都市中的现代化学校。没有想到，这是一所位于圆明园遗址中的学校，古风巍然。学校东临清华，南接北大，文气蔚然。进入学校长长的通道，古树参天，绿草如茵。学校的建筑，依山伴水，显得静谧、厚重、古朴。在北京这样寸土寸金的城市，一零一能够有这样宽敞大气、自然气息浓郁的校园，与众不同，独领风骚，真是难得。

郭校长告诉我，这里是北京奥运火炬接力的终点站，虽然奥运会的火炬刚刚熄灭，但是奥林匹克的精神，追求更快更高更强的精神，却永远地留在了学校。郭校长还专门带我参观了学校内部的奥林匹克青年营（lympic Youth Camp）营地。人虽去，魂尤在，闭上眼睛，我可以想象到，不久前世界各国的年轻人，在这里狂欢、交流的盛况。

看到大门口郭沫若先生题写的校名，我不解地问郭校长，为什么叫一零一？她告诉我，学校建校于 1946 年，当时在张家口，后因国民党大举进攻，与回民中学、女子中学的全体师生一同撤离，合并为晋察冀边区联合中学，后演变为华北育才中学，最后迁至北京，是中国共产党在老区创办并迁入北京的唯一一所中学。定名为一零一中，正是因为郭沫若题写校名，并释其含义为“百尺竿头，更进一步”。

这一次，我为学校的老师们做了一场《过一种幸福完整的教育生活》的主题讲演。没有想到，在这里，遇到了不少知音。

听完报告，郭校长与我交流，她认为，在当今青少年远离名著、远离经典的大背景下，学生阅读应当成为学校阅读的重头戏。所以，一零一举行了“经典阅读，与大师为伍”的系列读书活动。另外，从高一到高三，每个年级每周向学生提供 5 000 字左右的优美时文，这些美文都是教师们从各优秀报刊上精选而来的，文质兼美，具有很强的思想性、时代性和文学性。她说，让全体师生读书，无论从哪一个角度看，都应当是校长理所当然的教育使命。至于道理，其实很简单：一所学校，无论如何，也不能成为精神的荒漠，而应当生成文化的绿洲。

在一零一，我还遇到了副校长、特级教师严寅贤先生。他也是一位酷爱读书的老师，因为是江苏人，京城遇老乡，格外亲切。我的讲演结束后，他非常赞同教师应该成为读书的先锋的主张。他说：一个“浅”而“俗”的人，一定是不读书或读书少的人。而“浅”和“俗”，则是人的精神生命的软肋。中小学教师不一定成为思想家，但中小学教师一定要有思想，有境界。而思想和境界，通常要由丰富的读书来承载。

第二次去一零一，是参加中国教育学会的会长工作会议。一个重要的学术机构，选择在一所中学召开，也是不多见的。郭校长说，顾明远先生、谈松华先生、陶西平先生、朱小蔓教授等许多教育大家，都是教育学会的副会长，把你们这些大家一起请来，让学校呼吸一下学界的空气，帮助我们出出主意，多么难得?!

郭校长还自豪地告诉我们，我们这些人只是他邀请的客人中的一小部分。不久前，她还把诺贝尔奖获得者请到学校作报告，与师生交流呢！不仅如此，2005 年的全国青少年科技创新大赛、2006 年的首届国际青少年艺术节、2007 年的国际学校联盟校长峰会等，都先后在一零一中学举办。一所中学，承办这么多大型的全国和国际性活动，是非常不容易的。郭校长的机遇意识和魄力、胸怀，让我感佩不已。这些活动让师生有了和名家大师直接面对面交流的机会，对于开阔师生视野，提升学校品位，促进学校发展，无疑是难以估量的。

第三次去一零一，是参加一个青少年日记的课题培训，也是一个国家教育规划课题借这方宝地开展的一个活动。郭校长仍然没有放过机会，充分利用了我的“剩余价值”——让我为学校的教师发展学院首届毕业的教师讲话，颁发毕业证书。我为老师们介绍了新教育实验教师专业发展的“吉祥三宝”——专业阅读，站在大师的肩膀上前行；专业写作，站在自己的肩膀上攀升；专业发展共同体，站在集体的肩膀上飞翔。

这一次，郭校长给我透露了不少学校的“家底”，如十六大当选的中央委员和政治局委员中，有 6 人毕业于北京一零一中，4 人担任着党和国家领导职务。

那些著名校友的名字，许多都是重量级的，曾庆红（原国家副主席）、刘淇（中共中央政治局委员、北京市委书记）、李铁映（原全国人大常委会副委员长）、张梅颖（全国政协副主席）、廖晖（全国政协副主席）、刘敬民（北京市副市长）、白克明（全国人大教科文卫委员会主任）、聂力（中将）、粟前明（原第二炮兵副司令员）、粟戎生（原北京军区副司令员）、钱海皓（军事科学院副院长）、伍绍祖（前国家体委主任）、施光南（著名作曲家）、谢飞（北京电影学院副院长）、洪虎（原吉林省委书记）、柯云路（著名作家）、张琳（北京奥运会男子 400 米自由泳银牌得主）。至于高考成绩，也是不同凡响，6 个状元，几乎 100% 的本科升学率，90% 的重点本科大学升学率等等。而在科技、体育、艺术方面的国际国内奖项，更是不计其数。

郭校长的话不多，显得沉静而从容。她告诉我，在学校管理中，自己做的事情主要有三件：一是决定这个事情做不做，二是决定这个事由谁来做，三是确定做好这件事的标准。她认为，校长不可能每个具体的事情都要管，应该在把握学校发展的方向的基础上，高屋建瓴地进行决策。决策以后，就要给每个班子成员以充分的自主权，给他们施展才华搭建舞台。

我想，这正是郭校长的管理之道，也是学校能够持续发展、历久不衰的原因所在。

前不久，郭校长告诉我，为了纪念学校的校庆，也为了记录老师们的探索，准备出一套书，希望我为他们写一个序言。我毫不犹豫地答应了郭校长写序的要求。我知道，这套教育丛书所收集的文章，是一零一中老师们教育教学思想和智慧的结晶，是他们在教学一线践行新课改理念、全面提升学生学科能力和创新能力的可贵探索。郭涵校长曾对我说，在出版物泛滥的今天，作为一所名校的教育丛书，确保其内在质量，让它有文化，有内涵，有看头，有看点，这是必须的。因此，她告诉我，丛书选文的标准比较高，必须是最近几年来在省市级以上专业报刊发表，或在省市级以上论文评选中获奖的方可入选。所以，这也是我走进一零一的又一次机会，学习郭校长和她的老师们的教育智慧和敬业爱岗精神的一次机会。

粗粗翻阅，纵览丛书中老师们的大作，确有美不胜收之感。一套丛书，洋洋 80 万言，几乎是立体化全方位的一种展现。最近若干年来，一零一中老师们在学科教学，尤其是新课改理念引领下学科教学的个性化的教学思想、风格、过程与成果，在此可以窥见一斑。从中，我们更可以鲜明地感受到一零一中老师们对教育的一往情深，对教育的专注和投入——一种生命与情感的令人钦佩的专注与投入。

特别让我感到欣喜的是，整套丛书，十分充沛地洋溢着与我的“新教育”理念不谋而合的清香与芬芳。丛书中异彩纷呈的文章告诉我，在这里，拥有一批极具生命活力的理想的教师，他们在用心灵和智慧，温馨和激情，从事着理想的德育、智育、体育、美育以及理想的劳动技术教育，进而培育出、并正在培育着一批又一批理想的学生，从而保证了北京一零一中这样一所理想的品牌学校青春永驻。

与不显山不露水，悄悄坐落在圆明园中的校园一样，扎实，有序，平稳和高效，是这套丛书赠予我的另一份美丽。毋庸讳言，在今天，浮躁、浮夸与浮华，喧嚣、炫耀和躁动，正在侵蚀着教育——这本该纯净健康的肌体。此类现象，让人眼花缭乱，更让人痛心疾首。但是，透过这套丛书，我却欣喜地看到，一零一，没有这些痕迹。诚如社会舆论对一零一中的评价：这所学校既秉持其特有的传统与文化，又具有开放与包容的胸襟；它安静，和顺，不事张扬，不咄咄逼人，但又不失锐意进取，彰显的是大气、严谨与深刻；它既肩负使命，又不尚空谈；它崇尚在平静中做事，在常态中做好每一天，在常态中做好教育的每一个领域，精心呵护每一个生命稚嫩心灵的绽放，潜心培育每一个生命的健康、快乐成长；它始终注重学生潜能激发，培养学生的创新能力。天长日久，形成了一零一中特有的氛围、品性与风格。这对当今中国教育而言，尤其难能可贵，尤其需要大力倡导。

一零一中，以它的本分、本色和特色，赢得了世人由衷的赞美，赢得了有口皆碑。我知道，作为一所学校，这是非常难得的。也正因为如此，它始终是中国基础教育的一面旗帜。所以，我要感谢郭涵校长，让我又一次走近一零一，走近一零一的老师，走近一零一精神，走近一零一文化。同时，它让我又一次思考：今日中国教育，实在需要更多的一零一，需要更多的宁静与淡定，纯真与朴素，需要更多有价值的思考与实践，需要更多的脚踏实地和孜孜以求。

真诚地祝愿一零一中学，百尺竿头更进步，书香飘园竞风流！

2011 年 3 月 5 日

写于姑苏滴石斋

最好的教育风景在教室

——赵红婷《有效数学课必须关注的10大要素》序

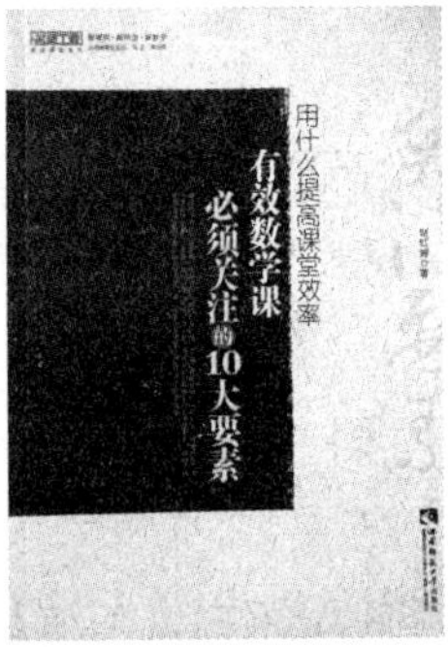

西南师范大学出版社，2011年8月版

张家港的赵红婷老师发来一本关于小学数学课堂观察的书稿，希望我能够为她写点文字。

我很愉快地答应了。理由有三条：第一，她是来自苏州的老师。张家港是苏州的一个县级市，我在苏州工作生活了三十年，期间担任分管文化教育的副市长十年，对这个城市有着深厚的感情，爱屋及乌，对这个城市的人，对这个城市的老师自然有着特别的感情。第二，她是来自新教育网络师范学院的老师。网络师范学院是新教育培养优秀教师团队的重要渠道，我是网络师范学院的院长，尽管我没有亲自到网络师范学院担任讲师，但是一直在关注着网师，对于网师学员的成长也非常在意。第三，这本书的主题是关于课堂观察。新教育实验一直认为，课堂是新教育最重要的舞台，一个优秀的教师，应该学会认识课堂、理解课堂、热爱课堂，应该把自己的根深深地扎在课堂，让自己的生命在课堂里开出花朵来。所以，尽管手里的事情很多，我也愿意为赵老师的新书写点什么。

于是需要走近赵红婷老师。1994年，毕业于无锡师范大专理科班的她，踏进了张家港市云盘小学的校门，先后担任过小学数学各年级的教学任务。在十多年的教学实践中，她自觉地将培养学生数学素养、让学生学会数学思考作为自己的教学追求，比较关注学生的心理特征及其数学现实，创设有数学味的教学情境，引领学生经历数学的“再创造”过程，并逐渐形成了简约、扎实的教学风格。功夫不负有心人，她因此多次承担市级以上公开教学，并在苏州市小学数学青年教师评优课比赛中获奖。2006 年 9 月，她被评为张家港市小学数学学科带头人。

2007 年至 2010 年，赵老师被借调至市进修学校，担任小学数学脱产培训班的指导老师。在进修学校的三年，由于相对宽松的常规管理，以及较为浓郁的研究氛围，使她有了更大的学习和思考空间。也就在这期间，她正式参加了新教育网络师范学院的学习，跟着网师的课程精读了一定数量的书籍。在培训他人的同时，她也努力进行着自我的培训，这是她成长的“拔节”期。正如她在《与新教育的不解之缘》一文中所说的那样，在遭遇新教育之前，她一直是浑浑噩噩的，想要上进，却找不到方向。邂逅新教育后，她才开始认识自我，并逐渐认同了教师这一职业。

这是一本关于小学课堂观察的书。毋庸置疑，课堂是教师教育教学的主阵地。课的质量高低不仅决定着知识的巩固性和深广度，还决定着学生正确世界观的确立、对知识和学科的热爱，以及对人类所创造精神财富的尊重。可以这样说，课堂教学的效果直接影响到每个学生能否得到全面而有个性的发展。观察和剖析课堂教学，对于提高课堂教学效率、提升教师专业素养，起着至关重要的作用，应该成为整个学校工作的重中之重。在这本书中，赵老师运用新教育实验理想课堂的理论，从观察教师的行走方式和学生的学习状态两个方面系统地展开论述，颇有深度。

在观察教师的行走方式方面，最值得一提的是赵老师能够自觉地关注数学知识本身的存在价值，而不是简单地进行解题能力训练。她认为，数学课堂终究是不同于其他学科的。数学有其本质特征，每个知识点都有其独特的存在价值，学习数学最重要的就是引领学生经历一个数学化的过程。因此，她把第一个视角投向“关注数学知识的存在价值”，强调对于数学文本的解读，强调数学知识的“源头”。关注数学的本质特征，让学生感受数学本身的独特魅力，体验数学的哲学意境和文化韵味，掌握数学的思想方法，等等。这在许多数学课堂上，往往是看不见的风景。

在具体的策略上，赵老师提出了关注提问和引导的实效性，教法和学法的最优化，对课堂的动态生成和课堂的细节，也有许多真知灼见，如注意课堂中出现的不同声音，处理好课堂中“计划”与“变化”的关系，等等。

在观察学生的生存状态方面，赵老师强调应该努力激发学生学习数学的需求，了解学生真实的思维状况，让学生经历数学探索的过程，特别是要站在儿童的立场看课堂，这是非常重要的课堂教学与课堂观察主张。很多时候，我们并不真正了解学生的真实情况。我们一厢情愿地用自己的想法去揣测孩子们的想法，自以为了解了学生的情况，而事实上，仅了解到一些浮于表面的状况。所以，她从探寻学生真实学习状况这一美好意图出发，注意让学生与问题直接“相遇”，让学生经历知识重构的过程，关注学生的“认知盲点”和“思维连接点”等。

应该说，一位在一线的小学数学老师，能够自觉地对课堂进行如此深入、具体的剖析，是难能可贵的。通读赵老师的著作，不仅可以看到新教育实验对于她的影响，也能够感觉到她如饥似渴地学习当代课堂教学理论的历程，尤其能看到佐藤学教授和陈大伟教授对她的影响。前不久在常州召开的新教育实验国际论坛上，我有机会与佐藤学教授和陈大伟教授深入交流，也对他们扎根田野、坚守课堂的精神感受很深。其实，理解课堂，不仅需要像佐藤学、陈大伟这样的学者走进课堂，更加需要像赵红婷这样的一线老师走进理论，把自己的感受、自己的经验上升到理性的层面。一线教师的理论自觉，是改造我们的课堂，改造我们的教室的根本动力。

对于新教育来说，最好的风景永远在校园，在教室，在课堂！

2011 年 6 月 10 日

写于北京滴石斋

爱拼才会赢

——李振中《赢者有道》序

京华出版社，2011年2月版

年初，振中先生送我一本《赢者有道》。封面上是他的人物头像，炯炯有神。他告诉我，这也是他参加中国民主促进会的申请书。

翻阅了全书，感到这是一本不错的励志图书，因为它讲述了自我修炼、团队建设、营销之道、日常管理和职场生存等问题。当然，不是人云亦云，而是结合他自己多年的职场经历，把自己在日常管理中遇到的问题和处理方法拿出来与读者一起分享，所以，读起来特别亲切。如在“自我修炼之道门”中，他告诉读者，应该敢于掌握自己的命运，应该树立明确的人生志向，应该制订跳起来能够到的目标。他告诉读者如何磨炼自己的性格，认为毅力是成功的基石，勤奋是永远的财富，艰苦的环境能激发自身全部的斗志，忍耐是最重要的情商，以及要学会保持积极的心态等，非常实用。

半年过去，这本书就要重印了。可以想见，它受到了读者的广泛欢迎。半年过去，振中也加入民进了，成为我们这个大家庭的一个成员。

借着重印的机会，振中希望我能够写点文字。

为民进的同志服务，尤其是为年轻人加油，我义不容辞。其实我们虽然见过几次，但并没有太深的交往，只是感觉到他纯朴厚道，豪爽大气。于是向北京市委的同志了解他的情况。他们也反映振中同志工作上兢兢业业，埋头苦干，一丝不苟，善于广泛听取各方面意见，集思广益，充分发挥集体的智慧。对同志也能够坦诚相见，胸怀宽广，对不同意见和分歧能及时沟通，求同存异，顾全大局，使同事能够心情舒畅、全身心地投入工作。他也特别重视理论学习，能够学以致用，创造性地开展工作。

通过振中的同事我也了解到，自担任出版社社长以来，他锐意进取、大胆改革，带领员工卓有成效地开展了资源整合、品牌营销、影视创作、规范管理、团队建设等一系列工作，短短几年就扭亏为盈，实现了业务跨行业、跨媒体、跨区域发展新模式，创作、经营双丰收，社会影响力不断增强，经营收入连续五年大幅度增长，走出了一条扭亏为盈、开拓创新的跨越发展之路。他牵头创作的音像作品多次荣获农业部中华农业科技奖、国家新闻出版总署中华优秀出版物奖以及国家广电总局科蕾奖等国家和省部级奖项，并荣获北京市新闻出版（版权）先进个人、北京市新闻出版行业领军人才、“影响2008”中国十大创新人物、第三届中国创意产业年度大奖先进个人等荣誉称号。他用勤奋、执着、毅力与追求践行着对工作的热爱与投入，他用出色的经营管理能力为电视和音像事业发展做出了突出贡献。

看得出，振中的书不仅是写出来的，也是做出来的。正因为是用心写的，它才能够在排行榜的浮躁中积淀下来，最终成为读者认可的作品；也正因为是做出来的，它才能够让大家感觉到这是一本操作性很强、很实用的作品。

按照常规，写这样的书的人可能是一位长者，才能够从从容容与年轻人谈心，传授经验。但是40岁的振中也有他独特的优势，他与年轻人的心贴得更近，更了解他们最需要什么。他用自己刚刚走过的历程和正在经历的事情作为教材，告诉大家职场如何生存、如何奋斗、如何学习、如何工作，不仅对于那些初入职场的大学生颇为有益，对于那些即将创业的创业者和初任领导的管理者，也是非常有益的。

所以，我非常高兴向大家推荐这本书。

2010 年 12 月 25 日
写于北京滴石斋

三、让学校拥有灵魂

当下，缺失文化的教育已将儿童带入了一个他们倍感陌生、抽象、片面和异己的地带。精神的失落带来的是精神世界的浮躁、迷误、幽暗甚至荒芜，这样教出来的孩子可能是一些有知识没灵魂、有技艺没根柢、有智力没情怀的“怪物”。而解决这一危机的关键，就是真正地让学校重新发现生命的意义、文化的价值。学校是有生命的，是由充满灵性的人所汇聚的。“教育”、“文化”、“生命”这三个词在其本质上意义相同，讨论学校文化，就是寻找一种培育年轻生命、塑造未来社会的最佳途径，让学校真正拥有灵魂。

摄影：滕靖南

作者：杨明义

书院精神的当代价值

——王涵《中国历代书院学记》序

首都师范大学出版社，2010 年 1 月版

书院一词产生于唐代，最初是官方收藏图书和校勘书籍的场所，或者是私人读书治学的地方。作为一种特殊的教育形式和制度的载体，作为培养人才的重要机构，书院是在官学衰落和私学不兴的历史条件下产生的，在某种意义上讲是中国古代教育改革的产物。

书院自宋以后历经盛衰，伴随着近代学堂的兴起而废。但作为古代的一种独具风格的教育机构，它不仅孕育了一代又一代的贤人志士，也形成了一整套教学与管理的优良传统。宋以后的大教育家，从朱熹、陆九渊、范仲淹、王阳明到王夫之、戴震、康有为等，无一不与书院有着千丝万缕的联系。教育史家张正藩教授在评论书院时指出：书院“对于我国教育、社会、政治及学术思想等方面，均有极大之影响。仅就教育而言，如院址之优美，讲学之自由，教训之合一，以及有教无类，因材施教，注重自动自发之研究精神等等，若与现代之大学比，实有过之而无不及也”。（张正藩著：《中国书院制度考略》，江苏教育出版社 1985 年版，第 1 页。）毛泽东早年曾在长沙创办过培养干部的湖南自修大学，也主张吸收古代书院的办学经验，“采取古代书院与现代学校二者之长，取自动的方法，研究各种学术，以期发明真理，造就人才，使文化普及于平民，学术周流于社会”。可见，书院教育已成为中国教育不可或缺的重要组成部分，书院教育所积累的经验也已成为中华教育思想宝库的珍贵财富。

书院的学记、学规是研究书院的重要文献，也是中国古代教育思想的重要组成部分。王涵兄经过多年的努力，选择了历史上最具影响力和代表性的二十家著名书院，对这些书院的历史沿革、代表人物、办学特点进行了详细的介绍，同时选择了一些经典的学记、学规加以介绍、今译，这实在是一件功德无量的事情，在我们的教育到处东张西望，言必称西方的时代，能够静下心来整理我们自己的文化遗产、教育传统，无疑是非常有意义的事情。

我与王涵兄认识，是源于新教育实验。第一次去他的办公室，看到他收藏的大量民国时期的著作，就知道他是一个书卷气很浓的校长，一个很有涵养的学者。他在主持六一中学工作期间，积极推进学校的新教育实验工作，2006 年新教育实验第六次全国大会（我们新教育人称之为“进京赶考”）在他的积极支持和大力配合下取得了圆满的成功。王涵兄还努力推动新教育实验的国际交流，如果不是后来他身体的原因，也许新教育的国际交流中心，就会建在六一中学了。

有的时候，生病也是一种福气，能够让人静下心来思考问题，有时间读书研究问题。我想，这本书大概也是王涵兄在养病的情况下的副产品吧。

最后，在祝贺王涵兄新作出版的同时，还要祝愿他早日康复，回到他钟爱的教育岗位上，把书院的精神气质带到新的学校中去，把书院的开门办学、注重养成、提倡自学、自由争鸣等教育传统融入新的学校中去。

我期待着。

2010 年 8 月 1 日

写于北京滴石斋

诗人校长与诗性校园

——柳袁照《星星降临》跋

山东画报出版社，2010 年 10 月版

日前，收到柳袁照校长寄赠的两本新诗集，一本是作家出版社出版的《柳袁照诗选》，一本是山东画报出版社出版的《星星降临》，很是喜欢。

柳袁照与徐天中一样，都是从教育行政部门到学校去主持工作的。在苏州期间，我多次去过十中，去过振华（中学），经常暗自为柳袁照校长的文化情怀和诗人气质所感动。

一直想为柳校长、为十中写点文字，但是一直拿捏不准。因为我看到，他似乎一直在寻找什么。他爱石头，爱摄影，爱写诗，爱收藏，我一直担心，他会不会“玩物丧志”；他提出过许多“校园”，文化校园，最中国的校园，园林校园，诗性校园，我一直想为他的校园找一个最根本的象征，但是似乎还在生成之中。他自己也谈论过这样的矛盾心态：“我是个边缘人，在学校改造过程中，我穿行在校园和园林之间；在办学理念上，我穿行在现实、传统和未来之间；作为语文老师，我穿行在教师、作家和诗人之间；在功利主义的背景下，我又是穿行在功利和超然之间。”

现在，似乎可以用“诗性教育”来表达他的特色、他的探索了。这不仅因为他出版了两本诗集，不仅因为他说“学校应该是诗意的教育天堂”，更因为，他的学校，本身就是一首诗。美丽的十中校园，庭院深深，曲径通幽，奇石美景，诗意盎然；“质朴大气，真水无香，倾听天籁”的办学理念，也是优雅深远，微言大义。据说，在2009年高考之前的第99天，他举办了全校诗歌朗诵会，请苏州的知名作家、诗人参加。柳校长说：“我们不是要学生都成为诗人，而是要让他们有诗意的生活，拥有浪漫的情怀，不要把所有的事都看得那么功利。”

我不懂诗，但我还是喜欢读诗，也偶尔写点打油诗。我曾经说，教育就是一首诗，这首诗，属于青春，属于激情，属于理想。校长和教师需要有诗人的情怀，永远有美好的憧憬，有创造的激情。在这个意义上，我很同意我的好友范小青、陶文瑜等给十中和柳袁照校长的评价：“一个学校，有一位诗人校长，有一位校长诗人，对于他的数千名学生来说，肯定是一件大好事情。”校长的诗和学生的诗同时在一个朗诵会上亮相，“给了这个校园一个气场，一个大大的浓浓的气场，一个经久不散的气场。这个气场，就是文化的氛围，就是素质教育的环境”。

诗歌创作是最讲究个性的，特立独行几乎就是诗歌的生命。没有创新也就无所谓诗歌。学校也是最讲究个性的，特立独行也是学校的生命。没有创新也永远没有教育。我想，苏州有这样的诗人校长，有这样的诗性校园，必定是教师春风满面，学生两眼有神的。

其实，在我的眼里，苏州就是一个诗性的城市。在我认识的校长中，除了柳袁照写诗，我记得斜塘实验小学的校长范里也在课堂上加进了教孩子们写诗，并且培养出了几个很有灵气的小诗人。平江实验学校校长吕荣也是诗歌爱好者，去年《姑苏晚报》推出天安门前留影的专版，我看到吕荣的天安门前留影，并且有他的打油诗：“一生躬耕在教坛，半是艰辛半为甘；首都广场会心笑，如受检阅干劲添。”我看了也不觉会心而笑，这种打油诗其实就是典型的“诗言志”，玩笑中流露真情，让人受到感染。校长写诗，对于不拘一格育人才，有百益而无一害。而在那些开展新教育实验的学校里，每天早晨用一首诗，开启新的一天，让学生与黎明共舞，更是苏州教育的一道亮丽风景。

真正的教育诗歌，始终是写在校园里、写在教室里的，正如马卡连柯的《教育诗》。我真诚地希望，柳校长和苏州的校长朋友们，能够在教育的田野里歌唱，为中国教育书写出更加精彩的诗篇。

2010年7月19日

写于北京国际友谊花园寓所

其实没有“秘诀”

——张万祥主编《班主任成功秘诀丛书》序

中国轻工业出版社，2010 年 9 月版

眼下，很多职业培训书籍将成功说得玄而又玄，好像除了当事人，其他人都不能旁窥到成功的点滴门道，这使我对某些冠以“秘诀”的书籍充满了畏惧。既然是秘诀，往往应该不会轻易示人。

但是，由“青春老人”张万祥老师领衔主编的这套《班主任成功秘诀丛书》，却给我与以往截然不同的感觉，它使我对“秘诀”一词，突然有了一种亲切感。我发现，“秘诀”原来也可以演绎得如此生动，甚至可以说，其实没有“秘诀”。

我曾在教育在线论坛发过一个标题为“朱永新成功保险公司开张启事”的帖子，号召广大一线教师撰写教育日志，进行教育反思。我说，如果广大一线教师每日三省吾身，撰写 1 000 字的教育反思，10 年之后没有成为名师，我保险公司负责赔偿。当然，也许有人把它看成是一个笑话，而我确实是认真地把它作为一个承诺。赔偿不是目的，号召广大一线教师积极反思、积极写作才是我的初衷。翻开《班主任成功秘诀丛书》，当时发出这种倡议的亲切感又涌上我的心头。这套丛书的作者，大多数都在教育一线工作了 10 年以上，有的甚至达三十多年，他们数十年如一日地撰写着教育反思笔记，数十年如一日地坚持着自己的教育理想，这种坚持让人动容！新教育实验认为：只要行动，就有收获；只有坚持，才有奇迹。我崇敬那些有理想的人，更钦佩那些为理想而不断努力奋斗、坚忍不拔的人，他们才是共和国教育的真正脊梁！

多年来，新教育一直倡导师生共写随笔，倡导教师的生命叙事，倡导教师记录和反思自己的教育生活。专业阅读、专业写作、专业发展共同体，成为新教育实验教师专业发展的“吉祥三宝”。所以，对来自一线教师的教育叙事、教育反思，我总充满了亲切之感，我一直认为，是他们创造和丰富了我们的教育内涵。

张万祥老师主编、“万千教育”策划出版的这套《班主任成功秘诀丛书》，就给我带来了这种欣喜和感动。《班主任其实好当——44 位优秀班主任的秘诀》的作者，是一群平均年龄在 40 岁以下，目前正在中小学教育工作中担当骨干的班主任，他们用自己的教育故事，全方位地阐释着各自成功的“秘诀”。这些老师中，有数十年扎根山区不言苦不言悔、最终形成独特教育个性的小学老师；有从乡镇中学开始教起，最后到省城重点大学附中教书、不断进取的中学老师；更有为实现教育理想而一辈子孜孜以求，不断做出新探索、取得新成绩的中小学教育领军人物……他们用亲切的语言，真实地述说着个人和事业的成功。

我之所以愿意为这套丛书写点什么，是因为丛书中的许多作者都是我的朋友，他们中间的大部分人都活跃在教育在线网站，有些还是新教育实验的骨干。担任主编的张万祥老师是我一直很尊敬的老师，他拥有中国教育学会理事、享受国务院政府特殊津贴专家、德育特级教师、天津市班主任研究会副理事长等头衔，更重要的是他退休以后，应我的邀请在教育在线网站上开设了班主任工作的专帖，为培养年轻班主任做出了积极的贡献。他甘为年轻班主任做人梯的精神被广为传颂，在全国享有“青春老人”的赞誉。

副主编郑学志老师是青年才俊，年纪轻轻就出版了 25 部教育教学专著，担任了《中国教育报》、《班主任之友》、《班主任》等多家教育报纸杂志的专栏作者，被媒体誉为“教育痴人”和“班主任的民间领袖”。

陈晓华老师是新教育实验的重要“个体户”，多年担纲教育在线版主，“红袖”的网名也为众人所知。在实际工作中，晓华也是一位卓有建树的老

师，他先后被评为深圳市优秀教师、深圳市首批名师，还出版了《守望高三的日子》、《班主任突围》、《怀揣着希望上路》等四部教育专著，在全国引起了广泛关注。

李迪老师也是在网络上成长起来的老师，她先后被评为河南省骨干教师、河南省学科技术带头人、郑州市优秀教师、郑州市第二届名师等。她看上去温婉单纯，却将职业中学教育做得有声有色，成为全国知名的“女生问题”专家。

另外，钟杰老师是“班主任之友论坛”的优秀版主，较为年轻的中学高级教师，四川省资阳市优秀班主任，“班主任工作半月谈”的领军人物。她撰写了200多万字的教育随笔，并出版了《治班有道——班主任智慧手册》一书。

黎志新是广东省著名的班主任，也是网络上享有盛誉的“沁心荷”，她撰写的教育随笔和读书笔记已达100多万字，在自己的行业和系统内都是佼佼者。

丛书的作者无疑都是许多教师眼中的“成功者”。但是，他们对成功的理解却是那么亲切生动，一点都不高大与遥远。比如，张万祥老师认为成功需要对教育事业充满热情，他本人就是对教育有着宗教般热爱之情的人；郑学志老师坚持认为成功往往就是比别人多走了一步，他一直认为自己最大的优点就是努力；陈晓华老师对成功的解读富有“深圳速度”——以最短的时间采取最大量的行动，你就能够获得成功，他的“桃李部落”管理就是效率的典范；钟杰、李迪、黎志新则认为态度决定一切，你对教育投入多少，产出就有多少……这些“成功者”对成功的理解，告诉我们一个简单的道理，其实成功没有“秘诀”，或者说，只有一个“秘诀”——那就是只要你愿意，你也可以成功！

这套丛书具有鲜明的个性，本本特色不同，个个面目各异。张万祥老师主编的那本书中，44位优秀班主任就个个故事不同、做法各异：钟杰的“教育西游记”读起来让人忍俊不禁；陈晓华关于“魅力班主任”的叙说让人手不释卷；李迪的“爱情故事”让人会心一笑；黎志新的“励志教育”让人找到久违的亲切；而郑学志的“懒班主任经”又别出心裁，使人眼前一亮，无论观点还是内容都让人耳目一新，感受到教育管理智慧的美丽和精致。

其实，新教育实验也有自己的成功观，那就是，坚守自己的教室，让自己的生命真正地融入学生的生命中去，让自己和孩子的生命都能够真正地开出一朵花来。《班主任成功秘诀丛书》的作者用自己富有特色的教育实践，验证了新教育的成功观，也为“秘诀”作了更深刻、更生动的注解。他们的故事，富有教育原生态的真实，富有一线教育的生活气息，他们让读者明白，原来成功并没有那么遥远，原来成功并不那么高不可攀，把自己的根深深地扎在教育的田野里，扎在自己的教室里，你就能够真正书写自己的生命传奇。

2010 年 7 月 29 日

写于北京滴石斋

左手智慧，右手幸福

——谷定珍《美的教育》序

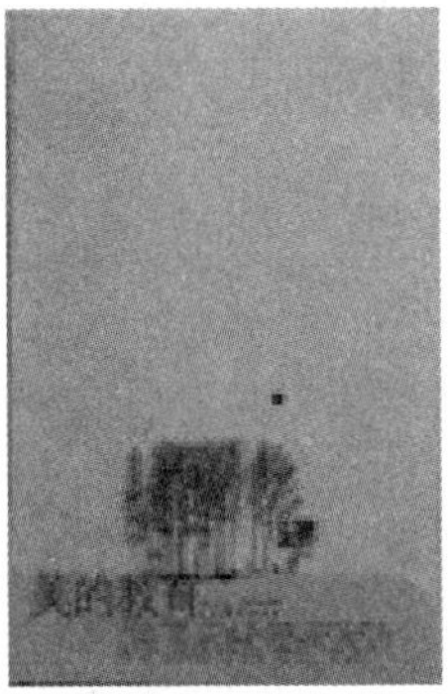

中国戏剧出版社，2010 年 10 月版

谷老师与我至今未曾谋面，但是读完他的作品后，我相信与他已经心灵相通了。当初谷兄托人嘱我为之作序时，我因素不相识而彷徨，然因其厚爱于我而却之不恭，加之梁峰局长和长河兄多次拜托，便接受下来。我读作品向来喜欢本本结清，不留余债，唯独谷兄的文章日啖数篇，历时数月。然这样更好，诚如郁达夫所言，文学是作家的自叙传，谷兄的形象便在断续间接的阅读中逐渐浮现与清晰起来。

现在，我则庆幸自己多了一位性情相投的文友了。

谷兄之可爱，在于真性情。喜怒哀乐，心中百感，诉诸文字，自然流淌，绝无矫情与掩饰。其游记文章多写实又写意，快马驰骋，凭古吊今，比兴铺叙，思接千载，足见“文士情怀”；其治学立论多小处落笔，多旁征博引，多推理演绎，学风严谨，博闻强记，由此见微知著；其时评闲文尚直抒胸臆，喜信马由缰，高谈阔论间，书生意气，跃然字里行间。佛曰：生得欢喜心，万物皆澄澈。如此之友，素昧平生也即一见如故也。

最让我高兴的，是我看到了一个教师智慧而幸福的生活。

不少人知道，我对于中国教育最大的期待，就是让万万千千的学生和教师过一种幸福完整的教育生活。我近年力推的新教育实验即以此为宗旨。英国哲学家休谟有句名言：“一切人类努力的伟大目标在于获得幸福。”在休谟看来，追求幸福是人类社会的永恒主题。在我看来，追求幸福完整的教育生活，当是教师醉心教育的动力源泉。于教师而言，何谓幸福？即主观上对自己的教育职业和包含教育在内的广义生活感到满意。何谓完整？即不仅有物质生活的康泰，还有精神生活之丰裕。但我深深知道，当下不少教师，迫于应试的压力、道德圣化的压力、经济待遇的压力、工作环境的压力、专业发展的压力等，幸福感常常溃堤流失，职业倦怠严重。“除了幸福，事实上不存在其他任何被渴望的东西。无论何种事物被作为实现某种更高目的（最终为幸福）的手段而受到渴望，都是因为它本身被视为幸福的一部分而受到渴望，并且只有在它确实变成幸福的一部分后它本身才会被渴望。”穆勒的话简而言之，就是人一旦不热爱自己的生活，就不会热爱自己的职业。教师一旦不悦纳自己，也就无法悦纳学生。因此，教师幸福感的缺失，对教育的消极影响是十分巨大的。这是一个需要警惕和疗救的问题。

我笃信定珍兄是个幸福的教师：依其性情，没有妄言生死，必定身体健康；没有离情别伤，必定家和人睦；没有困顿之叹，必定衣食无虞；听课、研究、治学，事业有成，学术有为；读书、游历、写作，闲适有乐，志趣有托，几乎教师生活之极致。我十分认同爱尔兰著名《圣经》注释学家巴克莱博士的话：“幸福的生活有三个不可缺少的因素：一是有希望，二是有事做，三是能爱人。”诚如定珍兄一样，有梦想、有思想、有激情，爱教育、爱工作、爱生活，左手用智慧为生活点灯，右手牵着幸福远行。如此人生，夫复何求？

享受幸福与完整的教育生活，这需要政府、社会和学校的不懈努力。但是我认为，在基本物质之外，教师自身的努力尤为重要。因为物质的需求永难满足，制度环境改善需要假以时日，家长迫切需求也可理解，难道外界压力不减，万千教师就无法获得幸福，只好虚掷年华不成？当然不是。一个人的激情与理想越多，越有可能幸福。因此，我深深期待，万万千千的教师，能从倦怠中走出，努力安顿好生活，时时润泽好心灵，教书读书，传道授业，有闲有乐，不求人间立德立功立言不朽事，但求在一方讲坛上燃烧智慧，享受幸福。如此，才不枉为一介读书人、平凡教书匠。

哈哈！末了，老夫聊发少年狂，且为定珍兄的大作面世，浮一大白！是为序。

2009年6月7日

写于北京滴石斋

走向明亮的地方

——汤勇《我的教育心旅》序

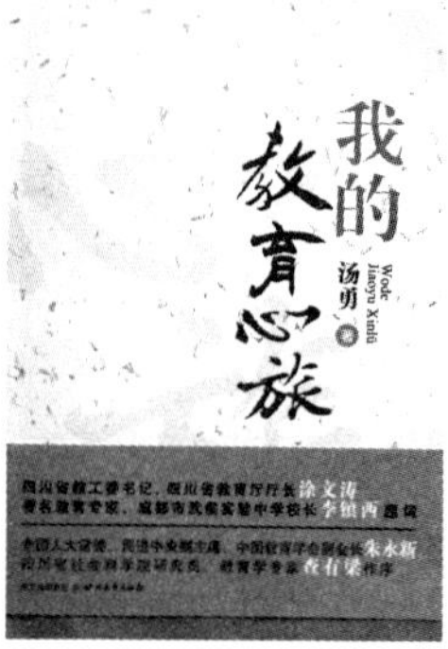

四川文艺出版社，2010 年 9 月版

还清晰地记得去年为汤勇局长的《修炼校长力》写序言的情景。现在，汤勇的新书《我的教育心旅》又要出版了。真的感佩他的勤奋，他的勤于思考、勤于写作，这本书虽然不像上一本书那么系统，但也是他多年从事教育、观察教育、研究教育、实践教育的心得。

这么多年来，我见过无数的教育局长，也和许多教育局长打过很深的交道。大概可以把教育局长分为这几种类型：一种是把教育局长当官做，对上唯唯诺诺，对下耀武扬威，没有自己的思想，没有自己的追求，不求有功，但求无过；一种是把教育局长作为事业，兢兢业业，全身心投入，严格按照上级指示文件的精神，不越雷池半步；还有一种是把教育局长当做理想做，他们拥有教育的理想和激情，他们不断地去思考、追寻和超越。我没有见过汤勇局长，仅仅看过他的几本书而已，无法把他明确地分到哪类，但是我感觉他应该是一个勤于思索、勇于探索、充满激情、富有教育理想和智慧的教育局长。

在我熟悉的教育局长中，我比较欣赏和尊重的有两位，一位是山西绛县的陈东强局长。他是一个普通的乡党委书记出身，没有太高的学历，也没有太深的教育背景，但是在主政绛县的教育以后，他充分调动各种教育资源和力量，还促成县人大成立了绛县教育促进会，县委、县政府每年评选“感动绛县十大教育人物”。他自己开了教育博客，在他的影响下，绛县两千多名教师也开了教育博客，记录自己的成长故事。在绛县所有的村小，所有的孩子每天都用一首诗开启新的一天的黎明；每天中午，老师会和孩子们一起和人类那些最伟大的经典对话，晨诵、午读、暮省已经成为他们的生活方式。

另外一位是河南焦作市教育局的张丙辰局长。经过多年的探索和寻找，他认为，新教育是实施素质教育最好的抓手。因此，他利用行政的力量，推进新教育在焦作全市的开展。他专门成立了与教科室、教研室并立的新教育实验室，编写了新教育手册，发给全市所有的教师。他还专门成立了新教育培训中心。我们在山西绛县开现场会，在大雪封路的情况下，他驱车九个多小时到会场，让大家都非常感动。

在许多教育局长疲于应付各种检查、会议、接待的情况下，很少有局长能够真正地沉下心来，认真地去思考教育的各种问题，执着地去追寻教育的梦想。其实，教育局长就是一个区域的教育的最高行政长官，他可以很小，也可以很大。小到他可以一事无成，没有给这个区域的教育带来任何的变革，也没有留下他的痕迹，他的声音；也可以很大，大到他真正焕发了一批校长和教师的青春，点燃了他们的激情，因此，也永远地写在了这个区域教育的历史上。没有见过汤勇局长，但是我从内心里真挚地祝愿他成为一个能够写在阆中教育历史上的人，成为走进阆中校长和教师心灵中的人，成为能够带领阆中教育走向明亮的那方的人。

是为序。

2010 年 3 月 24 日

写于石家庄至北京途中

小学校长的大教育视野

——徐天中《小学大教育》序

江苏人民出版社，2010 年 7 月版

我认识一些很有创新精神的校长，熟悉很多擅长管理的校长，也见过不少很有活动能力的校长。但是能够身兼这三者，而且在每一方面都有出色表现的校长，还并不多见，苏州市实验小学的校长徐天中先生就是其中之一。

见过天中校长的人，都会感到扑面而来的一种“大气”。早在 1999 年的《人民教育》上，徐校长就提出“小学校研究大教育”的理念。陶行知在《第一流的教育家》中写道：“第一流的教育家是敢于探究未发明的新理，敢于进入未开化的边境，富于创造精神和开辟精神的人。”徐校长的“小学校研究大教育”历程，正是他开拓创新精神的真实写照。治校十八年来，他以“小学校研究大教育、小学校演绎大教育”的思想为指导，从学校实际出发，进行整体改革，办成了许多在全国范围领先一步的大事情：率先进行课程改革实验，率先建立学生素质教育基地，率先建立小学教育集团，率先构建“科学、规范、精细化”现代学校管理体系，率先在国外联合办学。学校虽小，视野不小，志向不小，手笔不小，是许多教育专家对于天中校长发自肺腑的评价。

天中校长善于管理是出名的。他来自于教育管理部门，骨子里有“管理”的细胞，所以对于科学管理有着天然的兴趣。2003 年年底，苏州市实验小学通过引入质量管理体系，建立了比较“刚性”的制度化管理模式。随着管理实践的不断深入，他开始意识到，最好的管理应该是“刚柔并举”甚至“无为而治”，他的管理思想也逐渐进入一种制度与人文相融合的境界。他曾经说：“我的目标是做一个‘道’和‘技’结合得很好的校长，竭尽全力为每一个学生成器、成大器打下坚实的基础。”我理解，这里所说的“道”，指的是一个校长的眼界和胸怀，思维的广度和深度；这里所说的“技”，则是指一个校长处理事务所把握的技巧和尺度。现在，作为一个总校长，天中管理着多所学校，而且游刃有余。

天中的社会活动能力也是出了名的，说他是一个教育活动家，一点也不过分。

我曾经去过他在太湖边上的青少年教育活动基地，风景之秀美，设计之大气，活动之丰富，虽然无法与上海的“东方绿舟”相提并论，但后者是上海市政府投资数亿元打造出来的，而天中的太湖基地，却是他“无中生有”干出来的。城市拆迁的许多树木、石头都成为他这里的宝贝。可见，天中非常善于沟通学校与社会各界之间的关系，把学校当做社会的一个组成部分，也取得了社会各界对学校的广泛关注和支持。在他眼里，学校、家庭、社会中存在着许多学校急需的宝贵教育资源，要懂得积极地去发掘、整合，用好这些资源，为学生发展、学校发展服务。

十八年的耕耘，十八年的坚守，十八年的经验，这是苏州教育的财富。相信天中的人生经历和十八年的办学经验，以及他“小学校大教育”的办学思想，能够给大家有益的启示；也希望天中校长的办学理念，能够走出苏州，成为全国教育的财富。

2010 年 6 月 1 日清晨

写于北京滴石斋

让学校拥有灵魂

——曹伦华《大道思远》序

南京师范大学出版社，2010 年 9 月版

曹伦华先生的著作《大道思远——构建学校大文化教育的探索与思考》就要出版了，希望我为他的新著写点文字。伦华是我的朋友，在苏州期间我曾经多次去过他的学校，参加过许多学校的活动，印象特别深刻的是每年举行的“感动苏州十大人物”颁奖活动。

伦华这本书是讲学校文化的。非常巧合，前不久新教育第十届年会在河北石家庄桥西区召开，年会的主题就是学校文化，而我在年会上的主题讲演，就是《文化，为学校立魂》。

是的，当前，缺失文化的教育已将儿童带入了一个使他们倍感陌生、抽象、片面和异己的地带。精神的失落带来的是精神世界的浮躁、迷误、幽暗甚至荒芜，缺失文化的教育教出来的孩子可能是一些有知识没灵魂、有技艺没根柢、有智力没情怀的“怪物”。而解决这一危机的关键，就是真正地让学校重新发现生命的意义、文化的价值。学校是有生命的，是充满灵性的人汇聚在一起的地方。“教育”、“文化”、“生命”这三个词在其本质上意义相同，讨论学校文化，就是寻找一种培育年轻生命、塑造未来社会的最佳途径，让学校真正拥有灵魂。

一种成熟的学校文化，总是有一个明确的理念统摄着学校生活的一切领域。这个明确的理念就像一轮太阳，照射到学校生活的每一个角落，无论是学校管理、班级文化、教研风气，还是各种活动，总是这个灵魂的体现与实现，是朝向这个灵魂的一种努力。没有这个统一的学校文化之魂，无论多丰富多彩的学校生活也都是一种华丽、凌乱的碎片。对于新教育实验学校来说，应该对“我是谁”、“我要抵达何处”等使命、愿景、价值观的问题有一种明晰的意识，而不应让自己处于一种文化的冥睡状态。只有这样的文化自觉，才能使学校共同体和其中每一个个体的生命都处于舒展的状态，趋向明亮与辉煌。我非常高兴地看到，伦华主政的苏州外国语学校，是具有文化的自觉的。他不但思考转制学校的特有文化，而且思考如何给学生一个“世界文化场”；不仅探索让教育充满文化元素，而且探索如何从科学管理到“生态文化”管理，探索教师文化自觉的唤醒。这种文化的自觉，是难能可贵的。

仪式、节日、庆典是学校的文化“节气”。在每一个节日的背后，是这所学校的一个传统，是这所学校教育理念的一个侧面。一年年、一代代师生把这些重要的理念转化为行动，将行动积淀为传统，再一次次地用节日、庆典的形式将传统复活。基于新教育理念，我们认为开学日、师生生日、毕业日、阅读节，以及学校自己的节日，才是教育生活中最重大的日子，郑重地对待这些日子，擦亮它们，装点它们，将使得教育生活不再平淡，而充满神奇。我也非常高兴地看到，在苏州外国语学校，这样的仪式、节日、庆典，正在逐步成熟起来。

关于学校文化，我还有一些想法。我一直认为，学校作为师生共同建筑、装点、生活的世界，它的设计，它的粉饰，它的绿化、美化，都应该由师生们来共同完成。真正美妙的教育场所，就是师生亲自创造的空间，一棵树，一棵草，一堵墙壁的粉刷，一个标志的设计，都是师生漫长教育生活的结果。学校建筑，不应该是一次性完成的工程，而应是一个不断雕塑、不断积淀的文化沉积岩层。走进学校，我们能够感受到历史的厚度、文化的厚度，以及活生生的生活气息。所以，新教育实验学校应该同时是一个历史博物馆，一个珍品收藏所，是美好事物的集散地，是传奇故事曾经发生的地点。民族文化的精华，当地文化的精髓，本校历史的叙事，脚下这片大地的特色，都应该在学校里被显现出来，成为学校文化活动的语言。

作为人类文明成果的传递之所，作为人类知识的创造之地，学校应该拥有这样一种氛围，它弥漫在整个校园，让身居其中的每一个人，都渴望着去了解宇宙和人心的奥秘，去了解社会运行的规律，去明白道德和梦想在其中的价值。这种氛围应该浓郁到这样的程度：学校会为又一个新知识的发现、一个课程的创新、一次教研的突破而欢庆鼓舞，以至在最平凡的日子里，也洋溢着一种节日的快乐。

更加重要的是，学校文化，就是讲述，和为了讲述一个关于我们自己的传奇故事。这是学校文化建设的关键。没有自己的英雄叙事，没有自己学校里值得流传的故事，没有从这所学校里走出来的英雄，就是这所学校还没有自己成熟的文化，它的故事还没有真正开始。学校文化，就是讲述，和为了讲述一个关于我们自己的传奇故事。应该通过“底线 + 榜样”的新教育管理方式，让那些优秀的师生个体，成为学校的英雄与榜样，成为最有力的教育力量，成为学校叙事中的绝对主角。我希望，在不久的未来，能够听到更多的苏州外国语学校的英雄叙事。

是为序。

2010 年 7 月 2 日

写于北京滴石斋

从“亲子共赏”到“亲子共读”

——曹保印《陪孩子看电影吧》序

东方出版社，2010年4月版

作为一个男人，他的生命中有两件事情是非常关键的：成为父亲和失去父亲。成为父亲是人生的第一次历练，这个时候，他会体验心理的断乳，认识到他的生命不再仅仅属于他自己，他会更加富有责任感，觉得自己开始真正长大。而失去父亲则是人生的第二次历练，他会体验生命的断乳，认识到自己是一个家庭的顶梁柱，觉得自己开始成为一个真正意义上的男人。

保印的两次历练是倒过来的。他幼年丧父，所以对亲子关系特别敏感和珍惜。他中年得女，所以对天天特别钟爱并为之骄傲。自从有了女儿曹天健（乳名天天）以后，保印似乎换了一个人，他对生命的珍爱、对教育的关注、对儿童的研究，似乎更加自觉、执着，也更加严肃、认真了。

他告诉我，教育好一个孩子很难，但是，毁掉一个孩子却非常容易，只要稍不留意，孩子就会养成坏习惯，而且坏习惯还多半是从父母身上学到的。所以，他要求自己“莫以恶小而为之，莫以善小而不为”，为孩子做好行为的楷模。我想，在2008年“5·12”汶川大地震以后，他之所以不辞辛苦为地震灾区的孩子出版公益画册《风雨彩虹：5·12地震灾区儿童绘画集》，为医治他们的心灵创伤而奔走呼唤，与他的父亲情结也是分不开的。

作为长年编辑、写作和研究新闻评论文章的职业新闻评论人，保印与普通人不太一样的是，他更习惯于“批判性思索”而不是“不假思索”，更不是“肯定性或赞美性思索”。这种职业习惯，让他喜欢探究事物的本来面目，凡事都要而且喜欢辩三分，也就是“较真儿”。

这样的思考，让他经常发现一些教育的真谛，发现一些别人常常忽略的问题。如关于电影的教育意义与价值。他告诉我，电影对儿童和青少年产生的影响，是十分巨大的，一部电影的影响有时候甚至会超过一本书。在电影之外，电视连续剧的影响还会更大，但和电影相比，电视连续剧却鲜有“正面影响”的。

为此，他用反省的方法，比较深入地研究了自己童年和青少年时代所看的电影，发现在他看过的电影中，不仅没有一部是真正的儿童电影，而且还多是战争片（如《南征北战》、《地道战》等）、暴力片（如《第一滴血》、《少林寺》），有的甚至是看了之后好长好长时间恐惧不已的恐怖片（如旧版《画皮》等）。当然，也有一些农村题材的电影（如《喜盈门》、《月亮湾的笑声》等），现在看来，它们基本上也是“政治宣传品”。

特别值得一提的是，一部在正式电影放映前加映的科教片《热风是怎样形成的》，至今依然给他留下了极其深刻的印象；相反，那部正式放映的电影，他却没有任何印象了。由此，保印认识到科教片对儿童的影响。然而，这样的科教片在当时就不多，现在更是几乎完全消失了。这是科教片的悲哀，也是社会的悲哀。如果能用科教片的形式，向儿童和青少年讲解知识，我相信，它的效果一定比教师捧着书本讲更好。

在天天来到这个世界以后，除了日常的编辑工作，保印最热衷的事情也许就是陪天天玩了。他所有的写作，都是在女儿进入香甜的梦乡以后开始的。他写作的主要动力之一，就是为女儿寻找更好的教育方式和方法。发现电影的价值，陪孩子看电影，首先大概也是为了他自己的天天。因此，他用心寻找那些真正能够伴随孩子成长的好电影，那些真正能够走进孩子生命的好电影。

现在呈现在大家面前的这本书，是保印努力的初步成果。他用爱家、爱朋友、爱生命、爱追梦、爱青春为主题，全面介绍了 20 部世界经典儿童电影。我注意到，他完全是以儿童为中心来判断电影的价值的，而这些电影涉

及人类所有最美好的情感与价值观，如家庭、生命、友谊、理想、青春、诚信、合作、承诺、正义、善良、勇敢、公平、公正等。

保印选择的这些儿童电影之所以是经典，而且是世界儿童经典，首先自然是因为它们所承载的价值观是经典的，是儿童的，是人性的，是具有普遍价值的，如《绿野仙踪》承载热爱家庭的价值观，《夏洛的网》承载合作、诚信、友谊的价值观，《导盲犬小Q》承载热爱生命的价值观，《放牛班的春天》承载对“问题儿童”不放弃、不抛弃，坚信奇迹会发生的爱的价值观，《狗脸的岁月》和《千羽千寻》承载热爱青春的价值观等。除此之外，才是电影的表现形式本身。

与那些承载这些价值观与情感的书籍一样，这些东西，不仅孩子需要，成年人同样需要。这些年在推广儿童阅读的过程中，我们遗憾地发现，中国儿童极其缺乏这些充盈着人类最美好的价值观与情感的营养，中国孩子的父母、教师也同样缺乏这些营养。而我们的电影，就更加没有这样的文化自觉。中国的电影工作者事实上也缺乏这些营养，有人认为我们的一些大牌导演，充其量不过是“肢体导演”，在那些场面壮观、制作精良的电影后面，缺少的就是灵魂，缺少的就是价值引领。但是，儿童的健康成长，却真的离不开这些价值观，也真的离不开这些承载着普遍价值观的电影艺术作品。在这一点上，中国确需努力追赶。

因此，保印的书，就不仅是一部简单的电影导游，而是价值熏陶。如果父母们能够像保印一样，从家庭教育的角度，重新欣赏、解读这些电影，必将会有许多新的重要发现。保印告诉我，除了为天天的成长外，让他沉下心来努力写好这本书的主要动因，还有以下两个方面——

第一，他希望能有更多的父母、教师甚至全社会的人，都意识到这些世界经典儿童电影所承载的价值观与情感的极端重要性，并自觉用他们去教育、引导和影响孩子，使他们的身心能真正健康地成长。因为，就当前而言，由于应试教育的种种弊端，在很多中国孩子身上，像诚信、合作、善良、勇敢、公平、公正，像热爱家庭、敬畏生命、追求正义等价值观已经渐行渐远。以敬畏生命的价值观缺乏为例，当下中国儿童自杀率、自残率、自虐率不断增高就是明证。尽管原因是多方面的，但是，这种趋势的发展，显然令人深以为忧。

第二，他希望通过“亲子共赏”的形式，丰富儿童和青少年的精神文化生活，使他们的视野更开阔、思想更敏锐、眼界更高远；增进他们的身体健康，使他们能从高高的作业堆里抬起头来，偶尔解脱一下，轻松轻松；增进孩子与父母的感情，制造父母和孩子能聊得来、聊得轻松愉快、聊得有价值有意义的共同话题，进而使家庭气氛更加温馨，也可以使孩子与父母互相增进了解与理解。

在现实生活中，很多父母苦恼于和孩子无话可说，却又不知道原因到底在哪里，自己该怎么做。而一旦父母和孩子无话可说，或者“话不投机”，说几句话就觉得多，那么，父母对孩子的教育就很难开展。在美国，很多家庭有传统的周末保留节目，如看音乐电影《夏洛的网》，这一点就非常值得我们学习。如果我们的大多数家庭也有这种好传统，那么，整个中国教育都可能会有所改观。

我主持的新教育实验，有一个非常重要的理念，就是“共读共写共同生活”。我们认为，如果没有亲子之间、师生之间的共同阅读，他们就很可能是生活在同一个屋檐下的陌生人，因为他们没有共同的语言和密码。其实，“亲子共赏”就是“亲子共读”的另外一种表现形式。因为这些世界经典儿童电影，大部分是根据经典的儿童读物改编的，比如《再见了，可鲁》、《绿野仙踪》、《夏洛的网》等。欣赏这些电影，不仅可以帮助孩子更好地理解优秀的儿童读物，也有助于孩子们更好地走进儿童经典读物。

事实上，的确有许多孩子就是因为喜欢上了这些世界经典儿童电影，转而想阅读和这些电影有关的图书和文学作品，从而慢慢地热爱读书的。在这本书中，保印也非常自觉地结合具体的电影，向孩子们推荐了很多好书，尤其是那些经典原作。在视觉主导的文化时代，很多人正是在看了电影之后，才去阅读和电影相关的图书的。随着某一部电影的热播，同名图书往往会有非常不错的销量。电影和图书“捆绑”销售，用电影票房带动图书码洋，用图书码洋反推电影票房，已经成为“时尚”。我们也不妨利用这个时尚的规律，让孩子们真正地从“亲子共赏”走向“亲子共读”。

当然，与所有的书目选择一样，选什么总是非常困难的，而且也总是众说纷纭。电影的选择也是如此。保印书中所选择和解读的20部电影，虽然是他用心研究并且综合了很多读者和网友意见的成果，但并不意味着就没有完善的空间，并不一定就已经囊括了最好、最适合儿童的电影，可能会有一些疏漏。但是这样的努力是值得褒扬的，希望他继续努力，不断完善，使这本书成为一部父母与孩子的重要读本。

尤其需要提出的是，与我们选择学生读物时出现的窘境一样，我们民族自己的原创作品始终太少。这本书虽然选择了国产动画片《宝莲灯》，而且是唯一一部入选的中国儿童电影，但是坦率地说，它离“世界经典儿童电影”，还有不小的距离。写这个序言的时候，正是《阿凡达》在中国的影院全线飘红、一票难求的时刻，我心中的情感非常复杂。我衷心希望我国的电影工作者能够不断努力，用心为孩子们拍一些真正富有教育价值与情感的好电影，也希望保印的书中有朝一日能够出现更多好的国产原创儿童电影经典作品。

2010 年 2 月 15 日

写于北京滴石斋

孩子的幸福感比成绩更重要

——韦斯伯德著、张筠艇译《守护孩子的幸福感》序

福建教育出版社，2010年4月版

《格林童话》中有一则故事：爷爷老了，饭菜常从嘴里漏出来，儿子儿媳便不让他上桌吃饭。有一回爷爷不小心把碗摔碎了，儿媳破口大骂，说以后要改用大木盆给老人盛饭。有一天，夫妻俩看见儿子米沙在地上摆弄一堆小木片，便问为什么。米沙答："爸，我正在做木盆呢，等您和妈老了的时候，我好用这只木盆给你们盛饭。"夫妻俩听后十分惭愧。从那以后，他们又重新把老人请上桌吃饭，并细心照顾。

这故事说的是，作为孩子的养育者，父母对孩子的品格影响巨大，是孩子品格教育成败的主要责任人。显然，米沙父母是幸运的：年幼的米沙俨然成了父母的道德导师；而米沙也是幸运的：他的父母善于反省，能及时纠正过失。

在《守护孩子的幸福感》一书中，我们再次听到了这个故事。作者告诉我们：幸福感比成绩更重要，而道德是幸福感形成的源泉。道德成长、道德完善将贯穿人的一生；为培养品格健全的孩子，成人在道德成长方面应终生学习。

韦斯伯德是哈佛大学肯尼迪教育学院的著名儿童心理学家，他创设的课程“道德的成年人，道德的儿童”，致力于探索儿童在与成人相处中的道德能力发展，深受学生们的欢迎。他在波士顿创建的心理干预机构，也深受民众认可。他的《脆弱的孩子》一书，深入剖析了美国儿童面临的种种社会问题，2009 年，该书被《美国教育委员会期刊》评为“人类历史上最伟大的 10 部教育著作之一”。

《守护孩子的幸福感》是作者充满人性关怀的新作。作者和他的团队在波士顿的三所学校长期观察、访谈，同时，作为三个孩子的父亲，书中的许多故事来自作者的亲身体验。

作者从丰富的心理学临床案例入手，引导人们追本溯源，使父母及教育工作者有机会直面养育领域普遍存在的误区。作者告诫我们，应认清面临的严峻挑战：为培养孩子关爱他人、富有责任感等美好品格——这是孩子幸福人生的保障，人们有必要重新审视自己的养育实践。

当看到《守护孩子的幸福感》这一书名时，我就非常喜欢。新教育实验强调让教师和学生过一种幸福完整的教育生活，如何守护学生的幸福感，自然是我关注的。

生活中，许多父母看似在努力守护孩子的快乐情绪，却恰恰成为绞杀孩子幸福感的刽子手。作者发现，许多父母及肩负教育重任的成年人在教育方面持有错误观念，他们意图良好，但无意中阻碍了孩子关键品质的发展，且浑然不觉：有的父母过分关注孩子现时的快乐，这不但影响孩子关心他人的能力，长远来看甚至还危及孩子自身的幸福感；有的父母十分注重孩子的学业成绩，这不仅增加了孩子的压力，也威胁到孩子的品格成长；有的父母过分依赖子女，将自己的需求与孩子的需求混为一谈，这不仅妨碍自己与孩子之间的正常沟通，还严重危害了孩子的道德成长。

作者认为，这一切问题产生的原因，是父母没有理解幸福感背后的道德和价值观。他指出，“情感就像失控的巴士，而价值观则是掌控方向盘的司机”。

我认为，这本书对于中国父母来说，有几点特别重要，一是如何看待幸福感与学习成绩的关系，二是如何参与到包括学校教育的教育过程中去，三是如何认识道德发展对于孩子的价值。

书中有一章专门讲述“狂热追求成绩所隐含的危险”。我特别有同感。

我曾在一所声誉卓著的私立中学为家长开讲座。这所学校每年进入一流大学的人数保持极高的记录。讲座题目是“道德发展”，因为教师与家长都注意到学校过于注重成绩，却忽视了孩子生活中的其他重要方面。讲座开始15分钟后，一位家长举手提问：“我同意您的观点，孩子长大后成为好人确实非常重要，但在现实中，追求这个目标对孩子进入哈佛大学并无帮助。”另一位家长也开玩笑说：“您能否让哈佛改变一下申请条件，把做个好人也算上一条?”

在美国也有许多家长将孩子的优秀成绩视为养育的主要任务。作者认为，这个目标可能让孩子感到痛苦，并威胁他们自我意识中某些品质的发展，而这些品质正是诚实待人、欣赏他人与关爱他人的基础。“有些父母往往以更隐蔽、未经权衡的方式狂热追求孩子的优异成绩，他们对孩子造成的损害更为普遍。”如果因为追求成绩而让孩子失去了幸福感，孩子的人生就会陷入阴霾。

关于道德发展的价值，是该书的重要主题。书末，作者充满激情地写道：我们完全有能力将孩子培养成情感丰富并负责任的人，培养成正直守诺的人。这些孩子过的绝不应该是伪善的、自命清高的、苦行僧似的生活，我们要让孩子们成人后能够感受到对道德问题进行质疑、与人们共建合乎道德规范的世界观的必要性，让他们感受到这一过程的奇妙和生动，让他们成为关注、追求道德复杂性的人，成为探究、追寻自己最高人性标准的人，成为能与亲友建立活跃的爱的关系的人。我们要让孩子们成为能够敏感于他人痛苦的人，成为能够意识到自己对不同阶层、种族或背景的人均负有责任的人，成为愿意以某种方式对世界作出贡献的人——因为，这些孩子肩负着将先辈们最高尚的道德原则传承下去的使命，肩负着保护子孙后代福祉的使命。但这一切不是挥挥魔杖便可以实现的。我们必须对孩子有更高的要求，我们必须相互提出更高的要求，我们必须对自己提出更高的要求。

幸福源自道德。这不仅是作者对美国父母说的，也是对中国父母说的。今天，如何守望我们民族的精神家园，如何守护我们孩子的幸福感，仍是一个重要课题。

2010年2月8日

写于北京滴石斋

勤于“三耕”乐为师

——孙惠芳《教育十日谈》序

吉林人民出版社，2010年4月版

孙惠芳经常是我的“反面典型”。

在苏州，有两个惠芳。一个是张家港教育局教研室的陈惠芳，一个是吴江平望中心校的孙惠芳。两位老师都非常勤奋好学，都热爱写作。

孙惠芳的起步比陈惠芳早得多。2002年，我在教育在线的网站上发现了她。当时她是吴江梅堰小学的一位语文老师，已经在《教育参考》等报刊发表了几十篇文章。教育在线网站创办之初，我曾经邀请她参加网友聚会，畅谈新教育的理想。回去以后，孙惠芳与她的孩子们就开始了共读共写的探索。在《新教育，让梦想轻舞飞扬》这篇文章中，孙惠芳记录了那次我们的美丽邂逅。

当我把孙惠芳的故事告诉陈惠芳的时候，陈惠芳还不会上网，也没有发表过作品。但是，陈惠芳善于主动交往的个性，让她很快在教育在线脱颖而出，她善于向徐斌、窦桂梅等优秀教师请教，善于抓住每一个成长的机会，不长的时间，就出版了《触摸教育的风景》。

我用陈惠芳来激励孙惠芳。我告诉她，无论是才气，还是基础，孙惠芳都不在陈惠芳之下，为什么陈惠芳成长得更加快？其实，我用的是“激将法”，希望孙惠芳更加大胆、更加主动地与外界交流。

几年过去了，孙惠芳成为了孙校长，成为了苏州市名教师、苏州市教育科研学术带头人、苏州市优秀教育工作者、苏州市优秀班主任。她拿着这些成绩单和即将出版的著作《教育十日谈》向我报告，希望我为她的新书写一个序言。我自然推却不得。

利用业余时间细读全书，我还是蛮受感动的。这本书以一位一线教师的视角，从八个方面阐述对当今教育的理解与感悟：在“教育十思”中，孙惠芳努力探索教育规律，关注教师成长，阐发学科特点，思考新时代教师的精神状态；在“教育十忆”中，她深入教育生活，细数教育历程，放大教育细节，回忆恩师与同事的点点滴滴；在“教育十论”中，她大胆点击教育热点，碰撞教育观点，直面教育难点，议论当今教育中的优与劣；在“教育十寓”中，她敏锐地感受教育现象，阐述教育哲理，抒发教育见解，寄寓教育理想；在“教育十读”中，她走进教育书籍，触摸教育理论，浸润教育思想，阅读教育这本千变万化的书；在“教育十解”和“教育十听”中，她进入课堂现场，感悟课堂真谛，解析课堂情境，聆听课堂中的精彩与遗憾；在“教育十察”中，她又基于一线立场，明确研究主题，反思教育问题，观察与思考教师与学生的生活。

精彩的文稿后面是精彩的实践。孙惠芳告诉我，她的“法宝”是“三问”与“三耕”。“三问”是每天睡觉前问自己：“今天我想了吗?”“今天我读了吗?”“今天我写了吗?”“三耕”是每天坚持“舌耕”（上课）、“目耕”（看书）和“笔耕”（写作）。通过“三问”、“三耕”，她让教学反思擦亮自己的双眼，让教育名著炽热教育情感，让教育日记编织教育梦想。因此，她的博客取名为“三耕斋”。

从孙惠芳的这本书以及她博客中的几百篇文字中，我们可以看到一个新教育人、一个年轻的校长和语文老师的成长历程。我想，如果大家都能够像她那样坚持“三耕”，坚持阅读与思考，与学生一起成长，一定可以成为一个优秀的、幸福的教师，从而书写自己教育生命的传奇。

最后顺便说一句，以后，孙惠芳就成为我讲述教育故事的“正面典型”

啦。希望她以这本书为一个新的起点，用新教育的教师专业发展“三专”（专业阅读、专业写作、专业发展共同体）来更加自觉地指导自己，带动全校的教师和学生，过一种幸福完整的教育生活。

是为序。

2009 年 10 月 24 日清晨

写于北京滴石斋

校长的文化情结和学校的文化味道

——包祥《教育原来如此美好》序

江苏教育出版社，2010 年 3 月版

包祥校长的新书《教育原来如此美好》要出版了，希望我写一点文字。

包校长是六一中学副校长。六一中学的王涵校长是我非常敬重的文化人，他对于读书的热爱是渗透到骨子里的，他也是书香校园的践行者。2006 年，我们的新教育实验大会，曾经在六一中学美丽的校园里举行。这是一个文化味道很浓的学校，因为有一个文化味道很浓的校长。

王校长告诉我，包祥校长是教育世家出身，化学高级教师，教育管理专业的研究生，曾在齐齐哈尔、青岛、深圳、昆明等地任省重点中学校长和规模较大的民办学校校长二十年之久，现在分管学校的外事工作，担任世界学堂联盟的秘书长、北京市中小学外籍学生教育研究会的副会长。

王校长还告诉我，包祥校长写过许多著作，如《现代教育的透视》、《走向市场经济——精神文明与教育新论》、《汉语语法简表》等，在《中国教育报》、《现代教育报》、《教育时报》、《教育探索》、《中小学校长》等报刊上发表过二百多篇教育文章。其中《当校长的 15 种感受》、《我们要构建怎样的校园》等文章，在网上有非常高的点击率。

作为在一个文化味道非常浓厚的学校里浸润了许多年，也同时影响着学校文化味道的校长，包校长的这本书同样有着浓厚的文化味道。在《学校文化的三个方面》一文中他说，有人把中国文化分类为使用文化，如景泰蓝、宣纸、武术、唐装等，艺术文化，如古琴、书法绘画、建筑等，而更重要的是儒家精神、道家思想、“辨证施治”的思维方式等核心思想文化。学校文化是否也应从这三个方面建设，或叫从这三个方面积累、积淀形成，即思想文化，如教育思想、办学理念；艺术文化，如教育艺术、课堂教学艺术、管理艺术、建筑艺术等；规章制度、课程表等，姑且把它称为使用文化。在《读书》一文中他写道：“我常想我们在阅读先祖书写之优秀文字如《岳阳楼记》、《琵琶行》、《陋室铭》、《红楼梦》等，听其演《周易》，说《论语》，赋《离骚》、《逍遥游》、《大风歌》、《出师表》，体会其峥嵘之高论，浩荡之奇言。”在《中国文化之包祥谈》一文中，他更加充满深情地道白：“我多少次寻找先人思想。儒家精神里对他人包容和关怀的‘仁者爱人’，修身、齐家、治国、平天下精神，道家的反者，道之动，和无为而治思想，还有把人看做全息的、和谐系统的‘辨证施治’思维方式等核心思想文化使我惊叹不已。我曾多少回被历史所吸引。从河姆渡到黄帝陵，从莫高窟盛唐遗韵到八达岭巍巍长城，祖先披荆斩棘，历尽艰辛，开辟神州亘古荒原。我为他们创立了生生不息的华夏文明，开中国文化之先河而敬慕。”

包校长不仅潜心学习与研究中国文化，而且积极推广中国文化。他多次出国，在美国的纽约、克里夫兰，在日本的青森，在英国的伦敦等地进行教育演讲，宣传与推介中国文化。

我没有来得及全面阅读包校长的这本书，但是初步翻阅一下，还是有一些比较深刻的印象的，如“每个学生都是珍贵的存在”、“愿景管理，学校发展的长久策略”、“教育不能独善其身，应追求兼济天下、合作发展”、“文化管理，学校的变革会悄然而至”、“用中国文化办中国学校，用中国方式管理中国学校”等。透过这些文化味道很浓的文字，我们能够感受到他的文化情结，感受到他不为积习所弊，不为时尚所惑，积极追求真实的教育的情怀。

2008年1月19日

写于北京滴石斋

教育需要返璞归真

——杨斌《什么是真正的教育》序

福建教育出版社，2010 年 1 月版

出身于教师家庭，做了三十年的教育学者，当了十年分管教育的市长，搞了八年的新教育实验，对教育这一行业，对教师这一职业，我都有了许多特别的感悟、特别的情感和特别的期待。

面对教育现实中屡见不鲜的“伪教育”甚至“反教育”现象，面对教育生活中日益严重的教师职业倦怠乃至职业困惑，我深切地感受到，我们的教育，一方面取得了前所未有的巨大成就，譬如发展规模的扩大、义务教育的普及和教育技术的运用等等，同时也的确存在着不容忽视、令人担忧的种种问题和弊端。实事求是地说，这些问题的存在，有着复杂而深刻的社会和时代因素，但同时也毋庸讳言，对教育，我们还十分有必要重新打量，追本溯源，返璞归真。前不久，我曾经呼吁要“回到教育的原点”，也是基于这样的考虑。是的，我们是应该思考这样一些根本性的问题：什么是教育，什么是好的教育，什么是契合教育精神、符合教育规律的真正的教育？怎样做教师，怎样做好的教师，怎样成为建立职业认同、享受职业幸福的快乐的教师？

“认识你自己！”这是古希腊帕尔纳斯山石碑上的名言，这也是人类一个永恒的课题。这个“你”，对于每一个教育人来说，是指自己，也可以说是指教育。如海德格尔所言，以什么为职业，在根本意义上，就是以什么为生命意义之寄托。画家以绘画为生命意义之寄托，农人以在大地上耕作为生命意义之寄托，而作为一名教师，也就意味着把真正地理解教育、做真正的教育作为自己一生意义之寄托。是否拥有这种寄托，在教育实践中的表现是不会一样的。在踏入教师这个行业之初，大家都曾怀着美好浪漫的憧憬，虽然心怀忐忑，但都相信自己能够最大限度地使学生得到发展，实现自己的人生价值。但是，这种信念很快就会被复杂与残酷的现实所打击，渐渐地，便呈现出不同的境界，一是把教师作为职业，把工作视为付出劳动交换薪酬的谋生之道；二是把教师作为事业，把工作作为实现个人价值的舞台，他们渴望来自他人尤其是学生的肯定，工作关系着他们的喜怒哀乐以及成就感；三是把教师作为志业，把工作视为意义之旨归，职业与生命融为一体。对于教师职业的深刻理解和执着信念，会促使他们通过学生的发展，使自己的事业和生命得以丰富扩充。

这三种不同的境界，往往与他们对于教育和教师职业的理解相关。在漫长的职业生涯中，身为教师或者将为教师或者置身教育的人，都应该不断地追问自己：我是谁？我在做什么？我应往哪里去？这种追问，其实就是对教育的含义、教师职业的意义的追问，并最终会导致教师根据自己的理解去书写自己的教育人生。

生命之花的绽放是绚丽的，生命之果的采摘是幸福的。但是，从种子之破土起，它所穿越的一个个日夜，一个个四季，都是寂寞的，需要我们用忠诚、用信念、用爱去承受和担当。如果没有对教育的深刻理解和感悟，没有对教育艺术和教育智慧的深厚累积，我们如何可能把一个个幼小的生命，养育至成功乃至卓越？我们又如何可能面对外在的喧嚣浮躁，保持自我内心的冷静和职业的自尊乃至敬畏？我们还如何可能在自己一生从事的教育事业中弹奏出和谐乃至幸福的乐章？

这么说来，我们还是需要回到教育本原，走近历史，走近岁月长河淘洗出来的大师前贤，聆听他们的声音，汲取他们的智慧！不是为了发思古之幽情，也不是为了搬弄概念和探究学理，而是为了让紊乱的教育现实走向清晰、秩序、优美，为了让广大教师和学生过一种幸福完整的教育生活！

为此，我很高兴地向教育同仁们推荐这一本《什么是真正的教育——50

位大师论教育》！该书编者杨斌老师来自教育一线，是江苏省苏州一中的特级教师、教授级高级教师。一线教师的身份以及对教育的近距离感受，使得他的这个选本和以前别的选本有许多不同，他不论体系，不按流派，不谈概念，只是老老实实地抓住教育实践中几个最为重要而敏感的问题，分章设节，从大师那里寻找答案，汲取智慧，使选本内容豁然醒目，切中肯綮。这是一线教师选编给一线教师读的教育名著读本，相信一线教师读来会别有会心，受到启发，产生共鸣！

我曾经编写过一本《改变，从阅读开始——重塑心的文化》，选编了近代中国的思想家关于文化的论著。说句实话，我也一直想编一本教育大家关于教育的论著，但因为公务缠身，一直未能如愿。现在，杨斌同志的这个选本，多少弥补了我的缺憾。他开始选编这本书的时候，我还在苏州市政府担任分管教育工作的副市长，当时我还曾介绍他到苏州大学教育学院图书馆去检索资料。弹指一挥间，我已别离姑苏赴京履新两年有余了。时间过得真快啊！收到杨斌老师发来的书稿邮件，我内心油然升起对江南烟雨和苏州朋友同仁的美好回忆。编者索序，不禁情动于衷，欣然命笔！

是为序。

2009 年 8 月 6 日

写于北京滴石斋

教育真的是有颜色的

——丁莉莉《紫色的教育星空》序

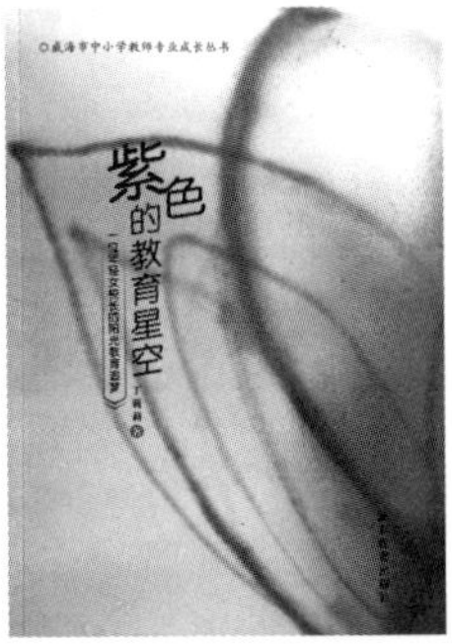

北京教育出版社，2010 年 1 月版

前几天在新教育实验小学遇到美丽紫色。美丽紫色是丁莉莉校长在教育在线的网名，正如玫瑰是窦桂梅校长的网名，这两个人，这两个名字，总让我联想起美丽、青春与活力。

她是来看望师傅卢志文的，还带来了厚厚的书稿向师傅请教。临别的时候，她对我说：“朱老师，能不能给我写个序言?”说完，对志文兄莞尔一笑。我知道，这是师徒俩给我下的圈套。我喜欢这个圈套。

认识紫色，是在 2004 年山东省诸城举行的一次学校文化建设研讨会上。我应陶继新先生的邀请作了一场关于新教育实验的报告。会议期间她提问题、照相，那高挑美丽的身材、勤奋好学的作风，给我留下了深刻的印象。2005 年的成都新教育研讨会上，她又主动承担了会议的现场直播工作，那副青春洋溢的笑容，让许多新教育人感动了许久。当我把威海高区神道口小学“营造书香校园、建设数码社区、打造理想课堂”新教育课题组鉴定证书，颁发给这位年轻女校长的时候，我由衷地感到，年轻真好，而富有敬业精神和创新激情的年轻更好。

为此，当她真诚地邀请我为神道口小学60周年校庆题词时，我不由得写下了“美丽的神道口，紫色的书香园”，把她的网名与学校的名字有意镶嵌在一起，也寄托了我对于这位年轻校长的莫大希望。

这个希望果然没有落空。经历过北京会议、“湖北监利支教团”支教行动、威海新教育讲学和运城会议之后，紫色校长成为新教育实验的忠实“传教士”。她在威海地区全心传播和推动实践新教育实验，在她所在的神道口小学用心做新教育实验。在她的推动下，威海新教育实验区正式启动，她自己也担任了秘书长的工作。她领导的学校也是书香四溢，阳光灿烂。更令我感动的是，她始终没有停止过记录和思考。在繁忙的工作之余，她用年轻清新的文字，非常用心用情地把智慧的火花凝结升华成了一片富有感人魅力的紫色教育星空。阅读着她送给我的书稿，走进这片星空，我看出了她坚定执着的教育理想、紧贴地面行走的教育实践和渲染紫色情怀的教育诗意。

紫色校长的教育是充满理想的。我认为，没有或者缺乏教育理想的教育工作者，无论是学者专家、领导、校长还是普通老师，都是走不远的。紫色校长的阳光“教育追梦路”，形象而又理智、真情而又冷静地向我们展示了一个年轻教育管理者一心“向着明亮那方”的新教育理想追求。思想永远是行动的先导，而理想更在理念之上。如果没有这份不灭的火热理想，是一定无法在新教育天地里走出这样一条富于勇气和激情的“阳光文化”探索之路的。看着一篇篇火热的文字，似乎可以感受到她那火热的理想，其实，这也许是紫色校长最想传递给每一位读者的紫色情怀。

紫色校长的教育是根植实践的。紫色校长19岁从一名普通教师干起，一步步扎实走来，丰富多彩的教育教学和管理实践始终伴随着她成长、探索的脚步。她28岁就开始担任校长，并被评选为2006年度“威海市十大杰出青年”和2008年度全市“素质教育优秀校长”，这份成功归根结底来源于她紧贴地面行走的实践态度和行动。这位在海边成长起来的年轻校长，有着大海一样的胸怀。她不是叶公好龙，更没有沽名钓誉，而是真的卷起裤腿下水了，如一个不知疲倦的“赶海者”，把新教育理想和理念扎扎实实、一个细节一个细节地融进了神道口小学的制度设计、人本管理和阳光文化之中，融进了她自己的一言一行。尽管还有很长的路要走，但毕竟，她和她的同事们已经上路，这份执拗的勇气和投入正是新教育人最可宝贵的品质。在第一篇文章《就这样上了路》的结尾处，她轻轻地说出了四个字：“一起走吧。”我真的被触动了。同是天涯追梦人，相逢何必曾相识。相信她的书一定会吸引又一批赶海追梦的人。

紫色校长的教育是富有色彩的。在她的教育星空里，教育不是黑白、机械的，而是诗意、鲜活的。在她激情流动的字里行间，我们看不出从事教育的苦和累，因为，她早已经用火热的教育理想和诗意把压力转化成了动力，把被动转变成了主动，把忍受演绎成了享受。如同看一座山峰，你从低处仰视，感受到的是压力和险阻；你从高处俯瞰，领略到的就是驾驭和自如。难怪每一次新教育的会议上，总会有她那不知疲倦的身影。

紫色校长的教育是用心经营的。用头脑做教育的是聪明人，用心做教育的才是智者。用心做教育，就能够享受教育的诗意和幸福。消极地做教育，往往既耽误了学生，又亏待了自己，永远享受不到完整幸福的教育生活。我曾经在威海参加过她们学校的一个读书活动，每一个细节都是那么用心。对于一个基础薄弱、经费紧张的学校，没有用心去理解人、感染人、感动人，是不会达到那个境界的。

特别值得一提的是，女性对于鲜花和色彩总是特别敏感，紫色校长更是这样。在这本书里，她非常有个性地把自己对教育的热情投入和理性思考满怀深情地寄托在了高贵雅致的紫色花系上面。这种独特的表达方式着实让我们领略了一个年轻女性教育管理者灵魂深处关于教育的另一种形象、解读和味道，感受了教育的浪漫诗意和她本人丰富的内心世界。看来，在某种意义上说，教育真的是有颜色的。能够看到教育的颜色，是需要有诗意的“教育眼”的。所以，紫色校长说，她愿意把她的个性染成紫色，把诗意的教育涂成紫色。

那么，我们就一起走进美丽紫色的教育星空吧！

2008 年 4 月 8 日

写于北京滴石斋

灵魂的飞翔

——童喜喜《影之翼》序

中国少年儿童出版社，2010 年 1 月版

关于影子的想象，或许萌生于童年时最初的孤独感。

阳光的明亮和温暖之外，仿佛总存在着一些没有热度的沉默的黑暗。花草，树木，楼宇，繁华的街市，行色匆匆的路人，各种各样的影子拥攘交织，我们早已经司空见惯。

然而，在孩子们的眼里，影子却是神奇而捉摸不定的。奔跑的时候，总是不依不饶地追逐着你，模仿着你的一举一动；原地不动的时候，他就会很安静地站在你的身边。在孤独感时常漫溢的孩童时代，影子的存在，他的身世，他的神出鬼没，他的时长时短的身形，都是那样的神秘莫测；而他又是那样的忠心耿耿，不离不弃，听你唱儿歌，听你自言自语，就像一个温柔的依恋着你的玩伴。

遗憾的是，随着年龄的增长，我们渐渐地淡忘了自己与影子之间微妙的友谊——尽管这种友谊无法用言语来表述，也没有流传于任何书面的记录。终于有一天，影子失去了全部的神秘感，失去了他的意义与灵魂。与此同时，我们也失去了一件被称作想象力的宝贝。日常的生活并不会因此而有所改变，可是那种曾经充盈着我们内心的温暖的河流，却无可挽回地枯竭了，只余下怅惘和寂寞。

童喜喜的新作《影之翼》所讲述的，就是一个孩子同影子的友谊。一篇童话的优秀与否，不仅在于想象是否新奇独特、叙事是否引人入胜、故事是否天马行空，更重要的是，有没有一种隽永的力量，从作品中一直渗透进读者的心里，激荡起读者心中的那条脉脉流淌的河川。这种感觉自然也是难以言明的，简言之，一部优秀的童话作品，不仅能得到孩子们的喜爱，更能让成年人寻回一种失落已久的温暖和感动。《安徒生童话》，《快乐王子》，《小王子》，这些堪称不朽的经典，都具有这种平凡而伟大的力量。

从这个意义上来说，《影之翼》也是我国近年来涌现出的比较优秀的童话作品。作者将南京大屠杀这一沉重而敏感的母题，巧妙而不失庄重地融进了故事的主线。影子堡垒，时间炉，记忆结，啪嗒花，这些极富想象力的意象构建出了一个与现实世界水乳交融的想象世界，用一种温柔的方式叙述那段血泪交加的残酷的历史，用爱对抗残忍，用铭记对抗遗忘，用理解对抗仇恨。尤其是象征着理解和感动的眼泪的啪嗒花，在民族主义情绪不时被煽动以致走向极端的今天，是相当可贵的。对于孩子来说，这部作品对于他们理解七十年前的那场人性的浩劫，是有着积极的促进作用的。

对于成年读者来说，这部童话也可以唤起他们沉睡在心底的幼时的想象。影子，飞翔，梦想，正如作者在标题之下的题词——“献给过去，献给你”，其中的过去，不仅指向历史的过去，亦指向每一个曾经抱有童真的梦想的成年人的过去。请允许我摘用“引子”里的一句话，来结束这篇序言：

“请你相信，你也能飞翔。不论孩子，还是大人，影子是我们共同的翅膀。”

2009 年 12 月 1 日

写于北京滴石斋

需要拯救的不仅是男孩

——孙云晓等《拯救男孩》序

作家出版社，2010年1月版

老朋友孙云晓兄和他的合作者又写了一本新书《拯救男孩》，希望我写点文字。

其实，应该说的话，云晓兄的前言和这本书基本上已经说了，再写，就成为“多余的话”了。另外，云晓兄已经是圈里圈外大名鼎鼎的教育家，也不需要我的“捧场”。

但是，朋友交办的事情，总不能交白卷。

说句老实话，如果这本书是写《拯救女孩》，我的话可能会多一些。

我一直认为，中国社会是一个男性价值观支配的社会，女孩的成长其实处在一个不太有利的地位。虽然看起来，在中小学，现在甚至在大学，女孩子的学习成绩已经超过了许多男孩子；在考公务员的过程中，男孩子也总是比不过女孩子，但是，在人生漫长的竞争中，女孩子总体上是比不上男孩子的。小时候，青梅竹马、两小无猜，滚一身泥巴回家，女孩子免不了挨一顿“女孩子不要太疯”的批评，而男孩子的探索精神总是受到鼓励；买玩具，男孩子总是飞机、大炮、军舰、手枪，女孩子则往往是洋娃娃、布狗熊之类；男孩子的玩具是开放的、活动的，材料是硬性的，女孩子的玩具则是静止的、封闭的，材料是柔性的——我们可以从中体会出父母和社会的期待。虽然在中小学阶段女孩子的成绩往往领先，但是，父母亲和教师的“木鱼”一直在敲：“女孩子，不要骄傲，今后会落后的!”而男孩子，一直会在批评声中蕴涵着期待。

女孩子的所有优势，在大学生就业的时候，几乎“丧失殆尽”。用人单位或者明显或者含糊地表现出重男轻女的倾向。其中，除了对于女性需要经历生育、哺乳等事情这一理由以外，往往体现出男性价值观支配下社会对于女孩子的总体认识与评价。所以，我说，需要拯救的不仅是男孩，女孩子同样需要拯救。

其实，男孩子也好，女孩子也罢，都是大自然神奇的产物，都是这个世界不可缺少的生命。男孩子有男孩子的优势，女孩子有女孩子的强项。从差异心理学的角度看，男孩子与女孩子的差异，远远小于男孩子与男孩子、女孩子与女孩子之间的差异。因为几千年封建社会“女子无才便是德”等观念的影响，现在更加需要为女孩子的成长和社会地位呼吁，这也是对一个文明社会的基本要求。

当然，正如云晓兄在书中说的，在当代社会，男孩子面临着许多前所未有的新问题。随着农村免费义务教育政策的推进，许多父母让孩子提前入学（农村一般没有幼儿园，或者幼儿园收费比较高），男孩子的发育本身比女孩子晚，所以在学校中受到的批评会更多。在应试教育的背景下，按部就班、听话服从、反复练习、记忆优先，这些更加容易发挥女孩子优势的学习方式，让男孩子显得相对落后，自信心受到严重的打击。所以，用云晓兄和他的合作者的话来说：“以升学考试为中心的应试教育倾向，是男孩成长危机中最为凶猛的杀手，并因此而加剧了所有危机对于男孩的伤害。”

我非常高兴地看到，这本书用非常翔实的调查研究数据，对男孩子面临的学业危机、体质危机、心理危机和社会危机等四大危机进行了深刻的分析，并且揭示出其原因在于学校教育、家庭教育和流行文化走入误区。“其中，危害最烈的是教育危机。”所以，需要拯救的不仅是男孩，更加需要拯救的，是我们的教育。

我想，这是云晓兄这本书给我们最大的启示。这也是我虽然不完全同意书中的一些观点，但是仍然非常乐意为他们的探索精神，为他们为教育鼓与呼的精神，而感动、而写下这些文字的原因。

2009 年 10 月 26 日凌晨 4 点

写于北京滴石斋

媒体人的教育言说

——黄耀红《给教育一个远镜头》序

湖南教育出版社，2010 年 4 月版

2002 年，我在湖南讲学的时候，认识了《湖南教育》杂志的黄耀红。其时，他由教师改行当记者和编辑尚不太久。正是这一次短暂的近距离接触，耀红赠给我他当时的新书《没有语文的语文课》，给我留下了深刻的印象。我觉得，他是那种充满理想情怀的教育媒体人。

其实，早就听人说起，耀红曾是一名相当优秀的语文教师，多次在湖南和全国课堂教学大赛中获奖。或许正是这份做教师的经历铸就了他当教育记者的许多优秀素质：敏锐、善良、勤奋、亲和……

就在湖南讲学的间隙，我接受了耀红的采访。后来，他写成了专访报道：《中国教育缺什么》，思想与文笔都显示出较深的积淀与功底。

湖南一别之后，我们就很少联系了。我忙于自己的日常工作和新教育的事业，而耀红去了湖南师大攻读教育学博士，一直忙于他的博士论文。虽未晤面，偶尔在报刊上看到耀红的名字或者当朋友们谈起他的时候，却有一种特别亲切的感觉，记忆也很清晰。特别是，我还非常高兴地得知：耀红那篇关于百年中小学文学教育研究的博士论文，在语文研究学界与中小学语文教师那里获得了广泛好评。

不久前，我收到了耀红寄来的书稿《给教育一个远镜头》，他希望我在前面写一点文字。当时我正忙得不可开交。近段时间，更是一直在外奔波：台北、无锡、南京、杭州、唐山、桂林、南宁、太原、运城、南昌……几乎没有一段宁静的时间。于是，这部书稿就一直放在我的行李箱中，伴随我旅行了差不多半个中国。

直到今天，终于读完了这本教育随笔。

应该说，我随着耀红的文字经历了一次心灵之旅。

我随着耀红为教育亦忧亦叹：为成千上万的小学生每天睡眠不足，为"没有童话的童年"，为离研究越来越远的研究生，为"教育媒体跪着写报道"，为写字和书法艺术的失落，为留守儿童的寂寞……耀红的叹息与忧伤，敲击着我的心灵。我甚至也想唱和一声："求求你，中国教育，让我们的孩子多睡一会儿吧！"

耀红多年来研究的专业领域是语文课程与教学论。关于中小学语文教育的一组随笔足以彰显他的思想深度。我特别注意到，耀红不只是习惯于质疑与批判，更重要的是他始终在默默地行动与建构。他提醒高考作文不要走向哲理泛化，批评高考作文的精致化倾向，质问语文教育将孩子引向哪里，呼吁语文课莫让孩子成为"套中人"，怀疑小学语文岂可如此求深度……更加令我欣喜的是，他明确地树起了"湖湘语文"这面地域文化下的语文教学大旗，返璞归真话语文。在这里，我看到了他对于家乡湖南的眷恋与挚爱，看到了他对于语文教育探索的执着、坚韧。是的，与耀红一样，我们没有理由不对那片曾经诞生过魏源、曾国藩、黄兴、蔡锷、毛泽东、刘少奇等伟大人物的土地，充满着新的期待。

耀红的教育之思很多时候都来自于生活，来自于教育的现象与问题，来自于心中的焦虑与忧患、激情与信念，他的文字与思想轻盈而灵活，同时不乏理性与厚重，具有较强的可读性。无论是感慨"最谦卑的时候最接近伟大"，还是呼唤"最美丽的体育精神"；无论是祈望"给教育一个远镜头"，还是从平静的课堂里体悟到"幸福是一种神圣"；无论是对"诗意·生命·成长"的吟味，还是在巨大的灾难中感受到"矗立在心灵的伟大雕塑"，我们看到的是，耀红那颗炽热的教育爱心和独到的教育智慧。

《给教育一个远镜头》作为教育随笔，或为隽永的教育散文，或为犀利的教育杂文，文体与风格不尽统一，但是，耀红的文章在给我们带来美感的同时，更给我们留下了许多思考的空间。

我经常呼吁媒体尤其是教育媒体的朋友，不仅仅是做一名“为他人作嫁衣”的编辑，更要像耀红一样，拿起笔记录自己对于教育的思考。只有这样，媒体人才会与作者和读者有更多的共同语言，才能体会写作的酸甜苦辣和阅读的喜怒爱憎，才能敏锐地发现问题，才能把教育媒体办得有声有色。

最后，希望耀红在书中对于教育美丽本性的呼唤能够梦想成真，希望他对于教育丑陋现象的忧伤能够逐渐远去。

2009 年 5 月 26 日
写于南昌

四、生命的颜色

生命是有颜色的。生命的颜色在不同的“遭遇”下是可以变化的。我们没有办法控制生命中的各种“遭遇”，但是我们可以认识别人和我们自己的生命的颜色，我们可以帮助别人和自己书写生命的颜色，让它更加阳光、更加多彩。

摄影：薛晓哲

作者：杨明义

为临淄新教育加油

——孙林涛主编《区域推进新教育实验的理论与实践探索》序

中国石油大学出版社，2009 年 10 月版

临淄区与新教育实验是有缘的。

那还是在 2003 年，芷眉（常丽华）、于春祥等已经成为教育在线的铁杆网友。记得春祥曾经在他的《春祥夜话》中这样谈过进入教育在线的感受："教育在线的确魅力无穷，这是一个能吊人胃口、生成追求、改变命运的所在。找到教育在线，就像游击队员找到组织一样。这里没有森严的等级序列，就连市长也是平民；这里没有学阀的武断，有的只是对等的交流；这里没有人际的隔膜，有的只是生命的提醒与关照；这里没有疆界的屏障，有的只是大家庭的和谐。我们不得不敬佩朱永新老师的远见卓识，教育在线已经成为一个名副其实的网络教师成长学院。当年孔子弟子三千，成盖世之功，如今朱老师这么多的'研究生'竟然带得如此潇洒，纵然孔子再世，也会自叹不如。谁都不会怀疑，教育在线五年，或者十年之后，会为我国培养上百上千的教育专家。谁都不会怀疑，这一批教育在线人经过五年，或者十年的在线发展，会成长为专家型的人才。"

在 2003 年 7 月 21 日，昆山"新教育首届研讨会"上，春祥作为网友代表第一个走上主席台，用朗诵的形式作大会发言：《那双鞋在我面前老晃》、《教育在线，我的天堂》。他的真诚演绎赢得了现场400多名网友的感动和掌声。

2003年暑假之后，春祥从临淄区教研室调任齐陵街道中心校校长。当年，齐陵街道中心校、临淄区实验小学，一乡（镇）一城（区）两所学校正式加盟新教育实验。两所学校的先期探索，为后来的区域实验打下了良好的基础。

2005年暑假，春祥再次调回临淄区教研室，负责全区教育科研工作。2005年秋天，临淄区教育局孙林涛局长与春祥专程到北京见我，申请临淄区区域推进新教育实验，并约请我去临淄作报告。非常遗憾的是，由于工作始终不得脱身，报告迟迟后推，直到今年5月方才成行。尽管报告延迟，但是，临淄区新教育实验的脚步却一刻也没有停息。2006年年初，临淄区作为新教育实验区全面启动了新教育实验。

推行新教育实验是临淄区教育实现新跨越的战略选择。他们提出的实验总体目标是："十一五"期间，通过新教育实验的"六大行动"，实现"五个改变"。"六大行动"，即营造书香校园，师生共写随笔，聆听窗外声音，培养卓越口才，构建理想课堂，建设数码社区。"五个改变"，即改变学生的生存状态，改变教师的行走方式，改变课堂的教学模式，改变学校的发展模式，改变教育科研的范式。他们结合临淄区的实际理念，把新教育实验的"四大改变"作了完善与补充。

临淄区作为全国23个新教育实验区之一，一直是新教育实验的一支骨干力量。历届全国新教育年会，临淄区的代表团之庞大、代表发言之积极、教师的热情之高，每每给我们留下深刻的印象。七年来，临淄区相约新教育，奉献新教育，取得了可喜的成绩和经验，我试图以"三有"概括，未必能尽其意。

一曰有特色。临淄区的新教育实验，遵循新教育实验的总体实验框架，结合本区的实际情况，在具体操作中凸显"四大特色"：一是主张以"构建理想课堂"为核心，以"构建理想课堂"统领其他行动，并且将"构建理想课堂"称为临淄教育的"核聚变"。众所周知，课堂是教师和学生教育生活的主要时空。只有课堂的变革，才能促进师生生存状态的改变，才能提高课堂教学效益。课堂变，则教育变；课堂新，则教育新。一言以蔽之，学校发展的核心竞争力在课堂。课堂是学校一切工作的“纲”，“纲”举“目”才能张。二是整合项目系统架构，形成“一心、一本、两路径”的项目系统结构。突出“构建理想课堂”这一核心，力促临淄教育的“核聚变”；紧紧抓住“教师专业发展”这一根本，让广大教师唤醒成长自觉，享受教育快乐；把“营造书香校园”和“师生共写随笔”作为师生成长的基本路径，注重精神发育，学会自我反思。三是区域推进，形成合力。区域的行政倡导，有利于营造新教育实验的大环境，有利于研究合力的形成。四是关注新教育实验的本土化。在实验中，注重挖掘“齐文化”的教育内涵，尊重地域文化和学校文化特点，鼓励形成实验特色。

二曰有策略。在实验过程中，临淄区始终坚持“六大策略”，收到明显成效。一、课题带动策略。立足于靠新教育实验课题研究推动全区教育的发展，打造具有临淄特色的教育品牌，促进教师的专业化成长。二、骨干实验学校带动策略。为推动全区新教育实验区域性推广进程，坚持“以点带面，区域推进，整体发展”的原则，每年评选20个骨干实验学校，较好地发挥了骨干实验学校的龙头辐射带动作用。三、校长带动策略。区教育局明确规定，新教育实验为“一把手”工程，要求“一把手”要懂新教育，要想新教育，要带头做新教育。新教育实验成效与对“一把手”的考核挂钩，与对学校的考核挂钩。在年度综合评估中将专设30分的权重，用于新教育实验的评估。四、名师带动策略。在新教育实验中，他们充分发挥齐鲁名师、特级教师、学科带头人、教学能手等骨干教师的作用，一是积极组织校长和名师参加全国新教育研讨观摩活动，让他们在优先学习、优先行动当中，体验成长的荣耀和成功；二是充分发挥名师的引领作用，让全体教师在榜样的感召下，点燃生命的自觉和成长的自觉，在新教育实验中享受教育的幸福。五、“三新”整合策略。“三新”，即新教育实验、新基础教育实验（新教育实验之前区域推进的实验）、新课程改革实验。立足“三新”实验资源的整合，形成素质教育的强大合力。六、本土化策略。临淄区作为齐国故地，背负着“齐文化”这块热土。“齐文化”的兼容并包，开放创新，“稷下学宫”的学士论辩文化，给新教育实验带来深刻的启示。在新教育实验中，利用“齐文化”促进新教育实验的本土化。

三曰有创新。其创新点主要有以下三个方面：一是理想课堂模式创新。具有临淄特点的，以“目标认定—自主预习—展示交流—点拨升华—作业反馈”为主要内容的“新五环节”理想课堂教学模式日渐成熟，促使全区课堂教学由“以教为主”向“以学定教”转变。2009 年 4 月 26 日，山东省教学课题研究工作会议在济南召开，临淄区理想课堂建设经验成为会议一大亮点。会议在主题报告中突出推介了临淄区区域推进理想课堂建设的经验。山东省教研室、省教科所先后五次派专家到临淄进行理想课堂调研。2009 年 3 月 6 日淄博市教研室发文全市推广临淄区高阳中学理想课堂建设经验。高阳中学以“没有一个不学习的学生”的理念，以其扎实的理想课堂实践让人折服。全市两次课堂教学改革研讨会都安排在临淄召开。近两年来，省内外到临淄参观学习的教师达三万多人。二是教师专业发展路径创新。“研究即发展”是临淄区关于教师专业发展的最根本的认识。教师发展一条路，研究才是必由路。新教育实验的价值在于，教师发展不仅仅看其参加了多少研训活动，而且更重要的是教师要把研究教育生活当成习惯。新教育让广大实验教师把教育生活当成研究资源，在研究中寻求升华，在升华中成就创新，在创新中体验成功，在成功中享受幸福。一批学习型、研究型、专家型的校长和教师茁壮成长起来。譬如，足以让新教育人自豪的新教育明星教师常丽华（芷眉），几年如一日，怀揣着教育理想，作为新教育“毛虫与蝴蝶”项目组的核心成员，成功开发了农历古诗词课程——《在农历的天空下》，带领学生以“晨诵、午读、暮省”为生活方式，改变了学生，改变了父母。2008 年她被中国教育报评为“全国推动读书十大人物”。她负责的班级，在今年的全国第九届新教育年会上，被评为“十佳教室”。最近，她又被评为“第二期齐鲁名师建设工程人选”和“山东省 2009 年度教育创新人物（班主任系列）”。常丽华老师的脱颖而出是临淄区为新教育实验作出的重大贡献，也是新教育实验为全国教育的一大贡献。三是营造书香校园的机制创新。为了确保书香校园建设的日常化和精细化，临淄区始终坚持“五个一”阅读工程的实施，即每班建立一个图书角；每校建设一个阅读阵地，搞好教师和学生阅览室的建设和管理，让阅览室成为师生精神享受的家园；每年举办一届读书节；每周坚持上好一堂（两节连上）大阅读课；扎实落实一个计划——“周、月、季读书计划”，规定学生每周背诵一首古诗词，每月读一种报纸或刊物，每季度至少读一本书。另外，建立阅读学分星级评价机制也是一项创举。具体规定为：每周背诵一首古诗 1 学分（全年不少于 40 学分）；每月读一份刊物（或全月报纸）2 学分（全年不少于 20 学分）；每季度阅读一部名著10学分（全年不少于40学分）。每生每学年需修完100学分。每20学分为一个星级，上不封顶。“星级阅读”以学年为时间单位进行。各校都建立了相应的学生“星级阅读”档案。这些制度的创新推进了临淄区书香校园建设的规范化和可持续发展。

总之，我认为，临淄区的新教育实验成效显著，其经验可供全国其他实验区借鉴。

相信种子，相信岁月。只要上路，就有庆典。新教育实验既然已经成为临淄教育一张崭新的名片，愿我们相约，在新教育实验的路上，共同奉献我们的热情与智慧，去开辟素质教育的新天地！

2009年8月2日

写于北京滴石斋

用遗产点亮未来

——曹伦华主编《中国的世界遗产》序

南京师范大学出版社，2009 年 9 月版

前不久，我精读了苏州外国语学校老师们写的《中国的世界遗产》。

苏州外国语学校的校长告诉我，他们学校的百余名老师，历时三年，“本着科学务实、追求完美的态度去做这一件事，希望我们的孩子在学这一本书时，能感受到中国的世界遗产之丰富而伟大，体会到保护和传承是他们应尽的责任”。我曾经多次去过外国语学校，为校长的办学理念而感动，也为教师们的敬业精神而感动。

我非常高兴为这样一本书写序言，我认为，让学生了解世界文化遗产保护本身的意义与价值非常重要。1962 年，联合国教科文组织在《关于保护景观和遗址的风貌与特性的建议》中就指出：“教育活动应在校内外进行，以激发与培养公众对景观和遗址的尊重，宣传为确保对名胜和古迹的保护所制定的规章。”2004 年 7 月 28 日，就在我曾经工作过的苏州，第 28 届世界遗产委员会通过了《世界遗产青少年教育苏州宣言》，更加明确提出：“各国应大力支持世界遗产青少年教育，制定本国的行动纲领，提出具体的目标和措施，作为本国世界遗产青少年教育的行动指南。鼓励更多的学校将世界遗产教育列入教学计划，设置相关课程，普及遗产知识。”

教育是人类文化记忆传承的重要方式，而世界文化遗产作为一个民族古老的生命记忆和文化基因库，代表着民族的智慧与精神。所以，世界文化遗产的教育，其实也是传统文化与民族精神的教育。

世界上许多国家都非常重视遗产的保护与教育。我曾经去过挪威的卑尔根，那里至今仍保存着许多中世纪的城堡，其中最有名的为卑尔根胡斯城堡，传说系挪威海盗王宫，建于 1261 年。此外，还有 13 世纪维京人举行宴会的霍昆厅、罗马式的圣玛丽教堂、全部木结构的范托夫特教堂等等，虽然只有短短半天的考察，但我也足以领略到卑尔根对于历史文化遗产的重视。当时我就感觉，他们的许多做法，对我们保护中国的世界文化遗产特别是一些古老建筑，具有非常重要的借鉴作用。

难能可贵的是，这本书是一线老师撰稿的。我一直认为，老师应该成为课程的设计与实践者，老师参与组织编写教材，不仅仅是多了几本校本教材，更是形成了他们的课程意识与教材开发的能力。这本书以精美的图片和精确的文字，让学生们去了解中国的世界文化遗产的历史、现在和未来，为学生打开了一扇广阔的窗。更加重要的是，老师们在字里行间告诉学生，透过这扇窗，外面的风景更加美丽动人，外面的文化更加源远流长，外面的现状也更加令人深思。因此，应该走出课堂，去主动研究，认真保护。在教材的探究之窗和活动天地中，强调的是学生的合作精神和实践精神。

是的，中国的世界文化遗产的保护，不仅是专家、学者和专业人员的事，更加需要社会各界的支持和帮助，大家共同参与这一崇高的事业，中国的世界文化遗产才可能得到永久的保护。在这样一个全球性的保护工作中，青少年对遗产知识的了解和掌握尤为重要。

2009 年 8 月 4 日
写于北京滴石斋

学者官员汪长根

——汪长根《三知斋随想》序

苏州大学出版社，2009 年 9 月版

离开苏州已经一年多了。

其实，我总感觉自己从来没有离开。苏州的人，往来于京城，经常与我见面；苏州的事，通过报刊，大大小小几乎也进了我的视野。苏州的朋友，也经常闯入我的梦里；苏州的情，在我的心里更是如陈年的酒，日益香浓。

前不久，汪长根兄来电，告诉我他的一本新著《三知斋随想》即将出版，希望我能够写点文字。

近几年来，大概是浪得了许多虚名的原因，写序的任务特别多，我基本上是能推则推，能躲则躲，能拖则拖。但是，长根兄的序，我是毫不犹豫地应允了下来。

长根是我认识较早的政府官员之一。十五年前，我在苏州大学教书的时候，曾经有机会做过他本科论文的“指导老师”。说是老师，其实就是学习一下他的论文，写点体会（评语）而已。当时就对他的善于思考、精于文字感佩不已。

从那个时候起，有好几年都会收到他的一张鸡蛋票。在那个物质还比较匮乏的时代，一张鸡蛋票带给我们全家的温暖与感动可想而知，正如我不知道费了多少心思才搞到了一张长城电扇的票一样。

后来，他送了一本关于苏南农民企业家研究的书给我，拜读之后，为他研究的独特视野和作为一个政府官员的理性而感动，我写了一篇书评，在香港的《文汇报》发表。

再后来，我到了苏州市政府工作，与他有了许多亲密接触的机会。但是，我们一直没有走得很近，只是彼此远远地欣赏着、祝福着。也许，如长根说，这是知识分子特有的“君子之交”。

我到北京工作以后，长根兄才给我写信表达了他这样做的原因：

> 你去北京后，我在苏州又少了一位良师益友。我深知自己的弱点，多年来，我有诸多感情甚好的同事、战友、朋友、学生，但如果哪位“高升”以后，我会主动保持“距离”，甚至多年不去“打扰”。但这并不影响我在心里默默地惦记，这恐怕就是知识分子的清高。可惜，我只是一名没有多少知识的“知识分子”，在记者专访时我说：“我至多称得上半个文人。”故请你理解我以这种方式在遥远的苏州默默地祝愿你进步！

其实，这是长根的交往方式，也是我自己的交往习惯，真是“物以类聚，人以群分”啊！

长根告诉我，他本无大的志向，“只知道踏踏实实做人做事做学问，一个农民的儿子，能在一个地级城市干上二十多年的处级干部，已经感到很知足了”。这也是我自己内心深处经常发出的声音。

为了写这个序言，我将长根的生活史作了一个小小的梳理，结果更加让我感动。20 世纪 80 年代初，从部队转业以后，他在组织人事部门工作时，就参与发起成立了苏州市人才学会，撰写了《成才，该从哪里起步》等一批在全国具有一定影响的人才研究文章。80 年代末，他担任市委周治华副书记的秘书，结合工作进行“乡镇企业的思想政治工作”研究，论文在全国获得了一等奖。90 年代开始，在主持市委政策研究室工作期间，他不仅参与了市委许多重大决策的前期调查研究工作和决策咨询工作，同时出版了《苏南农民企业家研究》、《苏州策论》、《崛起的热土》、《论苑随谈》等著作。进入 21 世纪以后，他协助市委分管书记杜国玲同志联系宣传、统战、文化工作，推动市委市政府出台了《“文化苏州”行动计划》，又出版了《学者型秘书初探》、《苏州文化与文化苏州》。可以看出，长根是一个特别勤奋、特别用心的人，无论在什么岗位上，他总能够把工作当做学问做，自然就能够有所成就。之所以如此，与他的人生观、价值观是有联系的。他一直认为，作为一个秘书，应该而且可以有所作为。但什么是有作为，各人有各人的理解，另外，有没有作为有时也并不决定于个人。他的看法是“不求大有作为，但也不要虚度光阴”，顺其自然，淡然处之。淡淡的这几句话，道出了长根能够“长耕”不辍的秘密。

《三知斋随想》与长根以往出版的其他书有点不同。因为这是他退居二线以后撰写的第一本书。用长根自己的话说，“纯属是自得其乐、以文会友，同时避免虚度光阴，我是想通过这种方式对朋友、对同事、对领导、对过去、对将来有所交代”。“三知斋”是长根兄书斋的斋名。三知者，知书达理、知恩图报、知足常乐也。其实，三知也是长根对于学问、对于朋友、对于自己的态度的写照。对于学问，要“知书”，要有探究学问的兴趣与习惯，知书才能达理，才能把握规律，发现真理。对于朋友，要“知恩”，要怀有一颗感恩的心，知恩才能图报，才能拥有良好的人际关系。对于自己，要“知足”，要抵制生活的各种诱惑，要有自己处世的底线，知足才能长乐，才能拥有一颗平常心，才能拥有快乐的心情。从长根兄的为人处世来看，他是努力在践行自己的“三知”理想的。

长根的这本书是值得把玩的。尽管100篇文章风格、体例、篇幅不完全一致，但是每一篇都是有感而发，都是他作为一个学者官员的人生体悟。如他关于职业生涯的“十忌”，作为对从业人员主要是公职人员的提醒和警示，可以说是经典之作：一忌不务正业，二忌不识时务，三忌不学无术，四忌不知所措，五忌不近人情，六忌不求甚解，七忌不教而诛，八忌不劳而获，九忌不自量力，十忌不得人心。实实在在，语重心长。再如他的离岗感言，对于自己退居二线以后的心理调节、生活调整，也显得从从容容，进退有节。

总之，我认为这是一本值得读的好书，尤其是对于公务员来说，在一定意义上是一本做人与做官的教科书。从这本书，我们不但看到了一个学者型官员的人生历程，也看到了应该如何为人处世，做一个好人，当一个好官。

2009年5月27日

写于北京滴石斋

校长的力量从哪里来

——汤勇《修炼校长力》序

四川文艺出版社，2009 年 9 月版

我曾经说过，一个好校长就是一所好学校。其实，一个好局长，就是一方的好教育，因为，他会用自己的智慧与激情，去带动一方教育的繁荣与发展。

在吴法源兄的介绍下，有幸“认识”了这样一个好局长——汤勇。

虽没有见过汤勇，但是我信任法源兄的眼力和推荐。所以，当汤勇先生把他的书稿《修炼校长力》发给我并且希望我写一个序言的时候，我毫不犹豫地答应了。

写这篇序言的时候，我尽可能想象着汤勇的模样，想象着这位刚过不惑之年，却已经先后在学校、乡镇、党委部门、政府机构等许多部门从事过管理工作，有着丰富阅历的局长，究竟是一个大刀阔斧、雷厉风行的骁将，还是一位稳健淡定、有条不紊的儒家；想象着这位统驭着四川阆中教育的当家人，究竟是一个怎样的人。

我想象不出，但是，凭着四川文艺出版社陆续出版的《心灵盛宴》、《每天给心灵放个假》、《管理心智》三部著作，我知道他是一位善于学习、善于思考、善于总结的人。《心灵盛宴》、《每天给心灵放个假》是写给青少年的读物，出版以后颇受欢迎，被中共四川省委宣传部、四川省新闻出版局评为优秀川版青少年图书；而《管理心智》一书，则是他作为一个教育管理者在实践中的感悟。他提出，作为一名高效的、优秀的管理者，既需要感性，又需要理性；既需要才气，又需要人气；既需要德行，又需要人性；既需要技巧，又需要方法；既需要权力因素，又需要非权力因素。有意思的是，这本书的书名与我曾经出版的《管理心智——中国古代管理心理思想及其现代价值》竟然不谋而合，不知是不是缘分。

我想象不出，但是，凭着汤勇即将推出的《修炼校长力》，我感觉得到他是一位有理想、有智慧、有激情的人。据我了解，对“校长力”的系统思考与研究，汤勇应该是第一人，《修炼校长力》应该是目前国内第一部全面研究校长力的著作。该书围绕校长力修炼的九项核心要素——学习力、创新力、决策力、组织力、沟通力、激励力、威慑力、影响力、执行力，进行了系统的思考和研究，通过鲜活的管理案例和有趣的管理故事，结合国内外管理思想家的理论，以及作者本人的管理实践，对决定校长的关键能力的价值、含义、修炼方法等进行了深入浅出、生动有趣的论述。其中许多观点鲜活而有力量，如“学习力，一切能力之母”，“学习程度，决定学校发展的高度”等，都是至理名言。

浏览完书稿，我被这本书具有的可读性、针对性、实用性和操作性所吸引，也被汤勇对教育事业的挚爱、对教育理想的追求，以及他教育研究的睿智所感动。

我在《我的教育理想》一书中，描述了“我心中理想的校长”，那就是：具有奉献精神和人文关怀，珍惜学校的名誉，追求人生理想和办学理念；具有独特的办学风格、宽广的胸怀；具有感召力和凝聚力，善于协调上下左右关系；能调动一切力量促发展，重视教育科学研究；能够给教师创造一个辉煌的舞台，使学校拥有优美的环境和浓厚的文化氛围。这些思想也全都渗透在《修炼校长力》中。

校长的能力不是天生的，而是在日常的学校管理生活中逐渐修炼出来的。只要广大校长自觉地围绕这九个方面的能力，去进行漫长的修炼，相信大家一定能够成为一个理想的校长。

未来的中国教育家不会在书斋里诞生，不会在象牙塔里诞生，只能在教育第一线诞生，只能从无数的优秀的教育实践者中诞生，只能从无数的优秀校长中诞生，只能从无数的优秀的有校长力的校长中诞生。相信汤勇的这部著作会对未来中国教育家的诞生有些帮助。

2009 年 7 月 1 日

写于北京滴石斋

寻找大学精神

——鲁育宗《大学梦寻》序

上海书店出版社，2009 年 6 月版

我认识鲁育宗，先是因为他的企业家身份。他与我都是同济大学和复旦大学的校友，在同济，他学的是工科，我学的是管理；在复旦，我在管理学院苏东水先生门下，他在经济学院姜波克教授门下。在校友聚会的时候，知道他在从事风险投资行业工作，而且成就斐然。后来，他也多次来苏州寻找投资的机会，我也参观过他在上海的文化创意产业基地。没有想到，他还是一位诗人。今年年初，我收到了他的诗集《热爱》，看到了上海大学生举行他的诗集的朗诵会的消息。这本装帧淡雅精致的诗集，分为“情爱诗篇”、“麦地诗篇”、“圣歌”三部分，既有语言细腻、情感浪漫、感人至深的情爱诗篇，又有言辞恢宏、意象独特、激情澎湃的圣歌诗篇，还有一些幽默诙谐、情趣盎然的配画诗。

后来又知道，他是一个在校园里非常活跃的“社会活动家”。据说，在校期间，他曾经担任多个学生组织的主席、会长以及大学生报的总编辑，并担任第二届上海市大学生诗人联合会主席。他经常在《上海文学》、《上海青年报》、《萌芽》等报纸杂志发表报告文学、诗歌、散文作品，也经常在《上海经济》等杂志发表经济学学术论文。在大学一年级的时候，他在《中国青年报》发表过长篇文章《变形大学》，引起了广泛的关注与讨论。

前不久，他到北京看奥运，给我送来了他即将出版的《大学梦寻》书稿，希望我以一个教育学者的身份提一点意见。我因为一个小手术刚刚出院，没有气力与他长谈，书稿也放了一段时间。这几天元气恢复，开始读鲁兄的大作，很快被吸引了。我想知道，一个企业家、诗人，到底是怎么看待我们的高等教育的？煌煌三十章的篇幅，浓缩了 1977 年到 2007 年中国三十年高等教育的历史。这虽然不是一部完全意义上的学术论著，但是它用关键词的方法真实记录了三十年我国大学教育的历史。无论是恢复高考的“伊甸园解禁”，还是作为 20 世纪 70 年代末期中国大学特殊文化图景的“老三届”；无论是花样繁多的“大学排名榜”，还是互联网背景下“校园的数字狂欢”；无论是 80 年代末期的“倾斜的理想王国”，还是 21 世纪的“娱乐之城”；无论是关于大学生的“性问题调查”，还是关于大学的“学术造假事件”；无论是留学生的“归来去兮”，还是毕业生的“就业还是考研”……三十年来大学校园发生的重大文化事件几乎都没有逃脱鲁育宗的眼睛。我想，这大概是与他这三十年来几乎一直没有离开校园，一直拥有诗人般年轻的心态有关。所有的历史，其实都是历史学家的历史。鲁育宗记录的大学三十年，更多的是他作为一个生活在校园中的文化人的观照，而不是全方位研究中国大学问题的论著。如关于中国大学的“211 工程”、大学教学评估、校长负责制、985 计划等相对专业、微观的高等教育问题，这本书还没有充分反映。但是，他的观照又是许多教育学者经常忽视的，如大学生与通俗文化之间的关系，从伤痕文学引起的“感伤的情思”，到崔健“一无所有”的摇滚文化席卷校园；从以《红高粱》为代表的第五代导演的作品如何伴随大学生成长，到艺考引发的“层层叠叠的明星梦”，这些包含了作者亲身体验的东西，不是一般的教育学者能够轻易言说的。这既是这本书的优点，也是它的缺点。

《大学梦寻》的另外一个重要特色是它的两个附录：“校园人物谱”和“校园语录”。前者是把这三十年来大学校园的重要代表人物进行了一个“鲁育宗式”的梳理，后者是把三十年来流行于大学校园的“语录”做了一个真实的记录。当然，鲁育宗的“梦寻”，绝不是简单地记录这三十年的大学历程，他真正的梦想，是想寻求真正的“大学精神”。他认为，大学是应该有自己的精神的，唯其精神，才能够“经世而独立，历久而弥新”。他主张，大学精神的核心是唤起大学生对于新思想、新事物的好奇心，鼓励其自由探索、自由审视、自由创造。他感叹道："我们多想拭去眼前的朦胧，拨开迷雾与荆棘，再一次与真正的大学精神近身相遇啊。又或者我们只是在等待，等待她在厚重的积淀之后，华丽地回归。"

鲁育宗对我说，之所以在繁忙的事务中间抽时间写这本书，是因为他觉得"教育太重要啦"。他不是教育学者，但是因为一直浸淫在教育之中，觉得有太多的话要说，这是"来自于因使命进行的思考与通过思考而萌发的使命，这不仅是一个寻梦的过程，更是一个造梦的开端"。所以，与其说鲁育宗是在为大学精神的回归而"寻梦"，不如说他是在"造梦"。一个社会，离不开那些梦想家，他们为我们描绘出一幅幅激励我们前行的理想画卷；一个社会，更加离不开那些行动家，他们用锲而不舍的精神引领我们向着那明亮的方向前行。

我想，鲁育宗的这本书，如果能够让更多的人去思考我们的大学教育，改造我们的大学教育，它的作用就不可小视了。

2008 年 12 月 20 日

写于北京滴石斋

生命的颜色

——曹保印主编《风雨彩虹：5·12地震灾区儿童绘画集》序

上海百家出版社，2009年6月版

“5·12”将临。与灾难、生命的话题有关的消息一直拷打着我的心灵。

前几天，《姑苏晚报》的刘放兄来函，希望我给汶川大地震再写一文。他说，你是最先呼吁关注灾区心理健康的心理学家和教育学家，但还是有生命在地震之后不断离去。昨天，一个年轻的副部长，又追他7岁的名字中有一“墨”字的儿子去了。“你不应该写点什么吗？”

我知道，他是在提醒我，你也是一个父亲，你不是也有一个名字中有“墨”字的儿子吗？难道能够对生命熟视无睹、无动于衷？

昨天半夜2：30，作家曹保印先生给我写信，告诉我，最近他和几位志愿者深入地震灾区，组织了重灾区之一的甘肃省文县（国家级贫困县）的1万名孩子，在特制的明信片上，画了2万幅画，准备近期在全国巡展并义卖。他们还从这2万幅画中，选出了300余幅作品，编辑成《风雨彩虹——5·12地震灾区儿童绘画集》，准备由上海百家出版社出版。保印说，出版社和朋友们都希望我为孩子们的画集写点文字。

两封真挚的约稿信，让我很沉重，也想了很多很多。刘放兄说的这位年轻的部长叫冯翔，网络上有许多关于他的死因的猜测。我想，这不重要，重要的是他走了，离开了这个世界，去了他的孩子在的那个世界。德国哲学家博尔诺夫曾经说过，一个人在特定时刻的“遭遇”会使他的人生的连续性中断。冯翔在纪念孩子的博客中曾经说过，“对整个世界而言，你只是一粒尘埃，对我而言，你却是我的整个世界”。也许，他不应该放弃他作为一个丈夫和儿子的责任，但是，在他的眼里，他的生命与儿子的生命是同一种颜色。生命的颜色往往会影响生命的选择。

保印兄随信发来了孩子们的几百幅绘画作品。打开这些压缩的图片，我欣慰地看到，在“我的家园、我的学校、我的梦想”的主题下，孩子们用自己的画笔书写着他们生命的颜色。让我特别高兴的是，许多孩子明显已经从灾难的阴影中走出来，他们希望成为舞蹈家、音乐家、科学家、建筑家，他们希望把自己的家园建设成为美丽的天堂。

但是，我也注意到，仍然有相当一部分孩子，他们依然停留在对灾难的痛苦记忆之中。在他们的作品中，看不到象征希望与生命的颜色，有的甚至是满眼的黑色、黑色、黑色——这是绝望与死亡的颜色；还有的是满眼的红色、红色、红色——这不是太阳的颜色，而是鲜血的颜色，是来自爸爸、妈妈、爷爷、奶奶，甚至是老师、同学的鲜血的颜色。其实，这也是他们自己的生命的颜色。

还清晰地记得，在去年“5·12”后的第十天，我们新教育团队就去了八一帐篷学校，除了童话书、音乐盒和童书、绘本以外，我们带的最多的就是油画棒、蜡笔盒和绘图纸。我们知道，这是帮助孩子们疗伤的最好的工具，绘画本身就是最好的心理宣泄和投射。虽然孩子们的作品有不同的生命的颜色，但是通过老师的引导，通过同伴的影响，这些颜色是可以变化的。如果再配上那些诸如《爱心树》、《獾的礼物》等美丽的童书、绘本，孩子们的心灵就会更加阳光灿烂。

应该说，画集的绘画水平不敢恭维，与我们许多新教育实验学校的学生比也有一些差距。但是，我们不要把它们看成是简单的绘画作品，而应该理解成为这些劫后余生的孩子们对于人生、生命的认识和对于未来的想象，应该把它作为我们认识这些孩子的生命的颜色的窗口。你看，那幅关于搬家的图画：一家人正在搬简单的家具，地上摆放着几条长凳，长凳下是一条由星星点点组成的黑线。这条黑线是什么呢？小画家的说明文字告诉我们：“搬家的时候，请不要踩到凳子下的蚂蚁。”这些星星点点组成的黑线，竟然是同样具有生命的蚂蚁！“慈悲不伤蝼蚁命”，我想，这是灾难给孩子上的生命课。

生命是有颜色的。生命的颜色在不同的“遭遇”下是可以变化的。我们没有办法控制生命中的各种“遭遇”，但是我们可以认识别人的和我们自己的生命的颜色，我们可以帮助别人和自己书写生命的颜色，让它更加阳光，更加多彩。

2009 年 5 月 1 日

写于北京滴石斋

民办高校的核心竞争力是什么
——杨树兵《民办高校发展战略和政策需求研究》序

江苏大学出版社，2008 年 11 月版

树兵的新著《民办高校发展战略和政策需求研究——基于核心竞争力理论之视角》就要出版了，他希望我能够写点文字。作为他的老师，非常乐意借这个机会介绍一下树兵和他的著作。

我与树兵是非常有缘分的，不仅因为他同时是我的硕士生和博士生，而且我们的生日还是同一天。记得当时挑选学生的时候，树兵最初并没有进入我的视野，因为他不是教育专业的学生，他学的是思想政治教育，与我的学科背景比较接近。然而，当我收到他的自荐信的时候，我被感动了。树兵说，他出生于农村，小时候甚至都没有上高中的奢望，有机会进入大学深造后，他才有了放飞梦想的可能。他表示，愿意付出比别人多几倍的努力，做一个优秀的学生。

于是，树兵成为我的硕士研究生。在读书期间，他勤奋学习，成为我得力的研究助手。他不仅负责我的研究室的管理工作，而且协助我完成了《创新教育论纲》、《教育与中华民族凝聚力》等多项课题的研究。在硕士学习期间，他就在《教育研究》上发表了三篇论文，在其他刊物上发表了二三十篇学术论文，被评为苏州大学优秀研究生。

毕业以后，他去江苏省教育厅工作，先后在办公室和发展规划处工作。工作之余，他不忘学习，为了使自己工作更加具有理性，他选择了结合工作攻读博士。于是，树兵再次进入苏州大学，在职读高等教育学专业的博士。而他的选题，就是他以前具体从事民办高等教育管理工作时思考的问题，他选择了民办高校竞争力的提升作为研究的课题。现在的这部著作，就是在他博士论文的基础上修改而成的。

我们知道，自改革开放以来，尤其是20世纪90年代以来，我国民办高校不仅在规模、数量方面实现了跨越式发展，而且在办学水平和质量方面实现了质的飞跃。正因为如此，关于民办高校发展的研究越来越受到学术界的高度关注，民办高等教育研究取得了累累硕果。但是，在众多的研究著述中，关于民办高校核心竞争力问题的研究却不多。面对中国教育市场主体间竞争日益激烈的状况，民办高校要在激烈的市场竞争中求生存、谋发展，就必须塑造自身的核心竞争力，以便在较长的时期内保持持续的竞争优势，这不仅需要民办高校自身实施科学的发展战略，还需要政府通过政策的调控和扶持为民办高校核心竞争力的培育和提升创造良好的外部环境。树兵所著的《民办高校发展战略和政策需求研究——基于核心竞争力理论之视角》一书，从分析民办高校核心竞争力形成的影响要素及构成要件入手，从民办高校发展战略和政府政策扶持的角度，提出诸多有意义的见解和观点，不仅有助于民办高校在众多的资源与能力之中清楚地了解自己的核心竞争力所在，而且有助于民办高校在发展过程中不断检测核心竞争力的发展状况，以便调整和修订其竞争战略。此外，本书通过对民办高校核心竞争力提升对政策需求的深入、全面分析，也有助于为政府有关部门制定民办高校的方针政策提供决策参考。

本书的第一个特点是，既有一定的理论创新性又有较强的实践参考价值。本书立足于教育学、经济学、管理学等相关学科理论，分析提出了民办高校核心竞争力的内涵、影响要素及构成要件，探讨了民办高校核心竞争力提升所需实施的战略和政策需求，从而建立起关于民办高校核心竞争力提升战略和政策问题的新的理论框架体系，具有一定的理论创新性。尤其是作者依据企业和高校核心竞争力理论的解释，提出民办体制是民办高校形成的核心影响要素，坚实的资源保障机制、科学的管理运行机制、效益至上的经营机制、敏捷的市场反应机制、严格的质量保障机制、优质的服务供给机制和持续的创新机制则是民办高校形成核心竞争力的构成要件，是民办机制在核心竞争力形成过程中的具体表现，对探索建立民办高校核心竞争力理论体系具有一定的意义。本书在撰写过程中，运用实证研究法，通过问卷调查和现场访谈等方式，对二十多所知名民办高校的办学条件、师资力量、管理体制、投入机制、运行机制、招生就业等进行了深入细致的剖析，归纳总结了这些民办高校在提升民办高校核心竞争力方面所取得的经验做法，在客观分析这些民办高校在提升核心竞争力方面所面临的机遇和挑战以及优劣势基础上，有针对性地提出了民办高校为提升核心竞争力所应实施的发展战略，以及政府为促进民办高校核心竞争力的提升所应实施的政策，这对民办高校和政府有关部门应有一定的实践参考价值。

本书的第二个特点是，既关注了问题的全面性又把握了问题的重点性。本书阐述了民办高校的范畴和性质，发展历程和模式，民办高校发展的基本动因、地位和作用，分析了民办高校发展面临的竞争形势，探讨了民办高校核心竞争力的内涵与特征以及民办高校核心竞争力提升的影响要素，并在以上问题基础上提出了提升民办高校核心竞争力的十大发展战略和政策需求，论述严密，内容全面。同时，本书在写作中也对重点问题予以了重点研究，包括民办高校核心竞争力提升的影响要素分析和构成要件分析以及发展战略和政策需求分析，即使在发展战略分析和政策需求分析中，也各有侧重，特别是对民办高校的品牌战略、特色战略、规模效益战略、引资战略以及产权政策、合理回报政策、资助政策等难点和热点问题作了比较深入的研究和分析。

本书的第三个特点是，不仅比较研究了我国古代以及近代私立学校发展的经验，如政府对私学的重视和扶持政策，私立大学为谋求发展而在引进大师、经营创收以及民主管理等方面作出的努力和探索，而且注重对国外私立高等教育发达国家的横向比较性研究，积极借鉴国外私立大学发展的相关研究成果，重点比较研究了美国、日本以及部分发展中国家在私立大学资助、产权、经营收益、资助、评估、收费以及税收等方面的政策，比较研究了发达国家私立大学在打造品牌、塑造特色、发展规模、引进资金、培养师资以及科学管理等方面的成功做法，这些经验对当今我国民办高校提升核心竞争力的研究亦有重要的借鉴和参考价值。

由于工学矛盾比较突出，树兵的论文还有一些不尽如人意的地方。这次出版，他根据论文评阅专家和答辩组老师们的意见，进行了相应的修改完善，有了很大的进步。

研究没有止境，学习没有止境。希望树兵能够继续用心关注民办教育的问题，继续研究民办高等学校的核心竞争力问题，把工作与研究结合起来，为促进民办高等教育作出不懈的努力。

2008 年 6 月 18 日

写于北京滴石斋

湖湘汉子“教育狂”

——谢庆《诺贝尔摇篮幼稚园办学特色》序

湖南人民出版社，2009 年 10 月版

每一次去湖南，我总会找出时间去看千年学府岳麓书院。

每一次站在岳麓书院的门口，看到那副“惟楚有材，於斯为盛”的对联，我的眼前总会有那么多伟大的人物浮现，从王船山、曾国藩到毛泽东。当然，我也会想起许多普通的湖南人，如我的导师燕国材先生，我的朋友谢庆先生。

尽管燕老师与谢庆的名字难以与那些伟大的人物相提并论，但是，在我的眼里，在“心忧天下，敢为人先”这一方面，他们是一致的，他们同样拥有着湖湘精神的灵魂与精髓。

燕国材老师是上海师范大学的教授，是一位让我非常尊敬的学者。他才华横溢，早在大学读书期间，他就出版了研究马卡连柯的教育学著作。他勤奋治学，年过七十仍然笔耕不辍。第一次听他的课，黑板上“标新立异，自圆其说”八个大字就永远地记在了我的心中。

谢庆是长沙诺贝尔摇篮教育集团的创办人，也是我的好朋友。他练过武，学过医，却迷上了教育。我们相识，自然也是缘于教育。在 2005 年底“21

世纪教育论坛”上，全国各地的民办教育精英云集苏州，交流和探讨我国民办教育发展的困难和机遇。论坛上与会的民办学校举办者纷纷上台介绍自己的学校，畅谈自己的办学经历和感想，唯独他只字不提自己，不提他的学校，却滔滔不绝地谈起了民国时期的大家张伯苓。他器宇不凡、声若洪钟；他热泪盈眶，声情并茂。一时间现场所有听众都被他的深刻的教育思想所震撼，被张伯苓的教育情怀所感动。从那一刻起，我记住了“谢庆”这个名字，记住了这个与张伯苓联系在一起的年轻教育行者。

回到长沙，谢庆给我寄来了张伯苓的大量资料。我们的联系开始多了起来，我的学生王胜和苏静也多次去他的小学和幼儿园进行新教育“魅力诗词”的实验。2007 年，我去长沙开会，有机会考察了谢庆的诺贝尔摇篮教育集团的幼儿园，看到那些充满童趣和生机的孩子们的作品，看到那些匠心独运、别出心裁的校园文化，我知道，这是一个真正润泽孩子的地方，这里有一个用心做教育的人。

那一个晚上，我们把酒论教育，谈得很多很深。我开始知道，与许多教育家一样，谢庆迷恋教育，是从关注自己孩子的教育开始的。他用心地为孩子设计了所有的课程，按部就班地根据自己对教育的理解，在孩子身上进行了各种各样的“教育实验”。事实证明，他是一位优秀的“家庭教师"，是一位成功的父亲！他对儿子的教育，已经被很多人奉为成功的典范。

这也是他用九年时间把一所幼稚园建设成为一个颇具规模的教育集团的信心所在。他把对于孩子的教育推广到其他孩子身上，让更多的孩子能够享受优质的幼儿教育，让更多的儿童在诺贝尔摇篮里快乐成长，这就是谢庆最朴素的教育理想。

地球人都知道，谢庆最崇拜的教育家是张伯苓先生。张伯苓先生也许不像陶行知、叶圣陶那样广为人知，但是作为中国奥运第一人，作为民办教育的伟大先驱，作为南开中学、南开大学等系列名校的创始人，作为西南联大的缔造者之一，作为周恩来总理的恩师……就足以奠定他在中国教育史上的重要地位了。他一生致力于教育救国，他的体育精神、教育情怀、人生理想，也一直是我追梦教育的榜样。然而时过境迁，当今教育界，能够懂得张先生的人已经不多了，能够秉承张伯苓教育思想并且付诸实践的人，那就更是凤毛麟角了。

谢庆是我所见到的对张先生感情最真挚、理解最深刻、追求最执着、实践最“疯狂”的人。在他的人生道路上，张先生一直像一盏明灯照耀着他。许多年前，被张伯苓先生教育救国的思想所感染，谢庆放下大学教师不做，为了获得办学的启动资金，毅然辞职，下海经商；之后又从一个成功的商人，毅然弃商从事教育，并且给自己的教育集团起了一个响亮的名字：诺贝尔摇篮。他坚信并且公开承诺：“不久的将来，中国会产生众多的诺贝尔奖获得者，大批在各行各业能改变中国乃至世界命运的精英，他们中的大多数，都曾在诺贝尔摇篮学习和成长。”如果是其他人说这样的话，我一定会认为他大言不惭、牛气朝天，或者是狂人乱语、痴人说梦。但是，谢庆讲这样的话，我把它看成是他的人生梦想，他的教育胸怀。也许，谢庆永远做不到，但是他敢这样说，并且努力去践行，令人敬佩。这也让我们从另外一个方面领略了这个湖湘汉子、教育“狂人”的风采。

我曾经说过，新教育人有四个质朴的精神：第一，追寻理想的执着精神；第二，深入现场的田野精神；第三，共同生活的合作精神；第四，悲天悯人的公益精神。在这四种精神之中最重要的就是理想。新教育实验是追寻理想的教育实验。新教育人是纯粹的人，是为了理想而活着的人，是为了帮助人类不断地走向崇高从而也让自己不断走向崇高的人；新教育人是有责任感的人，他知道他的每一份付出，都会悄悄地影响世界；新教育人是乐于奉献的人，他愿意把自己的青春，把自己的智慧奉献给这样一个伟大的事业；新教育人是执着的人，是坚韧的人，无论碰到什么样的困难、什么样的挫折，碰到什么样的打击，仍然会坚定地往前走。按照这样的标准，谢庆完全是新教育的同道中人。他是一个梦想家，他为了理想的教育而奋斗的精神，与新教育精神是契合的。

谢庆不仅是一个梦想家，更是一个深入田野的行动家。在诺贝尔摇篮教育集团，从教育管理体系到师资队伍建设，从课程设置开发到教育科学研究，从文化氛围营造到品牌形象塑造，他无不亲力亲为。我曾经对一位朋友说：“只有真正润泽你的孩子，才能真正润泽你自己。”一个真正有成就的教育家必定是深深地、认真地、努力地每一天去润泽他的学校，他的课堂，他的教师，他的学生，最后才能成就他自己。我们现在缺少的不是理论家，不是学问家，而是像谢庆这样的有理论又有实践的行动家，这样充满大爱又践行大爱的教育家。

谢庆不仅是一个梦想家与行动家，同时还是一个思考家。如他认为学前教育的目标应着眼于为孩子的终身发展和长远发展奠定良好基础，要培养“身心健康、志存高远、思源感恩、守时诚信、百折不挠”的幼儿。他还把幼儿教育的目标具体化为为培养“二统一”（纪律性和创造性完美统一、全面发展与特长突出完美统一），“五爱”（爱家人、爱老师、爱同学、爱家乡、爱祖国），“七通”（古今贯通、中西贯通、文理贯通、科艺贯通、艺体贯通、科体贯通、文武贯通），“六好”（好身体、好兴趣、好性格、好习惯、好的思维方法、好成绩）和“八大”（大仁、大德、大爱、大义、大气、大勇、大智、大美）的人才奠定基础，可谓气势磅礴，志向高远。谢庆把他对于教育的思考和实践的探索整理出来，并且命名为“谢氏教育思想体系”出书，索序于我。坦率地说，一开始我不太赞成他用这样的提法，也为写序的事情犹豫过。但是谢庆的精神感动着我，他这种“我行我素”、敢为天下先的精神，恰恰是湖湘汉子的风格，是教育创新的真谛。为什么不能够把自己的思考用自己的名字命名呢？为什么不能够把自己的教育理想公之于众呢？有人说谢庆是一个教育“狂人”，我觉得他更是一个教育梦人！是一个教育情人！是一个教育痴人！是一个教育真人！而且，为教育“疯狂”是多么难得啊！

如果用现代教育科学研究的规范来看谢庆的著作，也许还显得有些稚嫩，有许多提法可能还不够稳妥，但是我认为这是中国教育学者原生态的创造，是一个民间教育实践者艰苦探索的真实写照。这是一个人的教育史，是一个民办幼儿教育集团的创业史，也是我们这个时代的教育史。这也是我最终决定为他的书写序，为他的人生喝彩，为他的追梦加油的原因所在。

“有爱不觉人生苦，有梦不觉人生寒。”这是谢庆的话，谢庆有许多类似的话语，这是我最喜欢的一句。有梦想的人永远不会孤单，有大爱的人永远不会迷路。

我愿意与谢庆兄一路同行，永远为他加油喝彩！

2009 年 9 月 10 日教师节

凌晨 5 点于北京滴石斋

学会理性执政

——王青逯《教育改革与发展探索录》序

吉林人民出版社，2009 年 8 月版

王青逯同志送来《教育与经济思考录》和《教育改革与发展探索录》两部书稿，皇皇巨著，洋洋七十余万言，嘱我为序。

我是喜忧交加。喜的是老朋友能够在繁忙的工作之余，写出如此精彩的著作；忧的是自己才疏学浅，恐怕写不出什么东西，有负朋友的期待。

和青逯初识，是在 2005 年冬天。我在长春参加一次关于教育问题的会议。晚饭后，青逯同志来到我下榻的房间，从文件包里抽出我的两部著作（《新教育之梦》，人民教育出版社；《我的教育理想》，南京师范大学出版社），而且，在书上有他的批注文字，可见他是认真读过的。当时我很惊讶。作为省级教育行政部门的一位领导干部，竟然对我的著作有着如此大的兴趣！他告诉我，不仅他自己读了，夫人也读了，并且在家里开过“讨论会”。那个晚上，我们谈了很久，对于中国教育改革与发展的许多问题，我们的观点不谋而合，彼此都有相见恨晚的感觉。总觉得他与一般官场人物大不一样，从此他给我留下了深刻印象。以后，围绕教育思想、教育规律、教育理念的诸多问题，理论上的，实践中的，甚至对于一些人物与事件的是非臧否，多能在第一时间里交流，我们成了好朋友。在青逯同志身上，我看到了新时期领导干部所应当具有的思考问题、探索问题、研究问题的内在力量，也体会到了洋溢其间的理论激情、事业激情、钻研精神和务实作风。

初步拜读了王青逯同志的两部书稿，感触良多。他告诉我，这是他从 90 年代初担任地方党委主要领导以来发表的文稿和讲话，一共有 300 余篇，从中选出了 112 篇，编辑成这两部书。本来想以后慢慢整理的，但是去年偶患脚伤，于是在家中整理出现在的书稿。

应该说，两部书稿的内容是非常丰富的，从教育的基本理论到教育的现实问题，从学校的管理到教学的改革，从国内外教育考察的报告，到吉林教育现代化建设的思考，几乎都有论述。书中既讨论了教育与经济社会发展的必然联系，阐述了以育人成才为核心的教育理念；又讨论了在教育改革发展中的若干重大问题，对于许多教育实践的问题进行了有价值的探索。在一定意义上说，这两部书稿，也是 20 年来吉林教育的历史写照，是青逯同志的心路历程。

温家宝同志在最近发表的《百年大计，教育为本》的文章里，提出了"只有一流的教育，才有一流的国家实力，才能建设一流国家"的战略命题，重申了"面向未来，面向世界，面向现代化"的教育发展方向，强调改革创新精神，强调教育优先发展战略，强调以人为本的核心要求，强调立足我国国情的背景条件，精辟论述了义务教育问题、农村教育问题、职业教育问题、高等教育问题、教学改革问题、办学体制问题、教师培养问题、发展保障问题。目前，国家也正在制定中长期教育改革与发展规划，提出要问计于民、问政于民，我想，青逯文稿的出版，多少也可以做一点小小的贡献。

第一次接触王青逯同志，令我惊讶；这次翻阅王青逯同志的书稿，更令我欣喜。我曾经呼吁领导干部要"多一点书卷气，少一些烟酒味"，看来青逯同志在努力地实践着。我认为，现代领导干部在忙碌的工作之余，应当多些研究意识、理论意识、务实意识，多些理性的思考和探索，否则就无法体现真正意义上的现代领导职能，实现领导的历史使命。

所以，我特别呼吁，教育行政部门的领导干部，要重视理论学习与研究，尊重教育的科学规律，学会理性执政。只有这样，才能办好人民满意的教育。

是以为序。

2009 年元旦

写于北京滴石斋

一部优秀的公民道德建设教科书

——蔡元培《中国人的修养》序

工人出版社，2008 年 10 月版

相比陶行知而言，蔡元培先生对于近现代中国教育做出的贡献，我们一直没有足够重视。其实，无论是 1912 年他担任教育总长期间，还是 1917 年他出任北京大学校长期间，他对于那个时代以及此后的中国教育乃至中国社会，都产生了极其深刻的影响。

在出任北京大学校长期间，蔡元培先生提出了思想自由、兼容并包的办学方针，主张废科设系、教授治校，为中国引入了现代大学的理念与精神。这是大家比较熟悉的。

而蔡元培先生在担任教育总长期间的贡献，往往不被人们所注意。其实，尽管在任只有半年左右的时间，但是他领导和组织了对于封建教育的改革，为在中国建立资产阶级新教育体制做了大量工作。他明确提出了国民教育的方针“应从受教育者本体上着想”，养成他们健全的人格。而健全人格的教育，应该包括军国民教育、实利主义教育、公民道德教育、世界观教育和美育五个部分，并且以此来取代清末“忠君、尊孔、尚公、尚武、尚实”的教育宗旨。其中军国民教育是指军事教育与体育，实利主义教育是指以实用知

识与技能为主的智育，世界观教育是指让人们具有远大理想与高深见解的哲理教育。五育之中，蔡元培先生特别重视公民道德教育，他认为，军国民教育固然可以强兵，但是兵强以后“溢而为私斗，为侵略，则奈何?”实利主义教育固然可以富国，但是国富以后“不免智欺愚，强欺弱，而演贫富悬绝，资本家与劳动家血战之惨剧，则奈何?”

为了推广公民道德教育，蔡元培先生还亲自编写了《中学修身教科书》和《华工学校讲义》，一本是面向学生的公民道德课本，一本是面向大众的公民道德读本，两本教材内容既系统严谨又通俗易懂，融合了中华传统修身与西方现代公民教育的优点，对当时的青年学生和社会大众形成正确的公民道德观念起了很好的促进作用，公开出版后很快多次再版，其中不少篇章还多次收入全国通行的语文教科书里。

我们所处的时代与蔡元培先生的时代有许多相似的地方，都处于社会转型的时期、道德重建的时期。无论是刚刚发生的河北三鹿集团的食品安全事件，还是不久前发生的山西尾矿库溃坝事件，甚至是远在美国的次贷危机，在很大程度上都是社会道德危机的体现。和所有快速崛起的时代一样，我们面临着精神道德体系和共同价值观崩溃的危险，这远比溃坝更为可怕。因此，建设中华民族的共同精神家园，加强全社会尤其是青少年的道德修养教育，已经到了迫在眉睫的地步。

最近几年，我和我的新教育同仁们，为此做了一些小小的努力。我们在新教育实验学校开展“晨诵、午读、暮省”的儿童生活方式，推进“让我们学会吃饭”、“让我们不闯红灯”等新教育每月一事，引导教师和学生“过一种幸福完整的教育生活”。去年，我选编了《改变，从阅读开始——重塑心的文化》，也是希望为新教育实验的老师们提供一个道德教育的读本。我们一直在努力寻找好的学生道德教育课本和公民道德教育读本。

现在，中国工人出版社推出的这本《中国人的修养》多少实现了我的心愿。尤其是其中的“中学修身教科书”，从修己、家族、社会、国家、职业、良心、理想、道德等方面，全面阐述了如何处理个人与自己、家庭、社会、国家、工作、未来的关系，文字娓娓道来，道理明了深刻。如在“修己”的篇章中，蔡元培告诉青年人如何进行体育运动，保持健康体魄，如何形成良好习惯，如何养成勤勉、自制、勇敢的个性，如何修德修学，如何从师交友等，像是一个父亲对孩子的叙述、一个师长对学生的谈心，没有我们许多教科书的“说教”色彩。

蔡元培之后，打着同类旗号的书籍不可胜数，但真正适合大众的国民道德读本却寥若晨星。本来一般国民，在中小学时期的“道德”课程里，就应该养成正确的公民道德观，但我国近几十年来的学校道德教育，一直比较片面和空洞，缺乏实质性的正面影响，延误了不只一代的青年人。因此，蔡先生当时的主张放在当下，对于大众来说，仍深具“补课”的价值；对于一些苦于学校道德修养课程枯燥乏味的学子来说，亦不妨将此书作为一种补充或替代方案。

总之，中国工人出版社重新策划出版蔡元培先生的这部作品，既切合当下普通大众的个人需要，对于我们现在努力创建社会主义和谐社会，也具有非常重要的现实意义。

2008 年 7 月 20 日

写于北京滴石斋

“青春老人”的倾力之作

——张万祥《班主任专业成长的途径》序

华东师范大学出版社，2008 年 8 月版

天津的张万祥老师写来一封信，高兴地告诉我：他主编的《班主任专业成长的途径——40 位优秀班主任的案例》即将由华东师范大学出版社出版。他自豪地说：“书中的 40 位优秀班主任几乎全部是教育在线的活跃分子，他们把自己专业成长的故事栩栩如生地记载了下来。”同时，他希望我能够为这本书写一个序言。

我无法拒绝张老师的要求。最重要的原因是，张老师是被我“拖下水”的。我的博士生李镇西曾经介绍说，张老师是全国非常有影响力的优秀班主任，是一个把教育当做自己的宗教、勤于读书善于思考的老师。在他退休以后，我们才有缘相识，大有相见恨晚的感觉。于是，我邀请他到教育在线网站来帮助年轻教师成长。他不仅来了，而且成为教育在线最亮丽的一道风景线。他把自己多年收集的资料无私地放到网上，与年轻教师们一起分享；他在网上招收徒弟，一些追梦的年轻人执弟子礼在他的精心呵护下神奇地成长；他的班主任研究著作一本本地闪亮登场：从《班主任工作创新艺术 100 招》到《破解班主任难题》，从《教师专业成长的途径——40 位优秀教师的案例》到《给年轻班主任的建议》……让我们看到了一个激情燃烧的“青春老人”的形象！每天早晨，我们差不多都会在教育在线上“见面”，在敲击键盘的时候，我们差不多可以听到彼此呼吸的声音。但是我不敢轻易地打扰他，只是心怀崇敬地品读他的文字。往往是张老师首先问候我，有时候这让我不安。去年教师节，我曾经收到了他的一条短消息：“您把窗儿打开，我的祝福会随着风儿飘进来；您把窗帘拉开，我的祝福会随着阳光射进来；您把手机打开，我的祝福会随着铃声响起来！教师节快乐！”面对这样的老人，我感动、感激还来不及，根本没有拒绝的理由。

另外一个原因，是我太喜欢书中的40位作者了。万玮、陈晓华、丁如许、王立华、王开东、李迪、许丹红、吴樱花、郑学志、朱国红……一个个熟悉的名字，他们几乎都是教育在线的网友，都是活跃在“班主任论坛”的一线教师。万玮老师的《班主任兵法》、陈晓华老师的《怀揣着希望上路》、王开东老师的《非常语文课堂》等，都是我曾经阅读过的。

40篇精心写作的文字，就是40个精彩的故事，40首教育的诗歌，40篇生动的教育叙事。在这里，我们看到了刚刚上岗的班主任，如何“摸着五颜六色的石头过河”；看到了工作6年到10年的班主任，如何“褪尽青涩，走向成熟”；看到了担任班主任工作11至15年的班主任，如何“毛虫破茧”化蝶飞；看到了担任班主任工作16至19年的班主任，如何进行“智慧的教育”；看到了经过二十几年磨炼的班主任，怎样“体会生命绽放的美丽”。这些故事的主人翁也几乎都是张老师的徒弟或者朋友，张老师对于他们文字的厚爱甚至超过了对自己作品的珍惜。他告诉我，他用了几个月的时间阅读与整理这些文稿，自己也被深深地感动了。他骄傲地说，这些班主任，才是他晚年最得意的“作品”。

最近几年，教师专业发展的问题受到了空前的关注。新教育实验认为，教师专业发展是通过专业阅读、专业写作、专业发展共同体的“三专”来实现的。班主任的专业成长其实也是如此。透过这本书的许多故事，我们也可以看到，几乎所有的优秀班主任，都是经历了阅读、写作和专业发展共同体的过程成长起来的。这也许是张老师的这本书给大家的重要启示。

2008年6月25日夜
写于北京滴石斋

梦想照耀在里下河上

——俞永军《教育梦想升起的地方》序

天津教育出版社，2008 年 6 月版

去年 8 月，收到了俞永军的书稿《梦想从这里升起》，这是俞老师 2006 年到赞化学校一年期间的教育随笔选。一个三十出头的年轻教师，在一年的时间里，写下了 300 篇教育随笔，近 50 万字，实在有点不可思议。

于是，上教育在线看他的文字，知道他的网名叫里下河，猜想他应该是高邮里下河地区的老师。他的简历上面写道：小学高级教师，教育在线教师随笔专栏版主。曾分别在江苏省高邮市横泾镇中心小学、求知学校、初级中学任教语文十二年。他还是高邮市和扬州市的“教坛新秀”、“中青年骨干教师”培养对象，并在《扬州日报》、《家教周报》、《关心下一代周报》、《德育报》、《作文教学研究》、《教学艺术》、《教学与管理》、《教师博览》等报纸杂志发表随笔、论文 50 多篇，数十篇论文在国家、省、市级教育教学论文竞赛中获奖。感觉他是一个天分不很高但非常勤奋的年轻人。

俞老师希望我为他的这本书写点文字。我认真看了几遍，一直没有找到感觉。不是因为他的故事不感人，也不是因为他的文字不生动，而是的确还不了解他。

后来，与他有了比较多的接触，知道了他的一些情况，为他的坚韧而感动。他的家境不好，据说他的奶奶经常找身上的虱子吃，他的父母背井离乡来到江西省武宁县的一个小山村，他在那里度过了难忘而又快乐的童年。后来，他只身一人到高邮求学，考取了高邮师范普师班，毕业后当上了老师。十三年的教学生涯中，他始终没有放弃自己的真爱，尽可能去关爱每一个学生，为了学生的一切而忘我工作。经历了许多磨难，他仍然痴心不改。2005年，他登录了新教育在线，从此这里便成了他快乐的精神家园，他在这里找到了充实，找到了快乐，找到了人生追求的目标，找到了自我实现的价值和舞台。他为自己的主题帖取了一个美丽的名字——《梦升起的地方》。

这本书是他在教育在线辛勤劳作的成果，更是他在赞化学校的校园里努力探索的成果。我曾经说过，新教育实验不是培养作家的，也不是培养教育写手的，而是打造优秀教师的。要写得精彩，首先必须活得精彩、做得精彩。只有做得精彩，才能写得精彩。所以，尽管俞老师的书看起来有点琐碎，但这是他真实生活的记录。“走进赞化”，他有了生活的激情，认为这是他“梦升起的地方”；“新学期报到”，他发现了许多问题，于是有了“感言”；他为“赞化遭遇尴尬”而难过，为“一位年轻母亲的眼泪”而伤心；他关注着每一个孩子，从“张阳违纪”到“俞洋的失败”，从“感动韩旭”到“班长刘子如”，从“哭泣的赵萍”到“被举报的蒋鹏飞”，从“爱写小说的孙叶”到“呼唤昔日的赵景”；他不断反思自己的教育行为，留下了许多探索的踪迹：“问问自己，怎样拯救那颗受伤的心灵?”“我们究竟期待怎样的语文课堂?”“孩子大了，我该怎么办?”

2007年7月10日，他在日记中写下了这样的文字：“每个人都珍爱自己的生命，都希望自己的生活过得好一些。但在我们的生活之中有比生命更为重要的东西，那就是使命，说白了也就是责任，也就是理想，也就是追求。生命是伴随着责任一块儿成长的，没有责任，生命就会变得苍白无力。从某种意义上说，一个人的能力再强，但如果缺乏责任心，这个人也是不健全的。一个没有责任感的人，他的生活质量、学习成绩必定难以达到心中理想的高度。责任心是成就一切事业的根本基础。理想与追求是前进的动力，胸无理想，枉活一世。没有追求，就似行尸走肉。俗话说，心有多大，舞台就有多大。天地在我心中，使命在我心中，一切行动都要以它为准绳，只有这样，我们才能干得漂亮，活得精彩，笑得灿烂。”

读到这些文字，我被感动了。我看到，梦想正照耀在那美丽、浩大的里下河上。

2008 年 2 月 1 日

写于北京滴石斋

学校，校长精神的折射

——李首民《优质学校的9块基石》序

华东师范大学出版社，2008年5月版

第一次知道李首民的名字，是读了《情理相融创和谐——我当校长20年》。这本书是张刘祥局长转送给我的，刘祥告诉我，作者是一位普通的校长——上海交通大学第二附属中学李首民校长。

李首民1980年走进校园，走上教师岗位；1987年从上海师范大学教育管理系毕业，一年后踌躇满志地走上校长岗位。经历了许许多多初为校长的喜悦和困惑、磨难和折腾之后，他几乎对做校长丧失了自信和兴趣。但最终，他还是没有放弃，没有退缩，还是挺了过来，坚定地走着“校长”之路。他的校长生活的每一处都被“酸甜苦辣”浸透着，他的生命中的每一个细胞都被所有关于做校长的“爱”与“怨”侵占着。我被他用心记录的五十多个真实故事所感动。我一直认为，学校是校长精神的折射。有什么样的校长，就有什么样的学校。校长如果不能改变学校，他就只能改变自己。

第一次见到李首民校长，是2007年9月在萧山新教育实验区会议上。会议第二天早餐时，在张刘祥局长的介绍下，我们在餐厅相见，李校长给我介绍了他任职的学校的情况以及学校开展读书节活动的情况，并说对新教育的兴趣是因为“新教育的许多理念和做法，我们也在探索”。

李首民校长说：新教育强调“过一种幸福完整的教育生活”，主要体现于师生、学校、亲子之间的“共读、共写、共同生活”和“晨诵、午读、暮省”的儿童生活方式中，新教育的“六大行动”有“营造书香校园，开展读书活动”一项，把读书看成是儿童幸福生活的方式，是教育的一种回归。他告诉我：学校已经举办了八届读书节，读书节成为学校开展素质教育的舞台，在这个舞台上，学生的知识信息量有了新的扩大，学习能力和水平得到了提高，“读书节”已经成为学校的品牌。我们交谈的时间虽然不长，但我有一个明显的感觉，他很有思想，也注重实践。

今年三月份，李首民校长给我寄来了他即将出版的书稿——《学校，师生终生留恋的地方》，让我为他的书写序。我因工作忙而想推辞，李校长坚持要我看看书稿再作决定，并告诉我，他不久将要退休，这很可能是他在校长岗位上出版的最后一本书，是他一生实践、阅读、思考的总结，凝聚了他对教育的挚爱和理想。浏览完书稿，我被他对教育理想的执着追求，他在处理教育人际关系中所表现出来的睿智、激情所感动。

李首民校长在书中说，他的心头总是有着许多疑问：教育的目的是什么？是分数，是升学率吗？校长的责任是什么？是管理、是服务、是领导，全都是或全都不是？教师的工作要点是什么？是传道授业，还是为学生服务？课程又是什么？是教育环境的创建，还是学校的一张脸面？教学是什么？是一种工具还是教师的一种外显的艺术？面对众多的困惑，他想用创办交大二附中的草根实践来回答自己所想过做过的事、想过没有做过但仍然想做的事、想过做过做得失败和成功的事，来回答教育的诸多问题，回答学校人际关系的现实和处理问题，逐渐形成了自己的教育理想：让学校成为教师和学生终生留恋的地方。他二十多年的校长经历是幸福的。

我曾经说过，一个没有理想的人生，必然是一个平庸的人生，必然是对人类、对社会贡献很少的人生；同样，一个没有理想的校长，也必然是一个平庸的校长，必然是对学校的发展无所作为的校长。李首民是一位很普通的校长，他的作品没有哗众取宠的新名词、新概念，他用一个个亲身经历的故事，用一个普通教育者的朴素思考，演绎着他的追求和理想。他的这部作品有许多可圈可点之处，对于那些正在做校长和即将做校长的人，这本书是值得一读的。

2008年3月20日

于北京寓所

谢孝思和苏州文化

——中国民主促进会苏州市委员会《一个人与一座城市》序

古吴轩出版社，2008 年 5 月版

在当代苏州，有两个人我们不能忘记：一个是李根源，另一个就是本书的主人公——谢孝思。苏州两千五百多年的历史与文化固然深厚与博大，但如果没有一代又一代文化名人的挚爱与培植，没有他们将源源不断的聪明与才智投入并营造，其辉煌恐怕也难逃出日薄西山的命运。两位大家，一代名士，都不是苏州人，却以苏州为家，为苏州殚精竭虑，为苏州添薪续火。这是苏州的骄傲，更是苏州的幸运与福分，也是苏州美丽延续之所在。

谢孝思先生是我们苏州民进的老领导，也是苏州解放以后第一任文化局长。今年，谢老已是一百零四岁的高龄，智者延年，仁者多寿。自解放初期来到苏州，在移居苏州六十年的时光里，谢孝思和我们的城市一起，经历了这个时代中最为复杂和痛苦的变化，毁坏和建设均超出了历史的想象。沧桑吾城，几多磨难。今天，历史早已经对那些往事作出了结论，并给予了必要的纠正。然而，无论是在最困难的日子里，还是在文化建设如火如荼的日子里，作为文化名人，作为著名书画家、美术教育家和社会活动家，六十年来谢孝思始终为苏州的文化保护与建设呕心沥血，付出了所有，作出了卓越贡献。谢孝思所思所想和所做的一切，就是为让苏州的文化后继有物、后继有人而奔走呼吁，创造条件。成之，他欣喜若儿童，欢欣鼓舞；挫之，他忧心若焚，寝食不安。正如学者魏嘉瓒在书中所感言的那样，“苏州人真应该为有谢老（孝思）而感到庆幸，没有他，也许今天的苏州就不可能增添这许多极为珍贵的书画文物……”岂止是书画！苏州的园林如果没有谢孝思，也必将呈现出另外一种面目！

“保全吴文化，其绩应著录”，这是我们的城市对它的保护者的嘉奖，也是一个文化保护者所能得到的最高荣誉。本书通过与谢孝思相知相熟的在场者们的叙述，分别从谢孝思与苏州园林、文物保护、吴门书画以及苏州工艺美术等四个方面，回顾和总结了这位世纪老人的生平业绩，展示他高尚的人品与不倦的敬业精神，以及他富有远见的对苏州文化的担当与坚守。

我们的城市需要这样一本书：这本书用文字和图片的方式，著录一个人，细细地走过他漫长而多彩的百岁人生。在历史长河中，有时，我们往往被告知百年亦如一瞬，但是这个人的肩担道义、充满信念与追求、积极谋事、不断有所作为的百年人生，必将因为这本书的出版而常存于我们的记忆之中，成为我们追忆与感恩的光辉典范。因此，中国民主促进会苏州市委员会在中共苏州市委宣传部的大力支持下，组织编写了这样一本书，我们希望，我们的城市会铭记这个人的贡献，他不可重复的生命将因为这本书而得以长久地存留于时光之中，存留于历史的记忆之中。

2008 年 4 月 8 日

写于北京滴石斋

向卢军学习怎样当老师

——卢军《教师成长关键词》序

重庆大学出版社，2008 年 3 月版

最早认识卢军时，他是一位叫红荻的网友。

我的博士生李镇西曾经对我说，他最喜欢的男教师就是红荻。当然，我没有问镇西最喜欢的女教师是谁。他告诉我，红荻是江苏金湖的一位中学教师，思考问题深刻新颖，文字冲击力强，直指教育内核，在《中国青年报》发表过大量教育时评；K12 网站、人民网《观点频道》都曾有红荻讨论教育问题的专栏，人气旺盛，点击率高，反响强烈。

因此，红荻成为我们“拉”进教育在线网站的第一批版主，在论坛上主持过“中国贫困地区义务教育”的讨论活动，为报纸编发大量有关“义务教育均衡化”的稿件。2005 年，他又“自投罗网”，成为苏州大学的访问学者，随我进行新教育实验的研究。

这个时候，我才真正认识这个小伙子，才知道他的真名叫卢军，刚刚 35 岁；才知道他也曾经做过“作家梦”，对小说的痴迷和执着曾耗费了他大量的时间和精力，当然这也为他拥有那些深刻美丽的文字奠定了基础；才知道在一个乡镇中学里，他与三个大学同伴结成“专业发展共同体”，曾经谈读书、论文学，比谁的课上得更“好玩”，甚至经常私下里互换着上不同学科的课，进行着最初的“专业发展训练”；才知道他是一个把“素质教育”与“应试教育”结合得天衣无缝的高手，所带的班级高考成绩曾经超过了全市最好的中学，并且因此被评为“语文学科教学教研先进个人”和省级骨干教师；才知道他对语文教学现状痛心疾首，并默默进行扎扎实实的教学改革和探索；才知道他曾经用中央电视台《东方时空》、《南方周末》、《中国青年报》等各类媒体鲜活的新闻事件、新闻报道做教材，让学生对“家事、国事、天下事”品头论足、各抒己见，把语文课作为培养现代公民的舞台；才知道在班主任工作实践中，他经常“逼使”学生以文字作为交流的工具，无论是想与老师谈心，还是犯了错误，都可以写信给老师，他则每信必复，由此，学生轮流主持、他及时评点的《班级记事》，被教育报刊连载；才知道他曾经在《语文学习》、《语文教学通讯》、《中国青年报》、《教师之友》、《人民政协报》教育版等报刊发表教育教学文章八十余篇，另有十多篇论文获国家、省、市一、二等奖！

我开始对卢军刮目相看。他参加了我的博士生课程的讨论，许多充满智慧的见解让其他学生佩服得紧；他参与了我的全国政协提案的撰写，比较早地提出限制高校借贷与大学城建设等问题；他投入了新教育实验的理论探索，对于新教育实验的发展提出了自己的建议……

卢军话不多，人非常厚道认真。交给他的事情他总是完成得非常出色，但是从不张扬。一年的访问学者，他读了多少书，写了多少文字，我不太清楚。但是他的勤奋，我是知道的。临走的时候，他买了两瓶茅台酒送我，我一定要退给他，他红着脸说，孔子还要十条干肉呢！后来，在当年的朱门聚会上，我让红荻的师兄师妹们一起分享了他的这份心意。

而他作为访问学者的成果之一，就是摆在大家面前的这本书。

本书直面日新月异的教育现实，从现代教育理念出发，提炼了贯穿教育教学各个环节的一百个“工作关键词”，并且一一加以诠释，重思想，重案例，重现场，重细节，重操作，以谈心的口吻，随笔的形式，为每一位从事“新”教育工作的“新”教师提供具体、有效、亲切的实务指导，是促进教师专业成长的通用读本。

前些时候，华东师大出版社的吴法源先生曾经提出要写一本《向孔子学习如何做老师》的书，我听了以后非常兴奋，一个多么好的选题！但是，我不知道什么时候才可以读到这本书。好在，卢军的书就要出版了，多少可以弥补我的遗憾。

那么，我们就先读卢军的这本书，向他学习如何做一个真正的有理想、有激情、有智慧的老师，向他学习怎样以思考为友、与文字相亲，“带着一颗思考的大脑从事自己最平凡的工作”。

2008 年 1 月 25 日晨

写于北京滴石斋

理想的父母从哪里来

——马建强主编《父母必读的50本书》序

华东师范大学出版社，2008年1月版

“父母是孩子的第一任教师。”为了更好地教育孩子，必须更好地提高父母的素质，父母应该有上岗证。那么，高素质的父母应该具有哪些特征呢？

（一）理想的父母，应该是把孩子的人格健全、道德完善放在首位，努力培养孩子追求卓越、独立自主、持之以恒、勤俭节约等个性、品质和良好习惯的父母。

家庭教育对子女良好个性的培养包括以下五个方面：

1. 追求卓越。实际上，父母可以什么都不做，只要能够让孩子知道永不停止地追求，那么他们至少就成功了一大半。

2. 独立自主。尊重孩子，放手让其成长，培养其独立自主意识，是每个父母首先要做的事。

3. 持之以恒。父母应该教育孩子认识到能否成功在很大程度上取决于是否坚持。因此，家长必须注重对子女的意志力的培养。

4. 勤俭节约。“不要在经济上放纵孩子”，这是许多有远见的教育家对父母的忠告。

5. 良好习惯。好习惯来自于平时的点滴培养。因此，父母可以从生活习惯着手，从一点一滴的小事做起，逐步让孩子养成良好的学习习惯和思维习惯。

（二）理想的父母，应该是永远保持年轻的心境，懂得把童年、童心还给孩子，让孩子轻松、自由、愉快成长的父母。

父母在教育孩子时，自身要保持年轻的心境。父母要像回到自己的童年时代一样，努力和孩子一起玩耍，一起成长，成为他们当中的一员。父母应该尽可能尊重孩子的兴趣、爱好，让孩子按照自己选择的路走下去，并适当地加以引导，真正做到“把童年还给孩子”。

（三）理想的父母，应该是善于发现孩子的天赋，善于挖掘孩子的潜能，善于培养孩子特长的父母。

父母发现并培养孩子的天赋与潜能，最重要的一条是要鼓励孩子，还必须尊重子女的兴趣与选择，鼓励子女在不断尝试中发现和找到适合自己的东西。

（四）理想的父母，应该是以大朋友的平等身份来对待孩子，而不是以长辈的身份来压制孩子和以棍棒的方式教训孩子的父母。

家庭是以理解、尊重、鼓励孩子为教育前提的，通常，具有创新意识、活泼、天真、开朗的孩子都有比较平等、宽容的父母。在与孩子的关系上，人们往往对父母的“没大没小”持否定态度，其实这反而应该提倡。

（五）理想的父母，应该是有着和谐家庭关系，能以身作则，一诺千金的父母。

父母是一个教育整体，教育孩子必须要有父母双方的通力合作，也只有双方共同努力才能教育好孩子，这是家教成功的最好保证。因此父母必须以自己的言行一致来培养子女的信用意识。

（六）理想的父母，应该是永远不对孩子失望，绝不吝啬自己的表扬和鼓励，决不使用侮辱性语言批评孩子的父母。

在教育子女的过程中，很多父母都十分吝啬自己的表扬和鼓励，对于孩子来说，父母的一个微笑、一个赞许、一种肯定都会激起他们非常强烈的情感，扬起他们希望的风帆。当孩子失望时，父母的一声鼓励“你行，你一定行”会让孩子重新振作起来。

（七）理想的父母，应该是善于学习，具有教育理性和自觉性，善于利用各种教育情境，把握教育机遇的父母。

“生活处处是教育，生活时时是教育。”父母应主动充实自己的教育科学素养，把握各种教育机遇，让孩子在丰富的环境中潜移默化地接受教育，这才是最完备的教育。

（八）理想的父母，应该是努力配合学校、社区对孩子进行全方位、多层次的教育，从而促进孩子健康、快乐成长的父母。

父母应善于主动地同学校沟通，父母应该努力成为学校、老师和孩子的“中间协调人”。

孩子是父母心中的太阳，是父母生活的希望，望子成龙、望女成凤是天下父母的共同心愿。请天下所有的父母记住这样的话：“你可以不是天才，但你可以成为天才的父母。”

近年来，我一直用新教育实验来努力构建理想的教育。理想的教育由理想的德育、理想的智育、理想的体育、理想的美育、理想的劳动技术教育、理想的学校、理想的教师、理想的校长、理想的学生、理想的父母等共同构成。教育一旦失去理想，那世界就无法想象。有理想的父母，才会有理想的家庭教育，才会有理想的两代人的共同成长。那么理想的父母从哪里来？

我们新教育实验中有一个项目，叫“莫愁新父母学校”，由江苏省《莫愁》杂志社与我们课题组联合主办，现已在江苏、浙江等地正式挂牌成立了37 所莫愁新父母学校，培训了数以万计的在校学生的父母。但天下父母数以千万计，要提升广大父母的整体素质，我认为倡导父母来读书应成为一项基础性、长期性的工程。这些年来我们一直推动倡导全民阅读，坚持“把阅读进行到底”，因为一个民族的精神境界主要取决于阅读的水平，“国民阅读能力的高低直接影响到一个国家和民族的未来”，一个人的精神发育史就是他的阅读史。家庭教育可以从培养读书人口开始，培养读书人口应从改变父母开始，改变父母就从阅读开始。如果我们的父母都热爱读书，崇尚科学，尊重知识，亲近文化，提升精神，那么整个家庭就将充满书香，孩子自然会和父母一起来共同构建家庭里、世界上最美的姿态——读书。

现在苏州每年举办阅读节，全国其他城市也举办过类似的倡导推广普及的活动。我们应该坚信，阅读会让我们的城市更美丽，会让我们的家庭更温馨，会让我们的教育更幸福，会让我们的人生更充盈、更丰富、更精彩。

现在国内家庭教育类的图书很多很多，对广大父母来说，单方面来讲

“开卷有益”显得过于理想化。由赵忠心、徐国静、赵刚、孙云晓等50位国内著名的家教专家、出版专家、文艺专家等联袂评选推荐出50本父母必读的家教类图书，并由他们对这50本书进行一一导读，以“父母必读的50本书”为题结集出版，我觉得这对培育读书人口、促进亲子共读、提升父母素养、营造书香家庭、构建和谐社会，都将是一个极大的推动，同时对家教类图书的编写出版、发行、阅读、推广也会是一个很好的引领与激励。该书主编马建强嘱我写个序，我对这样的评选活动给予支持，我对这样的图书出版感到欣慰，我真诚地希望通过阅读家教类图书（也包括其他图书），能涌现出更多的理想父母！

2007年12月10日

写于姑苏滴石斋

寻找儿时欢快的梦

——胡莉英等《吴地传统游戏集粹》序

中国文联出版社，2008 年 8 月版

那是儿时欢快的梦
失落在浅浅的笑靥里
在日益嘈杂的喧嚣中
渐离追寻的视线

一张儿时玩耍的黑白照片，唤起了我莫名的情感，一种感动浓浓地徜徉在心头，一股怀旧的思绪如被点化的水墨轻漾在脑海，定格、聚焦……

当我手捧着《吴地传统游戏集粹》手稿的时候，眼前就浮现出儿时那被定格的记忆，我再也按捺不住心中的那份感动，思绪亦如春潮，汹涌、激荡……

记忆中，我们的童年飞扬在袤田广舍间，伴随着自然界的风霜雨雪，无论是赤着脚丫，还是穿着开裆裤，无论是一脸汗水，还是满身泥巴，我们的游戏总是和兄弟姐妹、邻家伙伴纠缠在一起：斗鸡、跳房子、跳皮筋、滚铁环、打弹子、抽陀螺……变着花样，百玩不腻。一段树枝，一根铁条，一个瓶盖，一颗石子，玩具总是就地取材，随手制作，幸福的笑容总是那么容易出现。

那样的纯情快乐，那样的天真笑靥，对现在的孩子来说，似乎有些遥远。在现代化的眷顾之下，商店里永远有取之不尽、用之不竭的玩具，大规模流水线生产，浑身闪耀着浓烈的工业化色彩，老师和家长常常为孩子“不会玩”而发愁，买回来一大堆各式各样的现代玩具，很快就被孩子扔在一边，由电脑、网络支撑的现代游戏虽然也能锻炼孩子们的思维能力，但沉溺其中则会带来负面影响，孩子远离自然，缺少玩伴，在虚拟世界里与“人”交流，更易出现疏离感、孤独感，对成长不利。

如何把这项“阳光事业”传承好，让校园里的孩子亲近自然，健康、快乐地“玩”，让孩子们在游戏中学会宽容、理解、合作、关爱和沟通，这成了太仓市城厢镇第一小学教师普遍关心的问题。在历时一年多的学校层面的实践操作后，我很高兴地看到城厢一小的《吴地传统儿童游戏集粹》的出现。

我一直认为，一个人从小到大的发育过程，宛如一部人类进化史的缩影。用现代科学眼光来看待儿童，对待儿童的主要生活内容——游戏，研究之，介绍之，是很具学术认知意义的。所以城一小的《吴地传统儿童游戏集粹》是很有意义的，且颇具吴地特色。

一所学校的发展，离不开学校文化的积淀，更离不开学校文化的创造，希望《吴地传统儿童游戏集粹》成为广大学校文体活动的摇篮，成为苏州地区教师们关注的老游戏展示窗口，成为校本教材的展示平台。希望我们苏州地区的学校能多挖掘我们身边的文化积淀，用我们充满灵性的真实声音，大胆坦露自己的灵动智慧，记录发掘过程的所得，闪烁教育灵感的火花，从思考——实践——记录中获得快乐。

期待着《吴地传统游戏集粹》一如吴地的小桥流水，清澈而源远，涤荡更多空灵的魂魄，激荡更多的学校“研”起来，更多的教师“动”起来，更多的孩子“活”起来，让更多教师的灵感快乐“涌”出来；也期待着《吴地传统游戏集粹》宛如吴地的园林，精致而博远，引领更多的吴地特色的校本教材出现，博领着广大教师净化灵魂，走向崇高！

2007 年 12 月

写于姑苏滴石斋

五、与孩子一起成长

孩子最重要的老师是父母。在孩子来到人世以前，我们的父母就应该接受基本的教育理念，掌握基本的教育方法。而现在的父母大部分是“无照上岗”，这与没有经过驾驶训练的司机，其实没有什么区别，而且危险性更大——因为儿童的早期教育，是决定人一生发展的关键。所以，家庭的教育，是为生命奠基的事情。在孩子走进学校大门以前，他们的人格特征、行为方式、认知风格，基本上已经开始形成或者具备了雏形。正如惠特曼所说，儿童最初看到的东西，那个东西就成为他的一部分，他就会变成那个东西。

摄影：薛晓哲

作者：杨明义

十中的文化味道

——柳袁照《百年足音》序

古吴轩出版社，2007 年 12 月版

苏州市第十中学我曾去过多次，在苏州大学做老师带实习生的时候，我就来过这个美丽的校园。后来与十中的老师合作做科研，为十中的学生做讲座，也经常出入十中的校园。再后来到政府任分管教育的副市长，更是多次到这里访问参观。每次来，我都有新的感受，都能够嗅出十中的文化味道。

去年 10 月，我还非常荣幸地见证了她的百岁生日，盛大而简朴的典礼上，我感想颇多，如只用一句话来讲，我说，此地从清朝皇家织造署演变为江南名校是苏州学子的幸事。

半年前，我收到了柳袁照校长送来的《百年足音》。仔细翻阅，仿佛又走进了十中的校园，看着依然屹立的伟绩碑；仿佛又一次漫步在瑞云峰下，回想当年的康乾盛世。而在粉墙黛瓦、曲折回廊中，又似乎与何泽慧、杨绛、费孝通、陆璀等大家不期而遇，听他们诉说十中的历史和文化，感受他们的爱校之情、报国之志。可以这么说，这本书记载的不仅是几代十中人前行与奋斗的足音，是苏州成长与变化的足音，更是国家发展和富强的足音。

更让我惊喜的是，该书的作者全部是该校的在校生和校友。他们对学校古迹以及著名校友的介绍之详细，感触之深刻，让我感动。他们叩访古迹，查找资料，采访名人，在文化长河中悉心漫溯。没有对于十中的热爱与用心，是很难写出如此精彩的文章的。

书中学生提到最多的便是“感恩”二字。是的，如果没有先人们的筚路蓝缕，没有先人们的兢兢业业，也就没有后来的十中，没有如此质朴典雅的校园。感恩，似乎与现在的学生越来越远。他们对一切是那么习以为常，觉得理所应当。但是十中的学生却不同，他们知道感恩，知道并不是每一个人都有机会在这个美丽的校园读书，与那个美丽的瑞云峰有约。

柳校长曾对我说起过，十中的学生要有书生气、书卷气、书院气。而这些，书中那些灵动的文字便是依据。营造书香校园、建设文化十中，在这里并不单单是个口号，更是扎扎实实落在每位教师和学生的心里。

校园是要有一些书香的，一个没有阅读的学校，永远不可能有真正的教育。我一直主张，书的香气要像花香一样弥散在校园的各个角落，希望学生能够在校园里琅琅读书，静静思考，从书中汲取阳光和水……十中的学生很幸运，他们有如此优美的读书环境。有时我会看到三两个学生或倚靠在紫藤架下，或围坐在己巳亭中，看着书聊着天。这是个诗意的画面，是教育理想的画面，也是我之所以要求设立国家阅读日而所希望看到的画面。书的香气，应该是十中文化的味道。阅读的风景，应该是十中最美丽的气象。

其实，该书的每个作者都是积极的阅读者。看着他们的名字，我甚至会想象他们读书的样子。一来他们查找各种文献资料是一种阅读，二来他们寻访历史的过程也是一种阅读。在他们阅读之前，那些碑文，那些名石，都是沉默无语的；那些著名的校友，也都只存在于遥远的地方，与他们无关。而他们用心阅读之后，那些都变得有生命力了。那些名人就像自己的亲人一样亲切熟悉，那些古迹也仿佛是位长者，在与他们对话。学校的文化通过自己学生的挖掘整理，又焕发出了新的生命力。

我想，这本书的价值，不仅可以帮助更多的人去了解十中，走进十中。更重要的是，会激发更多的十中人参与到校园文化建设中去，亲自感受学校文化，真正领悟学校的精神，用自己的实际行动去拥抱未来，让那条已流淌百年的绵绵文化长河永不枯竭。一个学校的文化，就是这样形成和积淀下来的。

柳校长把这本书送给我已经半年了，希望我为她写一点文字。我一直没

有敢写，担心自己的文字还没有这些中学生有书卷气，以为可以慢慢拖掉躲掉赖掉，谁知道柳校长没有忘掉。再催，只好恭敬不如从命。

是为序。

2007 年 4 月 20 日

写于姑苏滴石斋

与孩子一起成长

——曹保印《月子：一位父亲的札记》序

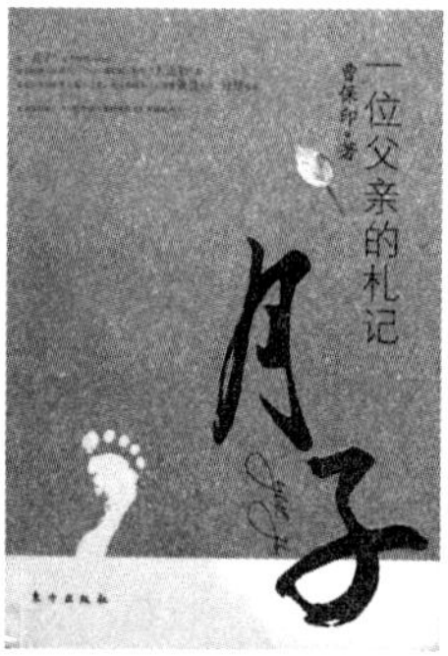

东方出版社，2007 年 10 月版

我与保印兄神交已久。今年 3 月，全国“两会”召开前一天，在北京理工大学的一次新闻发布会上，我们匆匆见了一面，相谈甚欢。

作为《新京报》的资深编辑，他的敬业精神一直感动着我，他不厌其烦地发来可以作为写作题材的文字，不断文雅地勾起你写作的冲动，因此也不敢懈怠地应付我在《新京报》开的时事专栏“新教育”。

前不久，他主编的大著《中国教育热点新观察》（上下卷）出版，希望我写点文字。我一看那些大家的名字，吓得有点腿软，打了退堂鼓。但是，总觉得欠了他的人情。

前几天，保印兄又来信说，他的女儿“天天”来到这个世界已经 46 天了，身体很健康。在女儿整个月子期间，他每天坚持写札记，结果陆陆续续，居然写了 16 万多字。现在，这本名为《月子：一位父亲的札记》的小书，就要在人民出版社正式出版了。他说，因为新教育实验强调“师生共写随笔”，要求学会记录自己的生活，学会反思自己的行为，所以他的这种做法，“其实也是新教育的一种形式”。他希望我为这本书写点文字。

我认真地拜读了保印兄的这本书，很快就被书的内容打动了。在感动和兴奋之余，我非常乐意向朋友们推荐这本特别的书。

书名让我想起今年春节晚会上赵本山与宋丹丹表演的小品。似乎宋丹丹曾经在那个小品中，说过要写一本《月子》。现在，宋丹丹没有写出来，被保印兄捷足先登了。这是笑话。而书的副标题却是很真实的，“一位父亲的札记”。

我知道，曾经有许多学者、作家记录过孩子的成长，如著名儿童心理学家陈鹤琴先生，就用近一年的时间记录儿子的生命与生活的历史。每一个孩子都是一个世界，都是一个独特的生命。每一个父亲都有自己的审美情趣与价值观，都有自己的观察方式与记录视角。

因此，这本书呈现给我们的，是发生在21世纪初叶，北京城里的一个有着教育自觉的知识分子家庭里的育儿故事。通过它，我们可以“更真切地体验生命的神奇，更持久地思考人生的意义，更深入地考察时代的文明”。

我在许多场合说过，孩子最重要的老师是父母。在孩子来到人世以前，我们的父母就应该接受基本的教育理念，掌握基本的教育方法。而现在的父母大部分是“无照上岗”，这与没有经过驾驶训练的司机，其实没有什么区别，而且危险性更大——因为儿童的早期教育，是决定人的一生发展的关键。所以，家庭的教育，是为生命奠基的事情。在孩子走进学校大门以前，他们的人格特征、行为方式、认知风格，基本上已经开始形成或者具备了雏形。正如惠特曼所说，儿童最初看到的东西，那个东西就成为他的一部分，他就会变成那个东西。

我们新教育实验的一个重要理念，就是让父母与孩子一起成长。在许多新教育实验学校，我们开展了新父母教育的探索。我们希望父母亲更加自觉地关注并直接地介入孩子的成长，不是把孩子的教育仅仅看成是学校的事情。我们希望让孩子拥有“晨诵、午读、暮省”的生活方式，希望父母与孩子一起共读共写。因为只有这样，父母与孩子才会避免成为“生活在同一个房间的陌生人”。

当然，新教育实验不可能让所有的孩子成为“哈佛女孩”，不可能让所有的孩子上清华、北大，我们倡导的是“过一种幸福完整的教育生活”，是让每一个孩子成为他（她）自己，发挥他（她）的个性、特长和潜力，做一个对社会有用的人。享受教育的幸福与快乐，让孩子有一个阳光灿烂的家庭与学校生活，是新教育实验的重要价值追求。同时，我们认为，父母与孩子一样需要成长，而且，没有父母的成长，就没有孩子的发展。

在这个方面，保印兄为我们做了一个非常好的榜样。他用心地记录着孩子成长过程中的每一个细节，从“降临人间”到“焦虑的体温”，从“梦中的微笑”到半夜的啼哭，从“肚脐盖脱落”到“伤了小脚丫”，从“理胎发成光头”到“安静过满月”，每一个故事都是那么真实，就像发生在自己家里一样。

他同时认真地反省着每一天的成败得失，在“经验与教训”中，他把月子里发生的所有育婴问题整理出来，从分娩到如何抱孩子，从初乳到吸奶器，从吃奶习惯到爽身粉使用，从换洗尿布到擦肚脐，从理胎发到剪指甲、洗澡。因此，它已经不是一本简单的原始记录，而是经过许多研究分析以后的建议书，简直就是一部现身说法的育婴指导读物。

我想象着这样的图景：在忙碌的工作之余，在辛苦地照应妻儿的间隙，在夜深人静时分，保印兄喝着咖啡与浓茶，一面如饥似渴地读着儿童养育的书籍，一面放电影一般回忆一天的生活，然后疯狂地把这些东西敲进电脑。这是他妻儿的月子，也是他自己的“月子”。

保印兄告诉我，这本书只是他庞大写作计划中的一部分。他将持续记录孩子的故事，完成《天天教育录：一位中国儿童的成长史》作品系列。他说，无论自己的孩子有着什么样的未来，无论自己对女儿天天的教育是成功还是失败，他都会坚持下去，因为这样的记录有着其他所有教育研究难以替代的特殊价值。

这样，保印兄就给了我们许多新的期待。我们在期待阅读保印的育儿故事的同时，也期待着他与孩子一起成长的新的精彩。

2007 年 8 月 10 日

写于姑苏滴石斋

让我们为爱忙碌

——李庾南《班主任工作艺术一百例》序

人民教育出版社，2007 年 10 月版

早就听说南通基础教育界有“二李”（李吉林、李庾南）。李吉林老师我比较熟悉，有过一些来往。李庾南老师只是神交，未曾晤面，但知道她年届古稀，仍然以一位普通教师的身份在教数学，做班主任，一身兼二任，实现两个“半百”（50 年），这样的情形在我个人的视野或交往范围内“尚付阙如”，而就我所知，则堪称“绝无仅有”。只要这两个“半百”，而不需要其他任何信息，我们就能认定她是一位优秀的乃至杰出、乃至卓越的教育工作者，保守一点说，是一位教育家级的教师，所以对她我是心存敬意的。

我希望自己能结识天下更多的名师，当然也希望有朝一日能拜望一江之隔的李庾南老师。也算是“天赐良缘”吧，不久前，我接到过去在苏州大学做访问学者，其间曾师从于我的冯卫东老师的电话。他说，李庾南老师最近完成一部班主任工作方面的著作，写的是半个世纪班主任工作生涯中一百个有意义的故事，李老师想请我写序。李老师对我的抬爱当然使我高兴，但我毕竟诸事缠身，难得空闲，加之对她不甚熟悉，妄加评论恐有不妥，所以心生推辞之意。卫东却不依不饶，他说我俩有师生之谊，他又供职于南通市教科所，协助李老师做一些工作责无旁贷……总之，他有一百个理由让我“盛情难却”，“却之不恭”。我只得“没有条件创造条件也要上”，应承下来。

把卫东发来的书稿邮件囫囵地“过”了一遍，说实话，只是了解了一个大致的轮廓，对少数特别精彩的故事有一点“写意”式的印象。这时，脑海里忽然迸出一句话来：“让我们为爱忙碌!”这是我很喜欢的《用爱造句》一文中的一句话，我曾在题为《理想的教师》演讲中引用它来与读者共勉。是啊，李老师是我们心目中“理想的教师”，她在漫漫50个春秋中的每一天工作、每一步行走其实都是在“为爱忙碌”!

——现在不少人说要“活在当下”，我理解这句话的意思，就是要好好地享受人生在世的每一点时光，生命苦短，乐得逍遥。这也是一种价值取向，无可厚非。但也有不少人“把有限的生命投入到无限的事业中”，他们觉得只有这样，才是真正地“活在当下”。

李老师可以说是后者的典型了。她功成名就，家庭美满，受人尊重。人活到这个份儿上，应该心满意足了。李老师是个乐天派，她当然满足，但她绝没有因为满足而“裹足”，在许多同龄人早已退休在家、安享天伦的时候，她依然坚守三尺讲台，日复一日、年复一年地做着她的“孩儿王”。

一位教育专家曾说，有两类教师，一类是“为生存而教育”，一类是“为教育而生存”。李老师无疑属于第二类，这是为师者的崇高精神境界。但我以为，李老师以及许多像她一样的老师，在主观世界里不一定甚至一定不是为着某种“境界”而活的，她（他们）其实还是（更是）为自己活的，为自己的意愿、情趣、需要、喜好——或者说为自己的“爱”而活的，所以才乐此不疲，欲罢不能。我宁可把她（他们）的教育动机理解为是利己的。一味地强调利他，难免有悲剧主义色彩。时代发展到今天，我们对教师职业规定性的理解理当有所改变，为什么不能是利己的呢？从人类的天性来说，利己才有持续的动力，也才能持久。试想，某一位教师——当然最好是天底下所有的教师——如果觉得做教师挺好，挺滋润，挺惬意，挺幸福，挺……那么何愁教育搞不好，学生学不好？

所以，古稀之年的李老师还“战斗”在一线，我们千万不要“臆想”她“鞠躬尽瘁”的“悲壮”，“臆想”她“誓将奉献进行到底”的“豪迈”，“臆想”她“苦了我一个，幸福下一代”的“气概”……“登山则情满于山，观海则意溢于海”（刘勰《文心雕龙》），李老师其实是情意盎然的，其实是童心永葆的，其实是“爱不释手”的——她是在“为爱忙碌”！

——我一直说，做教师，就要做班主任。道理很简单。教育（教师）是面对心灵的事业（职业），我们的工作无法绕开学生的心灵。任学科教师，固然也可以与心灵对话，但唯有做班主任，与学生朝夕相处，息息相关，才能真正地、彻底地、深情地走进学生的心灵。

但班主任特别是当下的班主任不好做，因为学生的心灵（与行为）“变数”太大，常常难以捉摸；因为家长的要求太高，常常难以“伺候”；因为潜在的不安全因素太多，常常防不胜防，一件意外事故的发生足以使人陷入难以自拔的窘境；还因为观念的冲突太强，倘若要按照自己的理念、理想去治班、育人，常常会蒙受一些误解，遭遇一些阻力，招致一些麻烦。古人云，知其不可为而为之，乃圣人。按这样的标准，一个优秀的班主任，还真的有点“圣人”的意味。

许多教师不愿做班主任，而李老师一做就是50年。其实，她最有资格也完全可以不做，因为学科教学奠定了她在全省乃至全国中学教育界的崇高地位。作为一位著名特级教师，她所创立的自学·议论·引导教学法蜚声国内，是我所关注的国内十余种著名教学流派中比较成熟的一种。套用一句话讲，一生中能做好这两项工作，该是很够了。即使只能做好一项，也已经是幸福的了。在数学教学上卓尔不凡的成就足以并且已经使她“幸福加身”，而做班主任，苦点累点、烦点恼点不说，关键是没有绝对的成功把握，“保险系数”不及教学那么高，所以有不少学科教学方面的高手在班主任工作面前选择了急流勇退，选择了绕道而行；也因此，我们所见到的“双料名师”如凤毛麟角。李老师可能是新中国历史上“班主任龄”最长的一位，我想，如果她自身没有一种强大有效的“动力机制”，应该不会在这条其实布满着坎坷与荆棘的教育路途中走得那么远。

这种“动力机制”何在呢？李老师一语中的，她说自己离不开这些孩子，和他们在一起，心里才踏实，才快乐；班主任工作已然成为她个人生活的重要组成部分，成为一种生活方式……说到底，也是一个“爱”字，她是在“为爱忙碌”！

写到这里，我们不必讳言，作为班主任，李老师的优秀不及作为数学教师的程度，她个人芳名远播的影响也主要是学科教学所致。她毕竟没有建构和形成只属于班主任工作的理论体系，她的德育工作智慧还每每以经验的形态外化或表现。但这不等于说，她没有积淀出“理智的深度”。一方面，关于学科教学的理论建树肯定会给予她“旁通”的滋养；另一方面，她也不断探索，与时俱进，在实践中努力垫高自我关于班集体建设、关于德育工作的视界，她的经验本身就有着较为丰富的理性思维的成分和理智的因素。我甚至以为，她的“行走路径”与我关于“新教育实验”的若干理念“遥相呼应”，如“让师生与人类崇高的精神对话”，如“无限相信学生与老师的潜力”，再如“交给学生一生有用的东西”，等等。这样说，并非要“表扬与自我表扬”，只是要表达一点，即所有（愿意）“为爱忙碌”的“教育人”，不管他从什么样的“逻辑起点”出发，最终都会走到同一条路上来。

——教师要不要写写东西，这竟然是一个曾经为许多人热议的问题。但在我看来，它是“不争”的，或者说是一个“假问题”。教师哪能不要写？一个终身没有留下片言只字的教师，我们很难期望他有思想；而没有思想，他又哪能走得很远！

李老师有好几部广有影响的著作。一个普通教师能有几篇文字面世，就相当不错了；而有几部著作出版，则属难能可贵。当然，她也有美中不足，在班主任工作方面，她写得很少，这难免有点“宝山空回”的缺憾。李老师意识到这一点，用几个月时间回忆、叙述了一百篇故事。我从卫东那里得知，其时她带着初中毕业班，正是复习迎考的紧张阶段，真是忙里偷闲。一贯以勤奋自诩的我，在这位大我二十岁的长辈面前，不能不有肃然起敬之感。

李老师还是在“为爱忙碌”——

她爱着自己。爱自己的人一定会努力提升人生的品质。50 年岁月，近两万个日子，该有多少故事值得讲述，该有多少梦想值得回味，该有多少思绪值得梳理……李老师用自己的笔对这些故事、梦想和思绪“提纯”，于是字里行间，便有了金子的闪光；于是“夕阳红”中，便成就了一段弥足珍贵的“白金时代”！

她爱着学生。“学生和我的孩子一样重要”，是的，已经变得有些苍老的容颜还在她的脑海中“定格”着稚嫩的笑脸，已经变得有些模糊的情景还在她的眼帘中“还原”成清晰的画面，已经变得有些可笑的往事还在她的心田中“回放”着温馨的怀念……她就像一位母亲用布满皱纹的手掌摩挲着一张张儿女的“老照片”，此时，她的心头一定弥漫着馥郁的爱意！

她爱着老师们。这本书的内容属于叙事研究的范畴，它的一个显著特点是“研究自己”。成功的经验固然足资借鉴，失败的教训其实也不乏价值。李老师“现身说法”，一件件事情的完成，一个个细节的处理，其实都有“活的教育学”发思、启智、醒目、清心的作用。在这个意义上，它是一位老教育工作者给“后来人”的一份丰厚的精神馈赠！

……

让我们为爱忙碌，相信“幸福从此熙熙攘攘”！

我要感谢李老师给予我一个很好的学习机会。还要向冯卫东老师致以诚挚的敬意，据知这本书也蕴涵着卫东及其他一些同志的创意和心血（我一向看重南通教育科研团队作战的优良传统）。一个创意有时能收获一笔财富，一个创意有时还能“挽救”一段历史。应该说，李老师在当代中国班主任工作史中有着不可忽视的一席之地，但如果没有这本书，其地位及价值必定会受到较大的影响。所以说，无论是对李老师，还是对当代中国基础教育，它都有一定的存史的意义。

我曾经说过，素材靠回忆是很痛苦的，也是不精确的。我提倡随时随地把所思、所想、所感记录下来，这将是教师一生最大的财富。借作序之机，再一次表明我的这一观点，希望老师们平时拿起笔来，多多“讲述老百姓自己的故事”。

2007 年 9 月 12 日夜

于姑苏滴石斋

理想德育的有效探索
——朱小敏《点燃希望》序

教育科学出版社，2007 年 10 月版

德性与知性有着不同的目标与规律。德性的养成是道德教育的根本任务，而道德教育又是教育工作的灵魂，它致力于对学生思想品德和人格素质的培养，体现着教育的基本目的与归宿，贯穿着教育的全过程，体现在教育的每一个细节。在一定意义上说，与崇高精神对话，追求善的理念、造就人的美德是教育的最高目的。

古今中外的教育家都十分重视德育。德国著名的教育家赫尔巴特曾说："道德普遍地被认为是人类最高的目的，因此也是教育的最高目的。"著名的物理学家爱因斯坦在应《纽约时报》教育编辑之约发表的《教育声明》中指出："用专业知识教育人是不够的。通过专业教育，他可以成为一种有用的机器，但是不能成为一个和谐发展的人。要使学生对价值有所理解并产生强烈的情感，那是最基本的。他必须获得对美和道德上的善有鲜明的辨别力。否则，他——连同他的专业知识——就更像一只受过很好训练的狗，而不像一个和谐发展的人。"我国现代著名的教育家陶行知先生也曾说过："道德是做人的根本，没有道德的人，学问和本领愈大，就能为非作恶愈大，所以我在不久以前，就提出‘人格长城’来，要我们大家‘建筑人格长城’。只有这样，才能使学生自觉地创造真善美之人格。”古今中外教育家对德育重要性的论述当然远远不止这些，但是我们仅从这三位教育家的论述中，就可以看出，他们把德育放到了一个至高无上的重要地位，德育的确应该是整个教育的灵魂。

随着中国社会改革开放进程的加快，教育面临着许多新的问题。一方面，在应试教育的挤兑下，德育的空间越来越小；另一方面，随着社会生活发生着急速的多层面、多侧面的变迁，旧有的文化道德观念和德育范式已经无法适应时代的新要求，德育受到了文化和价值多元化的猛烈冲击，学校德育的要求与现实生活之间形成了巨大的反差，中小学德育面临许多新的严峻的挑战。这就要求我们从新的视角研究和实施德育。

我国中小学德育当前存在的主要问题是实效性差，缺少魅力，德育很难真正打动学生的心灵，不少学生对德育表示厌倦。其深层原因是教师的德育观念陈旧，缺乏创新精神，对德育对象的新变化缺乏敏感，对新形势下的德育如何操作缺少方法上的调整和适应，德育过程中的情感投入不足。

中小学德育实践反复证明，当把人的情感、创新精神从德育中抽离出来，只剩下干巴巴的道德知识传授与规范约束的时候，德育就丧失了它的活力和魅力，从而使德育应有的激励、引导人的价值，应有的发展人的功能不能有效地发挥。德育的理论研究都证明，要从根本上提高德育质量必须重新认识学校德育的功能、价值，还需要从新的视角重新理解和把握德育过程中的各种关系，增强德育的针对性、情境性、情感性和生命活动；更新德育观念，一切从学生的全面发展出发；提倡德育工作创新，这是构建有魅力的德育的关键所在。

前几天，我到昆山市裕元实验学校了解新教育实验的进展情况，看到了他们以“理想的德育”为课题，扎扎实实开展新教育每月一事的活动，非常感动。同时了解到，实验的背后是他们的副校长朱小敏老师。

朱小敏老师告诉我，她从教已经 19 年，担任班主任 16 年，从班主任、大队辅导员、德育主任，一直做到副校长，在德育园地里默默耕耘着，大胆追求着。她曾经寄给我一本书稿，是用我关于“理想的德育”的理论框架为指导，开展德育探索实践的记录。

我告诉她，以前的信箱早已经不用了，我希望能够看到她的著作。于是，她送来了打印稿。回到家，我翻阅着小敏老师的书稿，为她的精神而感动。这本书以实践为基础，从以下九个方面阐述她对理想德育的追求：在德育目标引领下定位学生的追求、在自然的活动中养成学生的德性、在读书和日记中升华学生的人格、在榜样激励中磨炼学生的修养、在对话场景中沟通学生的心灵、在自我管理中提高学生的能力、在社会家庭背景下形成教育的合力、在教师的指导下点燃成功的希望。

这本书是小学版的理想德育教材。她不追求传统意义上大而全的庞杂内容和体系化的形式，而是紧密结合小学德育的实际，面向小学教师德育工作的需求，针对当代小学生所关心的社会和生活问题，力图体现德育理论来自实践，又能对德育实践发挥一定的指导作用的特点。

在一定意义上也可以说，这是一个普通老师在新教育实验的进程中，自觉探索新德育的尝试。所以，我非常乐于向大家推荐。

2007 年 9 月 15 日

于姑苏滴石斋

冯斌与叶圣陶

——冯斌《叶圣陶书影》序

古吴轩出版社，2007 年 10 月版

把冯斌与叶圣陶的名字放在一起，有点怪怪的。

昨天晚上十点回家。冯斌兄的书稿与“手谕”躺在我的门口。他说，自己编撰的《叶圣陶书影》一书后天就要付印，作为苏州一中百年校庆丛书出版，希望我为这本书写点文字。

他知道，我大概是不会拒绝的。因为他知道我对于叶老的崇敬，他也知道我对于朋友的感情。明摆着，他是不想让我睡觉了。于是，读书影，读叶老，读冯斌。

对于叶老，我有太多的话要说。推开家里的北窗，就是草桥小学。走不到一百米，就是苏州一中。这里就是叶老曾经工作与生活过的地方。那些旧房子已经不在了。但是，每一次对着窗户凝望，或者每一次经过一中的校园，我似乎会感觉到叶老还在那里教书。因此，每一次，心灵都要经历一次洗礼。在苏州的时间，是叶圣陶先生教育活动的关键时期。他和吴宾、王伯祥等人一起，在现在冯斌作文博物馆的附近，对学校进行了深刻的变革。他们自己编印各种新教材，创办农场、书店、博览室，建筑礼堂、戏台、音乐室，举行师生同乐会、恳亲会，指导学生排练戏剧，组织学生远足，创造了一个充满时代气息和生活情趣的学校环境。同时，叶圣陶先生时刻关注窗外的世界，积极参加各种社会活动。他和朋友们一起成立了用直镇教育会，研究社区的教育改革问题；他参加了北京大学学生组织的新潮社；他与郑振铎、茅盾等人组织发起了文学研究会。在这个时期，叶圣陶先生发表了一系列关于小学教育的文章，如《今日中国的小学教育》、《对于小学作文教授之意见》、《小学教育的改造》等。

在课堂里我也经常为我的学生讲起先生。我告诉弟子，作为教育家的叶圣陶先生，在教育上虽然没有大部头的著作，但他提出的一些思想和观点，如“教是为了达到不需要教”、“教育就是为了培养习惯”、“学校教育应当使受教育者一辈子受用”等，是中国教育思想的宝贵财富。我主持的新教育实验，许多思想来源于先生的教育智慧。前不久，去用直的叶圣陶小学，我还对张校长说，既然以先生的名字命名，就应该把先生的思想落实在学校的行动上。我们还商量，如何在先生曾经教书的地方，进行“新教育的每月一事”。

对于冯斌兄，也有太多的话要说。认识他的时候，他是一个儿童文学作家，写了许多有蛮大影响的小说。他在铁师附中教语文，他告诉我，他也是叶圣陶先生的忠实门徒。一次在民进的会议上遇到他，才知道他也是中国民主促进会的会员。他告诉我，之所以参加民进，主要也是冲着叶老的人格魅力来的。

那个时候，他一边教书，一边写作，学的就是叶圣陶的样子，叶老就是他的人生榜样。同时，像许多现在的“粉丝”一样，他努力地收藏着叶老的著作，收集着所有与叶老有关的东西。我们在一起的时候，看到他说起收藏叶老图书的故事时，眼睛里总是露出光芒。后来，他追随先生的足迹，一直跑到用直，在那里办起了作文博物馆，而博物馆的收藏，主打的就是与叶老著作有关的东西。

这次出版的《叶圣陶书影》，一共收录了其中的二百余种书刊的书影，每一本书还有“编者的收藏小记”，从中我们可以看到冯斌兄最近几年收藏与探求的辛苦。他在寻找《城中》一书的时候曾经说：因为缺少这本书，“神不宁，心不安，如子女未归，似饭食不饱，总有憾念在心头”。而在收藏《古代英雄的石像》时，他用300元买回了几分钟前别人花80元收购的书。

他说："80 元，买的是藏书；220 元，买的是心宁。"所以，从这本书，我们既可以欣赏叶老著作的精彩书影，看到叶老的博大精深，也可以看到一个收藏家的精神追求与其中的许多有趣故事。

所以，我们读这本书，是读叶圣陶，也是读冯斌。起这样一个题目，把冯斌与叶圣陶的名字放在一起，也就很自然了。

2007 年 9 月 24 日凌晨

于姑苏滴石斋

作为学者和行者的冯卫东

——冯卫东《走在研究的引桥上》序

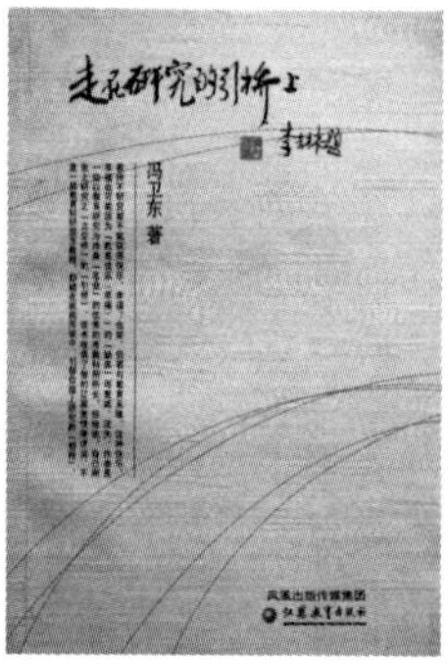

江苏教育出版社，2007 年 8 月版

卫东的又一本新著要出版了，他很早就嘱我写一点文字。我很忙，一直在拖着。我不敢轻易地拒绝朋友的要求，但是许多情况下拖拖也就拖过去了。

但是，卫东不放弃。五一节前，他说：朱老师，你就在劳动节“劳动”一下吧！现在就等你的序言下厂了。

本来，我想用一篇写卫东的旧文对付一下的。但是卫东又说：不能用。其实，我认为这篇旧文还是有点味道的。先用一下，我觉得有助于我们认识一个憨厚大度的冯卫东：

冯卫东是教育在线管理论坛的斑竹。

我们教育在线有许多叫卫东的人，斑竹也有好几位。李镇西之家的张卫东热情澎湃，文科论坛的茅卫东（我思故我在）深沉老辣，而这个冯卫东，则可以说是憨厚大度。

认识冯卫东，是因为他的朋友们敬佩他的人格。袁卫星说，这个卫东，如果你把他卖了，他还会乐呵呵地帮你数钱呢！储昌楼说，这个卫东，如果你没有饭吃，他宁愿自己饿着，也要先让你吃饱。

认识冯卫东，还因为他与我很像。教育在线的斑竹会，他是作为特别邀请的嘉宾来参加的。所有的朋友中，我们的体型最“伟岸”。胖子总是比较善良的，我心里这样想，对他的好感也就油然而生。

认识冯卫东，更因为他是我的第一位访问学者。为了给在中小学工作的老师提供一个进修提高的机会，更为了使他们有一个相对宽松的自学、研究环境，同时也为了让我有机会认识优秀的一线老师，我自己出台了一个苏州大学教育研究高级访问学者的办法，此举得到学校研究生处的大力支持，于是，冯卫东捷足先登，成为“第一任”访问学者。

冯卫东是准备安心读一点书的，行李中书占了大部分。陶新华、开心慧子、焦晓骏、卜延中等网友为他张罗、安排、接风，我不知道他为什么有那么大的魅力，让大家那么喜欢。

有一天我去看望他，交给他几篇我文章的手稿，请他提意见。没有想到，第二天，他就把一个磁盘给我，不仅帮我打好，而且还进行了润色。他还给我看了一些他的近作。我很高兴，来了一位道德文章俱佳的学者。

来得早不如赶得巧。冯卫东是 10 月份来的，11 月将要召开第二届 21 世纪教育论坛暨中国民办教育高峰会。我把第一届论坛的材料交给他，请他修改整理后交出版社，并且在会议前出版。说实话，我是抱着试一试的想法给卫东的。没有想到，开会前一天，一本印刷精美的《基础教育再把脉》呈现在每一位代表的面前。

作为会议秘书处工作人员，冯卫东参加了第二届 21 世纪教育论坛的全过程。会议结束后，他又主动请战，把编辑会议文集的任务揽在了自己身上。时间不长，一本《民办教育路何方》的书稿又交到了出版社。不仅如此，他竟然与出版社的编辑交上了朋友，我们在一起的时候，“我姐”、“我姐”地叫个不停，让我们羡慕不已。这个冯卫东，真是人见人爱！

与冯卫东相处以后，谁都会有离不开的感觉。在我准备进一步给他任务的时候，在我准备让他创造一个访问学者的奇迹的时候，他竟然要回去了。

我知道，第一动力是他的夫人。夫人是他过去的学生，听不到夫人那动人的歌喉，卫东当然会不知所措的，也会食而不知肉味。

第二是他的老领导，卫东是一个他走到哪里带到哪里的人。领导说，卫东就像我正在打字的电脑，离开它，我就没有灵感，没有激情。

君子不夺人所好。我只能放人。但是，我对卫东的思念，从来没有停止过。我们在教育在线的短消息上用得最多的一句话就是：“我想念你!”

回到南通以后，他被任命为教研室的副主任和教育科学研究所的副所长，分管南通地区的教育科学研究工作。我们之间的联系少了一些，但是我还是一直关注着卫东的消息。我知道，他先后担任了许多重要的职务，如江苏省教育学会理事、江苏情境教育研究所副所长、南通市教育学会秘书长、南通市教育科学规划领导小组教育科学组组长、南通高等师范学校学术委员会委员等，还被评为江苏省“333”高层次人才培养工程培养对象、江苏省教育科研先进个人、南通市学科带头人等。在繁忙的工作之余，他笔耕不辍，先后在《中国政协报》、《中国教育报》、《中小学管理》、《当代教育科研》、《江苏教育》、《江苏教育研究》、《教育参考》、《南通大学学报（教科版)》、《语文学习》、《中学语文教学》、《中学语文教学参考》、《语文教学通讯》等刊物发表研究文章二百余篇，出版了《幸福的“芭蕾步”》一书。

他经常到中小学去现身说法，讲自己对于教育的理解。他与教师一起谈心：《今天，我们怎样理解素质教育》；他与老师一起思考：《教育有着怎样的“本义”》；他与校长一起交流：《学校怎样发展教师》。他以《在读书中生活和生长》的体会告诉老师们应有怎样的“读书观”；他用李吉林《博知、陶情、炼意、笃行》的故事告诉老师们成长的方法；他用《“拔节”在生命的每一天》来解释教师的终身学习；他用《原来生活可以更美的》告诉重点中学的教师怎样处理好三个关系。

他对于课堂有深刻的认识，认为最好的课堂应该返璞归真。他经常深入课堂，与老师们一起讨论《课堂怎样“互动”起来》、《怎样优化课堂的“生成”》，以及《怎样辩证理解和有效实施课堂管理》。

作为南通教育科学研究所的所长，普及与推广教育研究是他的本职工作。因此，他乐此不疲地为中小学讲《怎样开展校本教研》，讲《怎样实现教科研“最优化”》，讲《怎样提炼学校文化精神与组织论坛活动》。同时，他结合自己做教师的体会，讲《怎样写好教育叙事》，讲《怎样写（缘事而发的）“论理随笔”》，讲《怎样写好论文》。还非常细致地手把手地教一线的老师，怎样使课题申报、方案文本更为完美，怎样实施微型课题研究等。

我认为，卫东的这些文字有着非常特别的价值。他是来源于生活的“行者”，因此他的文字是鲜活的，生动的，有生命的。比我们这些在大学教书做研究的人，可能更加能够贴近教师的实际。同时，他又是读了许多书的

“学者”，他思考了许多教育问题，研究了许多难题。从他关于教育“本义”的思考，就可以看出他的理论上的功力。所以，他比一般的中小学老师又有理论的高度。在这个意义上，卫东的“引桥”是为这两个群体共同构架的。

我一直认为，如果在书斋里工作，可以成为教育学家或者教育理论家；如果在田野里工作，可以成为教育实践家。只有既是“学者”又是“行者”，才有可能成为真正的教育家。

这自然也是我对于卫东的期待。

2007 年 5 月 1 日

写于姑苏滴石斋

“海子”老师的教育情结

——吴樱花《孩子，我看着你长大：宋小迪日进录》序

江苏文艺出版社，2007年4月版

我喜欢海子的诗，尤其是那首《面朝大海》：从明天起，做一个幸福的人/喂马，劈柴，周游世界/从明天起，关心粮食和蔬菜/我有一所房子，面朝大海，春暖花开/从明天起，和每一个亲人通信/告诉他们我的幸福/那幸福的闪电告诉我的/我将告诉每一个人/给每一条河每一座山取一个温暖的名字/陌生人，我也为你祝福/愿你有一个灿烂的前程/愿你有情人终成眷属/愿你在尘世获得幸福/我也愿你面朝大海，春暖花开。

有一天，我在教育在线上发现了一个名叫“海子”的网友。我知道，作为诗人的海子早已乘风而去了。但是，很显然，作为教师的海子与作为诗人的海子有着某些相通之处！我开始关注这个不同寻常的“海子”。后来，我才明白，教育在线上的“海子”原来取的是与“孩子”的谐音，意在心中装着孩子，一切为了孩子。用心真是良苦，我不禁又产生了几分敬意。

渐渐地，我看到她在网上为班级的学生建立起档案，看到她与一个名叫苏岱的学生书信来往，看到她那细腻动人的学生评语。去年5月，昆山市教研室的储昌楼给我一本由“海子出版社”出版的白皮书《孩子，我看着你长

大》。近五十篇的通信，都是为了同一个孩子！当时我们正在开会，教育局的申局长竟然在会议进行中就将这本书看完了！我们共同的感受：感动！如果我们所有的老师都能像海子老师一样，苏州的教育会有多大的变革，我们的孩子会有多么的幸福！与那些在重点学校里拿着不少的薪水，同时又没有心思与学生心贴心地沟通的老师相比，海子老师是伟大的！

后来我才知道，“海子”老师的名字叫吴樱花，是昆山玉峰实验学校的初中部老师。有一次，她在短消息中说，她想把一年来为学生写的评语编成一个集子《孩子，我想对你说——学生评语系列》，希望我为这本集子写点东西。我当然乐意。我是在兑现诺言。看完了全部的手稿，我又一次被感动了。你看，她为一个名叫李靓靓的学生写了这样的评语：

你的人如名字一样美丽脱俗。喜欢看你那黑水潭般的大眼睛，长长的睫毛忽闪忽闪，眼睛里似乎隐藏了无穷的奥秘；喜欢品你那漾着笑意的面容，如含苞待放的月下玫瑰，充满诗情画意；喜欢读你那行云流水般的文章，如欣赏一幅幅五彩纷呈的生活画卷，令人心醉神迷。因为你的存在，我们班增添了多少亮点；因为你的努力，我们班还会有更多的精彩。秀外慧中的你，性格外柔内刚，因种种原因你一直没有把学习发挥到最佳状态。但老师仍然欣赏你的才气，你的稳重，你的坚韧。冬天是贮存的季节，老师希望你在寒假里能更好地理顺自己的思绪，调整好自己的步伐，尽快地适应这紧张的初中生活。不管前进途中会遇到什么样的艰难困苦，相信你一定会挺过去，因为总会有很多掌声和鲜花在沿途守候。努力吧，靓靓!!

你的班主任：吴樱花

又一个学期末，她还为这个学生写了这样的信：

靓靓：

你好。还记得上学期末，你妈妈擦着眼泪恳求我替你调班级。原因是你在3班受到的干扰较多，你的学习、你的生活一直处于糟糕状态。老师何尝不为你担心，为你着急，但却爱莫能助。虽然多次找你谈心，与你聊天，却排除不了萦绕你心头的烦忧，想要战胜困难只有靠你自己努力。如你日记中所言，寒假里，你潜心反省，调整心态。本学期一开学，你就表现出一股蓬勃的活力，以崭新的姿态在本学期历次考试中一直跃居班级前列。你的学习面貌的改变也带动了你的心情的改变。微笑经常挂在你的脸上，欢语经常来自你的身旁。尽管如此，老师仍认为你还有潜力。你只是稍微使了一点力，李靓靓的实力远不止此。你在友情与学业间徘徊不定。其实这二者的关系本来就不是对立的，只是谁主谁次罢了。聪慧的你，经过一年的涤荡，在初二即将来临之际，一定会好好把握的。还记得竞选班长演讲吗？你说如果你竞选上了，你一定不辜负同学和老师的期望，协助老师把班集体建设得更好。假如选不上的话，你也不气馁，说明自己在某些方面还做得不够。你会全力配合班长做好自己的各项工作。与那些“班长之职，舍我其谁”相比，你的气度，让人肃然起敬。尽管你以一票之差与班长失之交臂，但你以你的行动证明了你的誓言。这就是你，宽容、稳重、善解人意、惹人喜爱的李靓靓。

作为学习委员，你以身作则，名副其实。你不仅自己的学习顶呱呱，还帮助小组同学提高成绩。你激发大家上课发言，这学期你上课发言踊跃，而且你所在小组的发言也一直是班里最棒的。真诚地希望你能一如既往地努力下去。3 班变成现在这样团结友爱、奋发向上，这与你的努力是分不开的，老师感谢你！还记得《柳叶儿》公开课吗？老师选你范读课文。你反复练习，毫无怨言。那天晚上在办公室，老师指导你朗读的重音和节奏，你的把握令老师赞赏不已。富有灵气的李靓靓只要用心去做一件事，那是绝对没有问题的。不过老师还要建议你，你的声音比较小，上课发言和朗读课文能适当再大一点，就完美无缺了。每一次的黑板报抄写，你都无怨无悔地为班级出力。你那一手漂亮的书法吸引了多少同学的目光，也让老师我自愧弗如。你很孝顺，你的那篇《啰唆的爱》，让老师读得泪眼婆娑，为你妈妈有你这么个懂事的女儿而高兴。不管遇到什么事，你都能冷静地对待，并进行理智的思考，这对十四岁的你来说，是多么的难能可贵啊！一年来，我几乎从不曾看见你发过火、耍过性子，你以你的微笑、你的恬静征服了班级的每一位同学。老师还想给你提个建议：遇到问题要多与父母和老师交流，多跟爸妈谈谈学校的学习生活情况，多跟老师聊聊生活学习中的困惑。这样有利于你视野的开阔，性格的开朗。还有，学会与他人交流，本来也是一种生存能力，你说是不是？人生的道路还很漫长，你刚跨出青春第一步，尽管步履有点艰难，但你毕竟开始走顺了。衷心地期望着你能够沿着这正确的方向，加足马力，一往无前地驶向成功的彼岸。

你的班主任：吴樱花

2003 年 6 月 18 日

我之所以全文引用，是想跟大家说，写这样的信，比写那些大而空的论文，不知道要强多少倍！这是一个老师写给学生的“情书”！面对吴老师，我真的也想走进课堂当一回老师！我甚至想去做她的学生，我会珍藏吴老师给我的每一封信，伴随我生命中的每一天！

前不久，《姑苏晚报》发表了一篇题为《15 万日记改变一个学生的命运》，讲的是吴老师的学生苏岱在她的耐心教育下，从一个调皮的后进生转变为一个优秀的中考状元的故事。我才知道，吴老师与苏岱的故事一直在继续，她一直在关注和帮助这个特殊的孩子，一直在记录着他的成长与烦恼。我又一次被感动了，专门去她任教的昆山玉峰实验学校，与她和苏岱进行了一次长谈。

其实，吴老师的故事只是我们新教育实验学校中许多教师的缩影。我们一直鼓励教师与学生一起记录自己的生活，我们主张，为了写得精彩，必须活得精彩、做得精彩；只有活得精彩、做得精彩，才能写得精彩。

2005 年 6 月

写于姑苏滴石斋

孙云晓的儿童世界

——孙云晓《孙云晓教育作品集》序

江苏教育出版社，2007 年 1 月版

云晓兄的教育作品集就要出版了，希望我为他写点文字。

其实，我们见面的次数不多。印象最深的有两回：一回是《人民日报》的素质教育大讨论座谈会，作为嘉宾我们都作了发言。他的讲话并不十分流畅，但是故事很精彩，语言很生动，他特有的幽默更是给我留下了深刻的印象。第二回是我们举办“新教育实验与新父母学校建设”研讨会时邀请他来捧场。他非常爽快地来了，同时作了非常精彩的报告。

当然，在此之前，孙云晓的大名早已经如雷贯耳。他的名字是与儿童联系在一起的。

云晓 1955 年 2 月 8 日生于山东青岛一个工人家庭。17 岁的时候，他就当起了小学老师；19 岁的时候，他就开始在《青岛日报》发表儿童诗，从此与儿童结下了不解之缘。

云晓写过许多儿童文学、报告文学，甚至写过小说、剧本，几乎都是关于儿童的；而真正让他天下美名扬的，是他在 1993 年 7 月发表的报告文学《夏令营中的较量》。这篇报告文学通过对比中日少年在夏令营中的种种表

现，揭示出两个国家教育的差异以及竞争力的不同，让人们蓦然惊醒，从而震撼全国，引发了一场社会各界参与的大讨论，同时也受到党和国家领导人的高度重视。中央电视台12集专题片《改革开放20年》，称《夏令营中的较量》引发的大讨论是20世纪90年代“教育改革的前奏曲”。

后来，云晓又发表了一系列研究儿童的著作。看一看云晓关于儿童教育的作品清单，我们不能不佩服他的智慧与勤奋：《孩子，抬起头》、《培养独生子女的健康人格》、《杰出青年的童年与教育》、《向孩子学习》、《中国青少年自我保护手册》、《走进学习时代》、《百年中国儿童》、《没有秘密的孩子长不大——孙云晓与您网上聊天》、《孙云晓少年儿童教育报告》、《教育的秘诀是真爱——孙云晓教育建议》、《培养一个真正的人》、《“较量”背后的沉思——中日儿童教育比较》、《儿童教育就是培养好习惯——当代少年儿童行为习惯研究报告》、《藏在书包里的玫瑰——校园性问题访谈实录》、《唤醒巨人——成功教育启示录》、《习惯决定孩子命运——孙云晓儿童教育12讲》、《我的教育自述：好的关系胜过许多教育》、《忠告天下父母》、《好父母好方法》、《好孩子好习惯》、《良好习惯缔造健康人格》、《父母的“上岗执照”》，等等。这些作品虽然有的是主编的或合著的，但是大部分是他独立完成的。透过这些作品，我们可以看到云晓关于儿童教育的许多基本理念与思想，如“教育孩子的前提是了解孩子，了解孩子的前提是尊重孩子”、“好的关系胜过许多教育”、“教育的秘诀是真爱”、“教育的核心是培养健康人格”、“儿童教育的全部使命是发现儿童、解放儿童”、“一切成功的教育都是和谐的教育”、“21世纪是两代人相互学习共同成长的世纪”、“无批评教育是伪教育”、“尊重生命是一切教育的核心理念”，等等。

虽然云晓不是教育科学研究的“科班”出身，但是他有着文学家的敏锐，有着对于儿童的关注与“真爱”，因此，他的“发现”、他的感悟、他的情怀就经常让我们这些研究教育的人自愧不如。因此，“中国青少年研究中心副主任、研究员”、“中国青少年研究会副会长”、“《少年儿童研究》杂志总编辑”、“中国社会科学院兼职研究员”、“北京师范大学兼职教授”、“全国优秀儿童工作者标兵”，这样一些头衔落在他的身上，也就是非常自然的事情了。而中国图书奖、全国“五个一工程”优秀图书奖、全国优秀儿童文学作品奖、全国优秀畅销书奖，这样一些全国大奖被他收入囊中，也一点儿不奇怪了。

十多年来，云晓总能够捕捉时代的精神，走进儿童的心灵。他之所以常常成为媒体的焦点、新闻的中心，是因为他不断地超越自己、不断地提出命题；是因为他先知春江水暖，并且勇立潮头。在网络还没有走进我们生活的2000年，他就开通了孙云晓网站（http：//www. sunyunxiao. youth. cn）；在博客刚刚传到中国不久的2005年，他就在新浪网开了自己的个人博客（http：//blog. sina. com. cn/m/sunyunxiao）。现在，他的网站已经有各类作品千余万字，且每个月组织一次专题讨论；他的博客也已成为他与网友互动的重要场所。

云晓是一个真正走进儿童世界的学者；而我们通过阅读他的作品，在走进云晓的世界的同时，也走进了儿童世界。我相信，这里只是儿童世界的一个角落，云晓还会继续给我们展示他看到的那个精彩的世界。

我们期待着。

2006年9月4日晚

于姑苏滴石斋

非常老师的非常课堂

——王开东《非常语文课堂》序

华东师范大学出版社，2006 年 12 月版

我很少主动为别人的书作序。但是，王开东的这本新书，是我主动提出要写序言的。开东是名副其实的“新苏州人”，一年前刚刚从安徽来到我们的张家港外国语学校工作。认识他，是因为他发表在教育在线网站的一篇自传性质的文章《斜风细雨不须归》。在这篇文章中，我不仅看到了一个年轻教师艰难的成长历程，而且看到了他那颗透明而执着的心。这个 1995 年毕业于巢湖师专的年轻人，先是在一个农村小镇的中学教书，见习期刚满就参加了县里的教学评比，并且在一万多名教师中脱颖而出，被评为“无为首届教坛新星”；后来又被无为人民政府授予“十佳师德标兵”光荣称号。九年农村学校的工作经历让他看得很多也想得很多，来到苏州，其实是他无奈的选择。一个从事教学工作时间并不是特别长的年轻教师，能够不断获奖并且发表许多高质量的文章，能够拥有属于自己的非常课堂，一个重要的原因是他对于课堂有非常的情感和非常的投入。他提出了“三有六让”式的课堂教学方式：“三有”——有趣，有情，有理；“六让”——目标让学生清楚，疑问让学生讨论，过程让学生经历，结论让学生得出，方法让学生总结，练习让学

生自选。目的就是要把课堂真正还给学生，真正着眼于学生的终身发展。

为了创造理想的课堂，他首先打倒了师道尊严。他喜欢近距离地和学生交心，他的开心、愤怒、悲伤，都要拿来和学生分享，而学生也乐意和他在一起。这样，他就很自然地走入学生的心灵，懂得了很多教育之道。开东对我说过一句让我非常感动的话："对那些脸若冰霜、高高在上的老师，我打心眼儿里觉得他们可怜，他们很劳累，但却失去了最宝贵的教育快乐。"

为了创造理想的课堂，他还主张鼓励学生犯错误。他把"畏惧错误就是毁灭进步"贴在教室的最前方。他认为鼓励学生犯错误，最终的目的是想让学生摆脱怕错心理，主动参与教学。学生每次回答问题，他都及时给以鼓励。他把自己的课堂打造成一个人人争着说、个个抢着说的活跃课堂，让所有听课的老师都觉得是奇迹。

为了创造理想课堂，他创造了认识、怀疑、批判、吸收的文本认识观。课堂上，他与学生一起讨论，谈自己的阅读体验、阅读收获、阅读困惑，然后怀疑、批判、争论、吸收。他与学生在一起时没有大小，没有尊卑，也没有权威，只有自由自在。陶渊明的"奇文共欣赏，疑义相与析"，在开东的课堂里变成了现实。所以，我们在这本书中看到的课堂，是一个活的课堂，一个真实的课堂，一个平等的课堂。本来这应该是我们课堂的本色，但是由于考试与分数的压迫，许多课堂都扭曲了，而开东的课堂反而成为"非常课堂"。

现在，开东已经加入我们的团队，成为教育在线的版主，成为新教育的一员。他对于未来也有了新的筹划。他在最近给我的信中这样描绘他的未来愿景：我梦想着有一天，我能够用理想的新教育来实现中国教育的理想，并且天真地以为最理想的教育就是"用心寻找春天与快乐，用爱编织秋天和自由"！我祝愿开东的梦想早日成真！

2006 年 10 月 2 日

写于姑苏滴石斋

魅力老师的魅力课堂

——庄惠芬《魅力数学课堂》序

新华出版社，2007 年 1 月版

王开东老师的《非常语文课堂》出版的时候，我写了《非常老师的非常课堂》忝为序言。

所以，当庄惠芬老师的书稿《魅力数学课堂》寄给我的时候，我马上就想起了“魅力老师的魅力课堂”这个名字。

曾经看过《中国教育报》上的一篇文章，把理想的课堂教学分为三个境界：一是有效的课堂教学，这是课堂教学的底线，因为“无效教学”或者“低效教学”是对学生生命的一种浪费；二是高效的课堂教学，即在有限的单位时间内最大限度地完成教学目标；三是魅力的课堂教学，它是通过教师的人格魅力、艺术魅力、科学魅力去影响和感染学生，使课堂充满了活力、内聚力和爆发力。我认为这样的分类有一定的道理。庄老师的书名，非常巧地契合了魅力课堂的概念。而且很明显，她孜孜以求的，就是这第三种境界。

我是看着庄老师长大的。1999 年，奚校长邀请我去湖塘桥中心小学为年轻老师做报告的时候，她还是一个黄毛丫头，虽然已经教了七年的书，但是“没有什么抱负，没有什么理想，更没有什么思想，没有留下什么深的脚印”。当天晚上，她给我写了一封信，谈了自己的困惑与思考，并提出帮她找一个名师来当师傅。我觉得她勇气可嘉，就同意做她的“导师”。后来又推荐了我的学生、时任江苏省小学数学专业委员会秘书长的游建华给她做专业上的指导。

这样，庄老师开始走上了专业发展的道路。她如饥似渴地阅读教育名著和数学名著，如《给教师的 100 条建议》、《数学史与数学教育》、《数学文化》、《数学哲学》等，同时积极进行课堂教学实验。功夫不负有心人，她带的班级学生数学思维能力特别活跃，15 人参加江苏省少年传播数学文化竞赛获得了一等奖，在当地引起了轰动。2001 年，她被评为武进区骨干教师，2002 年被评为常州市骨干教师，2004 年被评为常州市学科带头人！连续五年，她在“教海探航”获奖，其中两次获得了一等奖。在短短的五六年时间里，她有近五十篇论文在《小学数学教育》、《江苏教育》、《小学教学设计》、《小学教学参考》等刊物发表，有五十多篇文章在全国、省、市获奖，被评选为“江苏省优秀小学数学青年教师”。

2005 年 9 月，在学校的支持下，她作为访问学者，来到苏州大学进行一个学期的进修学习。在课堂上，她有着初生牛犊的胆量，与博士生一起讨论问题；在课堂外，她如饥似渴地利用图书馆和网络学习。这本《魅力数学课堂》就是她学习期间完成的著作。在这本书里，我们可以看到人文的数学课堂、诗意的数学课堂，也可以领略互动的数学课堂、挑战的数学课堂，还可以体验开放的数学课堂、生态的数学课堂。我们还能够读到作者对于小学数学教学的认真思考，如小学数学课堂缺少了什么？小学数学老师缺失了什么？怎样重写数学老师的教育哲学？怎样改变小学老师的学习方式？而作者自己的 20 个魅力课堂教学的案例，也比较好地演绎了她的数学教学思想。

其实，每个老师都有自己的教育哲学。他如何理解教育，他就拥有怎样的教育。因此，思考是教师的灵魂。通过这本书，我们不仅可以看到一个数学老师的数学教育观，看到一个教师思考的成果，同时也可以透过这些成果了解一个魅力老师是如何炼成的。

2006 年 12 月 3 日

写于姑苏滴石斋

特殊教育园地的辛勤耕耘者

——陆振华《特教园地耕耘录》序

吉林人民出版社，2006 年 9 月版

常熟聋哑学校的陆振华校长寄来一本他的论文集《特教园地耕耘录》，嘱我题词。

我非常乐意为我们苏州的学校和老师们的作品写点东西。我只是要求他们不要把我当成市长，而是当成普通的教育人；要求他们在我离开行政岗位时，不要把我的东西收起来。我不是书法家，也不要“润笔费”，因此也坦然。

陆校长的要求更是一定要满足的。他不仅是一位从事特殊教育工作三十年的优秀校长，同时还是我们教育在线特殊教育论坛的铁杆网友，在今年的昆山会议上，他被评为最佳网友。于公于私，我都必须写。

看完全书，我觉得题词可能不过瘾，要多写一点文字，以表达我对一个把青春献给特殊教育的老师的敬意，表达我对一个不断探索、不断行走的校长的敬意。

我不知道陆校长的具体年龄。我只知道他 1973 年从苏州地区师范学校毕业以后就走上了特殊教育的道路。他没有经过非常专业的训练，只是在实习期间到无锡聋哑学校工作了几个月里。这位好学的年轻人竟然就在短短几个月里学会了聋哑人的手语！然后，他参与了昆山和常熟两个聋哑学校的创建工作，在这两所学校中，他和学生们一起打篮球，一起早锻炼；他教语文课，编写手语说明；他办校办厂，做“三轮车夫”；他骑车百里寻“流生”，四处奔波为学生找工作；他开办学前班，创办职业班；他是学校的半个理发师，是常熟无偿献血第一人……三十年的特殊教育生涯，使他深深热爱自己的事业，热爱自己的学校，热爱自己的学生。

作为校长，他思考的许多问题是面对学校的。他思考如何加强特殊学校的现代化建设，思考如何施行聋弱一体化教育，思考特殊学校如何进行计算机辅助教学，思考聋哑学校的小班化教育。作为热爱特殊教育的教育工作者，他更关心特殊教育的宏观问题，他关心聋哑人手语的推广与研究，关心特殊教育学校教师的继续教育，关心红十字会在聋哑学校的建立……这本近二百页的著作，记录了他思考的历程、关心的焦点，当然，也记录了一个特殊教育工作者的追求和奉献。

陆校长的耕耘取得了丰硕的成果。他的特殊教育园地万紫千红，他培养的学生受到社会的好评。在一篇《“哑父”陆振华》的文章中，他被形容为“无偿献血的带头人”、“失学聋童的贴心人”、“帮困助学的热心人”、“康复工作的苦心人”、“特教科研的领路人”。

我们今年要召开苏州的特殊教育工作会议，要表彰一批像陆校长这样在特殊教育园地辛勤耕耘的老师，不仅是因为他们的工作比其他学校更加辛苦，也不仅是因为他们的努力比其他学校更加突出，更因为他们的爱心，他们的坚韧，他们的奉献。政府应该给薄弱的人群更多的关爱，给从事这一事业的人群以更多的关爱。

2006年6月

写于姑苏滴石斋

少年心灵的守护者

——卢红《花季前夕风满楼》序

重庆出版社，2006 年 7 月版

今年 4 月，民进中央的刘景文先生通过市教育局的皇甫局长给我写了一封推荐信，告诉我广东东莞有一位长期开展中小学生心理咨询工作并且卓有成效的卢红老师，她完成了两本非常有价值的著作，一本是关于小学生心理成长的故事——《酷小子俏女孩的故事》，已经正式出版；另一本是关于初中生心理成长的故事——《花季前夕风满楼》，正在作最后修改，希望我能抽空为这本书写序。

一个月以后，卢老师就寄来了她的著作以及为初中学生写的书稿，看了她的经历和美丽的文字，对于这位没有见过面的同志（我们都是中国民主促进会的成员），顿时就产生了许多敬意。卢红老师 20 世纪 70 年代末到 80 年代中叶，先后就读于重庆第三师范学校和西南师范大学政教系；1998 年至 2000 年进修了中国科学院心理研究所“心理咨询和心理治疗”大学专业课程，经考核获得结业证书；2001 年又参加中国科学院心理研究所举办的心理测验培训班学习，获得中国心理学会和中国心理测量委员会颁发的“心理测量资格证书”，是一个接受过系统训练的心理学专业工作者。同时，由于与学生打交道的时候喜欢扮演“学姐”的角色，她能真正地走进学生的心灵。从1984年开始，卢老师就在各种报刊上发表文章，有诗歌、散文、小说、评论、论文，显示了她多才多艺的风采。而从她的这两本书来看，她已经开始自觉地寻求属于自己的写作领域与风格，这就是以反映学生心理的故事为题材、用文学笔触创作科普作品。

这本书以初中两个班集体发生的故事为主要线索，讲述了少男少女对老师的看法和评价、情感方面的困惑、学习上的不适应、人际交往方面的困惑、不同的人生观和价值观的冲突等等，反映了他们独立自主、团结创新、自尊自爱、自强不息的精神，同时也反映了老师、家长对新的教育理念和方法的探索。

书的前言就非常引人入胜，她对那些自己深爱着的少男少女朋友们深情地说：“花季来临前是一个枝繁叶茂的时节。蓬勃生长的生命经历着狂风暴雨，又沐浴在阳光雨露之中。多少欣喜、多少主见、多少创意、多少惊讶、多少疑虑、多少无助、多少希望，交织成一个色彩斑斓的梦幻，终于在一个云开鸟啼的清晨，化成了一朵朵露珠欲滴的花儿绽开怒放，于是你结束了初中彩虹般的岁月，迈着稳健的步伐走向青春之旅。初中三年——梦幻之春、多事之秋，但愿你能平稳过渡，但愿你能快快活活，但愿你真正走向成熟。”

书的各章也让人爱不释手。例如第一章“太阳伞下的悄悄话”，通过姐弟俩眼里不同的班主任形象，说明学生非常关注自己的“头儿”；第二章“渴望表扬”，通过叶豪全这个从小到大在老师和同学们的眼里都是“差生”典型的学生，说明孩子们非常渴望得到老师的表扬；第三章“数学这个冤家”，讲述了蓝星月这个经常在数学课上出洋相的学生，如何战胜数学这个拦路虎的故事；第四章“她恋爱了吗”，给我们描写了母亲、老师和少男少女们围绕朦胧的爱的情感发生的故事；第五章“偷窃不是为了钱”，则讲述了初二（8）班发生的失窃事件的来龙去脉，给我们分析了一个中学生的内心世界；第六章“四类人”，把初一（5）班的学生分为四类人：“学院派”、“财富派”、“江湖派”和“平民派”，并且绘声绘色地描写了他们如何分庭抗礼、相互对峙，甚至搞出荒唐的闹剧来的场面；第七章“班长的苦衷”，讲述了初二（8）班的班长戚斌成为同学们众矢之的以后的苦恼与矛盾的心理，同时描写了他的父母在儿子是否继续当班长的问题上发生的争执和分歧；第八章“遭遇成熟男人”，以丁小丽这个从来就没有得到过父爱的女生为典型，描写了这些带着强烈的“恋父情结”的女学生是怎样关注成熟男性，有意识地靠近成年男子的心态；第九章“酷小子，你真够酷”，则分析了“酷小子”刘广宇对男同学亲如兄弟可对女同学却避而远之的原因。最后的尾声以“真心英雄齐齐回师校运会”为题，描写了平时在学习上并不起眼的几个同学却在运动会上取得了令人惊喜的成绩，告诉学生应该发挥自己的特长，“把握生命的每一分钟/全力以赴我们心中的梦”。学生在阅读这些关于自己的故事的同时，就在进行着心理的训练与教育。而对于那些初中学生的老师们，这也是一本走进学生心灵的教科书。

卢老师在给我的信中说明了她之所以如此关注学生心理健康的原因，她说：目前各种社会因素诸如应试制度的压力、独生子女的政策、贫富的差距、价值观的多元化、父母的养育方式等，都对青少年心理健康产生极大的影响，许多学生因为心理的问题而自杀甚至杀人。“这种状况让我等教育工作者感到悲哀失败的同时又忧心如焚，我们有责任为青少年的健康成长去思考、去行动。否则我们将会为自己没有尽到教育者的这份责任而愧对时代和后人。”我想，卢老师的著作，正是在这份责任感和使命感的驱动下完成的，我们在为她的精神感动的同时，也应该学习如何去用心做一个真正的少年心灵的守护者。

2005 年 8 月 25 日

写于姑苏滴石斋

一位普通的校长和一所不普通的学校

——奚亚英《一所好学校是这样炼成的》序

人民教育出版社，2006 年 6 月版

这么多年，到过许多学校，见过许多校长。

前几年，曾经编辑过《中国著名校长办学思想录》，记录过其中一些校长的成长历程与思想轨迹，许多校长已经成为我的好朋友。

然而，让我特别感动的是一位同龄人——常州市武进区湖塘桥中心小学的校长奚亚英。

认识她是在 1998 年的暑假。江苏省教育学会教育管理研究会在苏州召开了一个研讨会，邀请我去会议上作一个发言。在参加会议的几十名校长中，她第一个上来与我讨论问题，第一个邀请我去她所在的学校。所以对她有了一个初步的印象。

但是，这样的场景我经历过许多次，许多人只是出于礼节而已，也有许多人是真心邀请，回去以后因繁忙的事务很快就淡忘了。对于奚校长的要求，我也爽快地答应下来。没有想到，奚校长一直打电话催我，以至于我非常害怕接她的电话。终于，不再有任何拒绝的理由，我被她的真诚与执着感动了，开学不久我就来到了湖塘桥中心小学。

这是一所普通的农村学校，同时领导着几所村里的小学。镇上另外有一所实验小学，自然是重点。但是她不甘心做第二，这是她的个性。在乡村学校的时候，她曾经把自己指导学生打排球的巨幅照片展览到天安门广场，成为武进教育的一面旗帜。现在，她再次发誓：要让这所普通的学校变得不再普通！

奚校长让我与年轻的教师们对话。她说，我们没有一流的校舍，但是我们有年轻的教师，这是湖塘桥小学最大的资源！在她的坚持下，我在她的小学开始带徒弟，与青年教师交朋友。同时，我把一个又一个的朋友介绍给她，袁振国、李镇西、窦桂梅、高万祥、储昌楼、苏静……纷纷走进了她的校园。湖塘桥的老师们开始与大师对话，开始演绎他们自己的精彩。许多青年教师也开始走出校园，在全省乃至全国的舞台上崭露头角。

奚校长是一个认真而执着的人。我在他们学校所说的每一句话，差不多都变成了他们的行动；差不多每一个月，她都会通过电话或者短消息与我联系，报告她们的工作；差不多每两个月，她都会邀请我去学校“检查、指导”。这样，我如果一段时间没有去，必然会收到她那真挚而感人的电话：“朱市长，您上次来布置的任务我们完成了，您来看一看如何?”“朱市长，我们最近又有一些新的举措，您来指导一下吧!”“朱市长，我们的青年教师想见您，能否再与他们交流一下?”甚至她会说：“朱市长，谁让您是我们的兼职教师呢!”这样的电话经常让我产生“负债”的感觉，甚至有时觉得不去湖塘桥小学是不讲人情，丧失人性。对于这样执着的校长，对于如此热爱教育、关心学校发展的校长，我怎么能够不感动?

于是，我一次又一次地来到这里，一次又一次亲眼目睹学校发生的巨大变化。我高兴地看到：1999 年，他们成功举办了湖塘镇小学首届教育节；2000 年，他们顺利被评定为江苏省实验小学；2001 年，他们被评为江苏省现代教育技术实验学校、常州市少先队教育现代化示范学校 、常州市德育工作先进学校，荣获武进区教育质量评估一等奖；2002 年，他们被命名为首届常州市模范学校，继续获区教学质量评估一等奖；2003 年，他们获常州市课改先进集体荣誉。刚刚过去的 2004 年，他们更是取得了辉煌的成果，荣誉接二连三：江苏省青少年科技教育先进学校、常州市优秀教研组（高年级数学组）、常州市和武进区课改先进集体、武进区文明单位、武进区现代教育技术先进集体、武进区教育质量评估一等奖、全国德育科研先进学校、武进区小公民道德建设先进单位、常州市先进教工之家、金帆杯论文大赛江苏省组织奖、常州市第三批学习型组织先进集体、武进区教科研工作先进集体、武进区档案工作先进集体，等等。

我还高兴地看到：在奚校长和她的年轻的教师们的精神感动下，镇里投资3 000万建设了一所非常漂亮的现代化新校！我们看到：江苏省歌舞剧院艺术培训基地、刘海粟美术小学、江苏省艺术人才培训基地和蓝天艺术学校先后挂牌，学生百人管弦乐团、民族乐团、歌舞曲艺团先后组建，在全国、省、市各级各类竞赛、活动中，许多学生的书画作品、音乐节目频频获奖。

我更高兴地看到：学校的管理水平与软件正在悄然提升。奚校长明确提出，学校应该以人文精神为指导，尊重教职工发展的利益、价值和愿望，努力促进学校价值和教职工价值的共同实现。她特别强调从三个方面塑造自身形象：一要时时刻刻把别人的需要放在心上，只有这样才能得到真情回报；二要做教师的精神教练，不当管人之“官”，要举着旗子走在前面，不拿鞭子跟在后面；三要以深厚的文化底蕴引领师生共同营造具有本校特色的学校新文化。她努力在教师中营造“三讲”氛围：讲大气、讲品位、讲合作；弘扬四大精神：人文精神、合作精神、改革精神、敬业精神。她引导教师爱岗敬业，学会合作，学会理解，学会宽容；引导教师尊重理解学生，学会以公正的态度、宽广的胸襟欣赏学生。她大胆在学校实施了三项改革：（1）课时改革。由原来的每节课40分钟改为35分钟。（2）课程体系改革。逐渐形成国家、地方、校本三级课程体系。（3）师生评价改革。学校每学期开展星级教师、星级学生评选。尤其值得重视的是，她在构建学校民主管理制度方面作了许多有益的尝试：学校实行校务公开，重大决策需由教代会商议通过才能执行；开通校长热线，设立校长信箱和开放校长接待日等。学校经常举行异想天开座谈会、我给校长说句悄悄话等活动，及时了解教师的所思所想。

奚亚英是一位从普通农村教师成长起来的普通校长。她没有非常深厚的理论修养，没有非常高的学历，但是她有一颗热爱教育的心，有着许多校长没有的那种执着与坚韧。凭着这一种热爱、执着与坚韧，她不仅感动了我这样的教育理论工作者，也感动了与她一起奋斗的青年教师，感动了从镇到区到市到省的行政领导，在她的背后，是一大批智囊、支持者，因此，奚校长就变得不再普通，湖塘桥中心小学也变得不再普通。

2006年4月18日

写于姑苏滴石斋

在行动中迈向理想

——葛虹主编《迈向理想：快乐　有效　智慧》序

吉林音像出版社，2006年5月版

苏州工业园区第二实验学校的校长送来两本书稿，一本是他们学校老师探索理想课堂的实录与点评，一本是他们研究理想课堂的论文与随笔，总书名是《迈向理想》，希望我写点文字作为序言。

一开始我很惊讶，一年多的实验就可以出书？我怀疑。但是，看着这些实实在在的东西，结合我经常去学校的亲身感受，我似乎能够理解了。尽管我不希望他们这么快地全面总结与出版，但是书既然已经摆在了我的面前，我还是应该为他们写点我的感觉与期待。

我曾经说过：园区第二实验小学是我见到的最美丽的学校。她的美丽，不仅在于她校园建筑的雅致，更在于穿透这些建筑的文化精神。她是一所新的学校，没有历史。但是，我们可以感觉到她似乎有历史的厚重；她没有文化的积淀，但是，我们同样可以感觉到她有丰富的文化内涵。“把历史写在墙上，让文化植入心中”，已经成为他们自觉的学校精神。

2004 年 9 月，这个学校正式开学。一开始，他们就选择了新教育实验中最难啃的板块——构筑理想课堂。他们认为，理想课堂与他们“全心享受品质教育，为人生奠基”的办学目标相契合，是他们建设“和谐校园”办学模式的发展平台。

于是，他们在课题组孟丽华老师的协助下，开始了他们扎扎实实的行动。他们组织了课堂研究的沙龙，邀请了名家进行对话，进行了课题研究的校内招标，加入了理想课题研究的校际共同体……在这些扎扎实实的行动中，他们体会到课堂教学是师生生命与灵魂的一面镜子，是师生的一段生命历程；在这些扎扎实实的行动中，他们看到了这样的教育情景：师生畅通、教学相长、情理交融、知识共享、情感融洽、意境和谐；在这些扎扎实实的行动中，他们把握到理想课堂的许多关键词：有效教学、快乐课堂、简单有趣、真实鲜活、互动生成；在这些扎扎实实的行动中，他们在迈向理想……

让我写这些文字的另一个原因，是我对他们校长的欣赏。葛虹校长的青春活力与张扬个性，徐斌副校长的智慧机智与厚道忠诚，都给我非常深刻的印象。我感觉到，这是一个成长着的学校。许多学校虽然还“活着”，但是他们已经没有向上的力量。可是，园区第二实验小学才刚刚开始。因为他们的校长和他们的团队。

他们虽然以理想课堂作为新教育实验的突破口，并且已经取得了非常好的成绩，但是他们已经明确提出：只要生命还在延续，对理想课堂的研究就要继续，直到永远永远……因此，我们有理由期待他们成为理想课堂研究的基地和新教育实验的一面旗帜。

2006 年 5 月 10 日
写于姑苏滴石斋

覃川的教育情怀

——覃川《今天怎样做教师》序

中国轻工业出版社，2006 年 5 月版

长期在机关工作，知道机关的“机关”，知道机关干部的忙碌。所以，我对于那些在忙碌之中能够坚持读书、坚持思考、坚持写作的人，总是怀着一份尊重、几多敬意。

当覃川拿着沉甸甸的书稿来找我的时候，我以为是请我为他主管的青岛的名师写序，因为在此之前，他告诉我，希望我帮助青岛带几个“徒弟”。打开书稿一看，是他自己的作品。

覃川的视野是开阔的。这部书稿能够将教育与哲学、经济学、心理学、人力资源管理学等有机结合，没有故作的高深，而是深入浅出，从容不迫，旁征博引之余能够用社会现象、教育现象、寓言、故事甚至扑克游戏来诠释观点和理论，处处显示出他读书的功力，流露出他的教育智慧。

“今天怎样做教师?”这是一个非常重要的问题。当前，关于教师专业化的文章和著作可谓铺天盖地，但大多数一线教师恐怕觉得还是有点玄而又玄，不是么？来自专家的书貌似高屋建瓴，洋洋洒洒，却并非屠龙之术，往往落实到具体的教育场景就捉襟见肘；一线教师的实践提供的确实是活生生的教育现场，却缺乏一种牵引和提升或者因个性化色彩很浓而难以推广。有人说许多一线教师还在黑暗中摸索，这话是有一定道理的。

木桶理论告诉我们，一个木桶盛水的多少不是取决于最长的那块木板，而是取决于最短的那块木板，而科学精神与研究态度正是教师专业化发展中最短的木板。强调这一点在当前有着重要的意义。

思考是为了研究，研究是为了发展，发展是为了享受教育。覃川在这本书中通过展示自己对教育现象的思考和研究，来带动读这本书的人去思考和研究，从而强调了自己的观点，那就是：要调整自己的思维方式，只有反思型的教师，才是专业化的教师。

覃川的思考是深刻的。“不要让孩子输在起跑线上”中的功利教育思想，“减负”中的“减法”与“加法”，对“大众教育”与“精英教育”平衡的深度思考，“背着靴子找脚”与“削足适履”教育内涵的探讨，中国传统文化与外来思想的兼收与扬弃……作者以自己专业的眼光分析了许多我们习焉不察的现象背后的思维方式。

覃川不是在第一线教书的老师，他的主要社会身份是一个教育管理者。但是，在整部书稿中我们看不到他居高临下的说教与训诫，书中很少有管理的痕迹，不是他刻意地掩饰，而是因为在覃川的心中，教育的本质不是管理，而是帮助和交流。作者大量运用设问的语气，牵引读者去探询、去思考、去形成各自心中的观点。在现实生活中，我们看到很多校长、教师还在那里用不恰当的方式继续强化管理，从军事化管理到精细化管理，以后一定还会有这样那样的管理形式出现，殊不知心中不装着教育和教师，没有平等交流与沟通，就是违反教育发展方向的。

读覃川的这本书时，我的眼前时常浮现出一个缫丝者的形象：自热水中夹出一个个穿着白色外衣的茧，然后开始一层层耐心地抽丝剥茧。那“热水”就是我们当前的教育现状，“蚕茧”就是作者抛出的一个个教育问题，“抽丝剥茧”就是作者以辩证的思维方式对教育问题的层层分析。作者展示给我们的形象是缫丝者，而非织锦者。织锦者是读者，是看了这本书以后去思考、去实践的教师。

读覃川的这本书后，我读出了一个教育工作者的情怀。他能够直面教育现实与教育困惑，他能够对教育的细节进行关注和审视，对教育的常规进行反思和批驳，他能够跳到教育之外看教育，我们从中看到的是一种教育的

情怀。

这本书的目的不是要灌输什么，而是要激发什么——激发一种学习的欲望、激发一种对教育的理想。我们希望有更多的教育管理工作者像覃川一样跳出教育之外看教育，跳出是为了更好地观察，更深地投入；像覃川一样立足于今天审视昨天，审视是为了有效地反思，精准地筹划；像覃川一样站在明天看今天，前瞻是为了更大的跨越，更快的发展。

当然，覃川的教育情怀告诉我们：学习是永恒的主题，只有勤于学习、善于学习的人，才能拥有教育的智慧。

2006 年 3 月 10 日

写于姑苏滴石斋

守望梦想

——陈晓华《怀揣着希望上路》序

教育科学出版社，2006 年 1 月版

认识红袖（红袖是深圳育才中学陈晓华老师的网名），是因为教育在线。教育在线刚刚创办之初，总版主李镇西就邀请红袖担任班主任论坛的首任版主。几年过去了，无论多么忙碌，哪怕是担任高三的班主任期间，他仍然坚守在班主任论坛的版主岗位上，默默地丰富和充实自己，默默地激励和引领论坛的教师。红袖已经是我们教育在线的“名主持”了。

2004 年夏天，他作为版主应邀出席教育在线第三届教育研讨会。在版主会上，红袖即席发言，给我留下了非常深刻的印象。他认为做版主在奉献的同时，也是一种精神愉悦的享受，因此版主要善于利用论坛这个平台，把论坛变成充实自己、丰富自己，进而展现自己的平台。他是这么说的，也是这么做的。2005 年初，他的两本专著《守望高三的日子》和《追寻教育的诗意》分别由福建教育出版社、四川教育出版社出版。如今，《怀揣着希望上路》又将付梓。正如他自己在后记中说的：“几本书稿中的教育原材料，是十几年的教育积累，而成为书稿，却是教育在线的魅力促成，没有教育在线，就没有这几本书。”

在教育在线，他很少和我打招呼，但他的文章却不时引起我的关注，他的《农村经济和农村教育忧思录》，引起许多农村教育工作者的共鸣，正如《湖南教育》的黄耀红先生所言：“陈老师的平民情结，深矣！尽管他人在深圳，却不时利用假期拖条板凳，与农民大哥聊生存，聊日子，这是为师者的良知。”正是这种良知和经历，赋予他更为深刻的人生内涵。记得他在《不幸而有幸的童年》中描述他小学就辍学的经历。生活的艰难和磨砺，铸就了他沉稳内敛而又坚强刚毅的性格，形成了他善解人意的良好素养，以及充满正义感和爱心的情感。这些，正是教育理想主义者必备的涵养和资质。

网络的魅力，在于培养和造就了一批E时代的新型教育者，在《在教育的长河中摆渡》这篇洋洋万言的文章中，他用饱蘸感情的笔墨，畅谈自己在网上的成长经历。他从大学到省重点中学邵阳市二中，再到深圳的育才，笔耕不止，有思考、有反省、有追求、有梦想。他以农民拥有丰富的农产品而没能系统地加工为喻，深入浅出地阐明教育教研的大道理，那就是教师要善于对自己的教育素材进行系统的整理，在整理中思考、反省、升华。他说：“镇西把他熟悉的材料加工成完美的家具，把他生产的那些辣椒、橘子等制作成上等的产品。所以镇西成为年轻有为的教育专家。而我们，说得难听一点，只不过是教育领域里的一个朴实厚道的‘农民’而已。因此，作为教育工作者，应结合自己的特色和长处，构建属于自己的一套教育体系，形成属于自己的教育理念，构架一套属于自己的教育思想。如果能够突破教育理念的瓶颈，展现在我们前面的将是更为广阔的空间！”

在《教育是一张无法超越的网》中，我看到了一个年轻教师在探索和追求过程中的艰辛与困惑。他说：“孔子曰：三十而立，四十而不惑。教育则不然。我们可以看破名利、看破红尘，可就是无法看破教育。积累越多，似乎问题越多；学得越多，感觉困惑越多；了解的教育理念越多，有时候反而困惑越多。教育似乎永远没有进入化境的时候，永远没有洞明一切的境界，没有放之四海而皆准的标准，没有一枚能够解开所有学生心灵之锁的万能钥匙，似乎永远无法超越、无法突破。就好像攀越一座山头，呈现在你面前的又是一座更高的山峰。我们始终只是一个在教育路途中迷惘的探索者，我们始于迷惘而又终于更高境界的迷惘。登上高楼，望尽天涯路，平芜尽处是青山，似乎教育更在青山外……”记得当时我第一个回帖：“这是一篇非常有价值的文章，晓华的困惑是许多老师的共同困惑。如何走出困惑？请大家讨论。”结果引起在线网友的广泛讨论。正是这种不懈的追求，困惑而思考，困惑而解惑，才有他《教育是一条明净清澈的河》的敞亮境界。

2002 年 12 月 8 日，我去香港讲学途中在深圳稍作停留，回绝了其他的应酬，约请红袖见面。在几个小时的畅谈中，我感觉到他们的不容易。在经济大潮的冲击下，他们依然能够坚守自己的教育梦想，默默地守望着自己的教育麦田。红袖谈到他的班级建设，便像换了一个人，侃侃而谈而不失风雅，从班级日记发展，到班级在线论坛，再到网络班会的召开，再到班主任的一百个话题。谈班主任，他是行家；谈班主任论坛的打理，他是专家；谈教育理想，他是一个默默的追寻者。在他们走后，我忍不住在网上专门发帖：红袖等的努力，坚韧而很不容易。12 点，红袖的《我和市长是网友》的文章就贴了出来，我感觉他是位率性而真诚的人。

《守望高三的日子》，本来是红袖在做高三班主任的时候开的一个主题帖。没有想到，它在教育在线十分火爆，连载过程中引起广大教师的强烈共鸣，我也不失时机地在后面扬其波而逐其流，希望更多的人像红袖一样坚守自己的教育岗位。纵观他的文字，字里行间浸淫着特区高三教师对教育理想的追求和对教育理念的守望，体现了一线教育工作者的教育思考和实践，真实地再现了红袖在应试教育和理想教育的夹缝里突围的困惑、艰难，以及思考和实践所带来的喜悦和幸福。历练高三生活，点击教育现场，力求让学生在艰苦的高三学习生活中享受教师的阳光情怀。我在系列丛书的总序中说：“表面上看，教师的写作只是记录自己的生活，其实，他是在书写自己的历史。为了写得精彩，他们必须活得精彩，做得精彩。”李镇西说红袖的文字是做出来的，而不是写出来的，我感觉他所做的、所追求的比写的更有深远的意义！我曾对红袖说，之所以把《守望高三的日子》收入丛书，不是因为你与学生之间发生了多么精彩的故事，也不是因为你的学生考出了多么优异的成绩，而是为了向更多的普通老师展示一位普通的班主任真实而平凡的教育生活，以激励更多的朋友认真善意地对待生命中的每一天。

如果说《守望高三的日子》是对重点班的寄望，那么《怀揣着希望上路》则是在希望缺失的时候，在危难之秋，红袖临阵挂帅上任，给这个集体赋予的真诚的内涵和希望，也是给这个集体注入的一汪活水，使之热情起来，阳光起来。其间的苦闷迷惘，学生的浮躁焦虑，纪律的相对松散，家长厚重的期待，模考的不尽如人意……红袖顶着压力，始终怀揣着希望，艰难而沉重地面对阴霾，播散着温馨和煦的阳光，和学生真诚互动，和家长相互扶持，在教育在线网友的呵护下，一路艰辛，蹒跚而执着，有欢歌有笑语也有泪痕和悲凉，但希望始终没有泯灭，梦想始终在他和学生的心中高高地飘扬……

红袖是教育在线的一位普通网友。在普通而平凡的工作中，他创造出了不普通的成绩：连续十二年获得南山区优秀教师的荣誉称号，1998 年获得市优秀教师的称号，2001 年被评为省级中青年骨干教师。在近二十年的班级管理中，勤于思考并笔耕不辍，先后在《中学语文教学》、《语文教学通讯》、《中学文科教学》、《师道》、《广东教育》、《福建教育》、《教师之友》、《青年教师》、《深圳教育科研》、《中国教师报》、《德育报》等全国、省、市报纸杂志发表教育教学文章近百篇。年初，他的专著《追寻教育的诗意》（四川教育出版社）和《守望高三的日子》（福建教育出版社）同时出版，如今《怀揣着希望上路》又将由教育科学出版社出版，可谓是三喜临门，是对他多年坚持和守望的褒奖。

红袖怀揣着希望上路，不仅记载着希望的厚重，而且也传承着一种梦想，一种精神。相信红袖的弟子定能接过他心中的梦想，深藏心中，继续前行！

2005 年 11 月 15 日

写于姑苏滴石斋

生命教育，让教育回家
——袁卫星《生命课》序

天津教育出版社，2006年1月版

生命教育，顾名思义就是有关生命的教育。其目的是通过对中小学生进行生命的孕育、生命的发展等知识的教授，让学生懂得生命至高无上的美的价值，特别是要悦纳自己，善待自己，享受生命成长的快乐，同时也尊重他人和其他形态的生命。

生命教育，首先应该引导和教育学生热爱生命，珍惜生命，享受生命，优化生命，激扬生命。生命本身就是美的，每个人的生命都是美的杰作，因而应该为自己拥有生命而自豪。尽管先天赋予我们不同的容貌与身材，我们诞生在不同的家庭与地区，但因为都是“人”，我们便无比伟大因而足以自豪！正是因为有无数充满个性的生命的存在，这个世界才会富有生机，色彩斑斓。

生命教育，还要让学生感受生命发展的流程，在成长中享受不同生命阶段的美。二十多年前有一部名为《晚霞消失的时候》的中篇小说，其中的主人公有这样一段评论：“人在自己一生的各个阶段中，是有各种各样的内容的。它们能形成完全不同的幸福，价值都是同样的珍贵和巨大。幼年时父母的慈爱，童年时好奇心的满足，少年时荣誉心的树立，青年时激情的热恋，壮年时奋斗的激情，中年时成功的喜悦，老年时受到晚辈敬重的尊严，以及暮年时回顾全部人生毫无悔恨与羞愧的那种安详而满意的心情，这一切，构成了人生全部可能的幸福。它们都能给我们带来巨大的欢乐，都能在我们的生活中留下珍贵的回忆。”

近几年，媒体关于中小学生自杀或者杀人的报道越来越多，也越来越触目惊心。往往只是一些在成人看来微不足道的小事，便足以让孩子放弃自己如花的生命或剥夺他人本不应被剥夺的生命。面对这些现象，教育者和专家往往从教育体制、思想教育、心理素质培养等方面进行分析，这当然是对的，但我认为还不够。我们还应该从生命教育缺失的角度来分析这个问题。

我们现在的教育太“直面现实”，有太多的社会阴暗面的“实况转播”；还有在严酷的升学竞争中训练孩子明天的“生存能力”。即使有所谓“理想教育”，也是“吃得苦中苦，方为人上人”以及“读书就是为了挣大钱娶美女”之类的“切身利益”诱导，还有各种暴力凶杀电影、电视、卡通漫画的耳濡目染……于是，在儿童精神的天空中没有了追逐鸟儿的云彩，在少年心灵的原野上没有了随风起舞的花朵；于是，在孩子们的意识中，没有了纯真没有了纯正，没有了童话没有了梦想，没有了对生命的一往情深的爱怜与呵护，以及对人生的一往情深的憧憬与向往；于是，小学生向同学的心脏捅出了尖刀；于是，中学生向母亲的头颅举起了榔头！

持刀杀人的孩子当然是极少数，但小小年纪便“看透了世界”、“看破了红尘”因而变得冷酷起来，这样的孩子应该说在现在是相当普遍的。本来应该是享受生命的年龄，却表现出了对生命的令人震惊的麻木乃至蔑视！如果一个人动不动就“拼命”，你还指望他能珍惜什么或者对自己、对亲人、对周围的人有什么起码的责任感呢？

应当指出的是，生命教育在国际上方兴未艾，正在或者即将成为一种潮流。在瑞典，老师会让孩子们摸着孕妇的肚子给他们讲人的出生，讲什么是生命，为什么生命来之不易，从而使学生认识到生命之可贵。此外，小学生还被允许到医院太平间与遗体接触，同时被告知，一个人的死亡对自己、对亲人意味着什么，轻贱生命将会带来什么后果……

袁卫星老师对生命教育的研究和实践在国内基础教育界是比较早的。在他的积极倡导下，我们新教育实验的部分学校开辟了生命教育陈列室，建立了心理咨询中心，开通了24小时生命求助热线，组建了生命教育领导小组，确定了各个层面生命教育的实施要点，正在逐步形成生命教育资源库；在他的努力推动下，这些学校的广大教师通过学科渗透、主题教学、综合实践等多种形式，促进学生保持身心健康，协助学生设计职业生涯，引导学生追求自我实现，用生命温暖着生命，用生命激活着生命，用生命滋润着生命。

这几年，我在全国各地倡导并推行新教育实验。新教育实验的核心理念是：为了一切人，为了一切人的发展。我们主张以人的个体生命为本位，根据个人发展的需要确定教育的目标并实施教育。我们希望从知识的人本化和学习的人本化出发，引导教育圈中每一个人发展个性，舒展自我，在教育中将人提高到“人”的高度，最终把人“还原”为“人”，达到人的“自我实现”。袁卫星老师的生命教育正是由此确立并尝试开展的。

袁卫星老师在为女儿写的《生命课——一个父亲的谆谆教诲》中这样告诉他的孩子：“生命是一笔上帝给每个人放在银行里的储蓄，究竟它有多少？没有人在生前知道，但有一点是真实的，我们都在一天天地消费它，直到有一天生命出现了赤字。人的生命用减法，价值实现用加法。在这里，加法和减法之间并没有恒等关系，也就是说，减去多少，并不意味着一定增加多少。在这里，昨天是使用过的支票，明天是未发行的债券，只有今天才是现金，才可以使用。”

通俗易懂的比方蕴涵着深刻隽永的内涵，相信每一个孩子，不，包括家长读了，都会有深深的启悟。我知道，袁卫星老师的语文教学也是别有特色的。他是一个敢于创新的人。他说“教育是一种唤醒”，“学语文从某种意义上来说就是学做人”；他把“感悟亲情”、“善待生命”作为最重要的话题和学生讨论，努力让学生学会感动，让学生学出意义，让学生学有思想，让学生学得快乐；他把“精神发展”作为交给学生的一门隐性课程，把生命教育熔铸到了他的语文教育中。我相信，在他的课堂里，肯定有许多孩子重新认识了他们自己的人生，有许多孩子流下过蕴涵复杂情感的泪水。

袁卫星老师班上一名自小受西方悲观主义哲学影响甚深的学生，在日记本中写下了遗书性质的文字，被他及时发现后，他在课前30分钟临时取消原来的授课计划，改上“善待生命”课。他从台湾一个罹患软组织恶性肿瘤，在与癌症对抗的过程中截去了一条腿的9岁小女孩的诗《我还有一只脚》入手，将生命的韧性和弹性一一引入，最后鼓励学生认识自我，挑战自我，超越自我。一堂课挽救了一个学生的生命。教育在线的网友、四川教育出版社常务副社长李晓翔女士由衷地感叹：“这哪是仅仅挽救了一个孩子的生命，还给了所有孩子生命、责任、爱的教育……我想，他们一生都会记得的。一堂好课，一群好孩子，一个好老师！”

这些用心，不，是用生命上出的好课，如今就被收录在《生命课——一位教师的教育手记》中。为了让每一个孩子、每一名学生都能获得生命教育的真谛，袁卫星老师还盛邀他的朋友——苏州大学博士后王海燕女士、博士陈国安先生，以及我的博士生王明洲等志同道合者联合编写了《生命课——一名学生的必修课程》。这本书通过“自读”、“讨论”、“探究”、“体验”等环节，以贴近生活实际的综合性实践活动，让学生对生命有一个全新的、完整的、深刻的感知。他们试图以课程的形式，让学生对生命由敬畏而珍惜，进而通过对环境的积极的适应，达到人生的“盈满”。在这门课程中，贯穿着哲学、心理学、成功学、教育学等多领域的知识，文字浅显易懂，操作方便灵活，但蕴藉的道理是深刻的，可以视为一本全新的德育教材。

中共中央、国务院强调加强和改进未成年人思想道德建设工作，要坚持以人为本，促进未成年人的全面发展。人的生命是道德的载体，没有生命，自然就无道德可言，从而也就可以说，不讲生命教育，道德教育自然也会落空，要改进道德教育，生命教育是一个重要方面。可见，教育的起点就是“人”，“生命教育”是教育的基点。

生命教育，让我们在纷纷扰扰的教育改革中听到这样一种声音：迷路的孩子应当回家；教育，要从原点出发……

2005 年 5 月 1 日

写于姑苏滴石斋

六、教师的生活原来可以如此美丽

每个人都有两个重要的世界——情感世界与智慧世界。一个人是否幸福，是否快乐，在很大程度上取决于这两个世界的满足的情况。教师也是如此。而且，这两个世界又是互相影响的。在情感世界，如果我们的老师能够真正地把爱心给所有的孩子，真正地用心对待自己的每一次讲课、每一次与学生的沟通，他一定会感受教育的乐趣，体验教育的幸福。同时，在智慧的世界，他也一定会找到“把发现留给学生”的办法，让学生每一天都在期待和惊喜中度过。

摄影：薛晓哲

作者：杨明义

聚沙成塔，成在毅力

——衣奎伟《散落在校园里的思绪》序

远方出版社，2005 年 8 月版

幸福的教育，应该在发展学生的同时发展自我——幸福来自于师和生的共同提高；

教育的幸福，应该在实践探索的同时积极反思——幸福来自于行与知的和谐发展。

快乐往往在不经意间。不妨，用我们的笔，去感受点滴的快乐；

幸福常常会不期而至。不妨，用我们的心，去体验教育的幸福。

聚沙成塔，成在毅力；

集腋成裘，贵在坚持。

这是衣老师在新教育随笔世界中的开篇语，也是他从事教育事业的心语。

我与衣老师没有见过面，但是经常为他的努力和坚持而感动。与认识许多老师一样，熟悉衣老师也是在教育在线。他是一个新教育实验的自愿者，据说是在看了我的海门报告会实录之后，主动要求加入到新教育实验中来的。2004 年 1 月 4 日，他在教育在线教师随笔专栏开了专帖——《对未来我们充满信心——朐阳小学四年级师生随笔集》，同时在成长论坛教师手记也开设了《在思考中成长，在成长中思考》。从此以后，差不多每天清晨都会看到他在晨光里耕耘。

功夫不负有心人。两年多的时间，他竟然撰写了几百篇教育教学随笔，而且还在《人民日报》、《中国教育报》等各类报刊中发表了一百多篇。据说在今年潍坊市政府教学成果奖评选中，他的《师生同写日记，共同成长》荣获二等奖，而且是在小学系列中成绩最好的一项。我想，这是和他的勤勉分不开的。

现在，听说衣老师要把自己的文章结集出版，我从心里为他高兴。几个月前，我利用闲暇读完了衣老师从网上发来的《散落在校园的思绪》书稿，并且提了一些修改的意见。没有想到，在不长的时间里，他就对书稿进行了重新修改。看得出来，衣老师整理后的书稿更系统、条理更清晰了。衣老师随笔的内容很广泛，思路很开阔。许多文章单是题目就很吸引人：《自作自受》、《老师，让他写篇蚂蚁爬树的文章》、《“黔驴技穷”之后》、《老师，我为他担保》、《由“终南望余雪”想到的》……再看看里面他娓娓道来的看似平淡但很实在的教育故事，更是条理清晰，充盈着教育的机智和智慧。看着他这些普通而充满亲和力与人文关怀的文字，我非常感动。

我感动的不仅是文章写得如何精彩，更是他教育生活的精彩。衣老师能把班级工作做得这样独到，这样深入，缘于他对学生的那颗爱心和善于思考的习惯，一个对工作执着热情、有责任感、肯动脑筋的老师才可以做到这样。我们的小学教师中有许多非常受孩子们喜欢的女教师，但我们同样也需要像衣老师这样对孩子有爱心、工作有创意的男老师。在这个意义上说，他为一线教师树立了在学中思、干中思、写中思的榜样。

只要行动，就有收获！聚沙成塔，成在毅力；集腋成裘，贵在坚持。读着衣老师这些耐人寻味的教育随笔，我更加坚信我们新教育实验的价值，坚信教师坚持教育反思的价值。衣老师告诉我，他是我的“成功保险公司”的“客户”，这本书是他的成功的记录。我当然希望借他即将出版的书继续为我的“成功保险”做广告，希望越来越多的一线教师能加入到“成功保险”中来，让更多的教师朋友体验成功的喜悦，享受教育的幸福。

2005 年 7 月 17 日

写于姑苏滴石斋

在网络上成长

——陈惠芳《触摸教育的风景》序

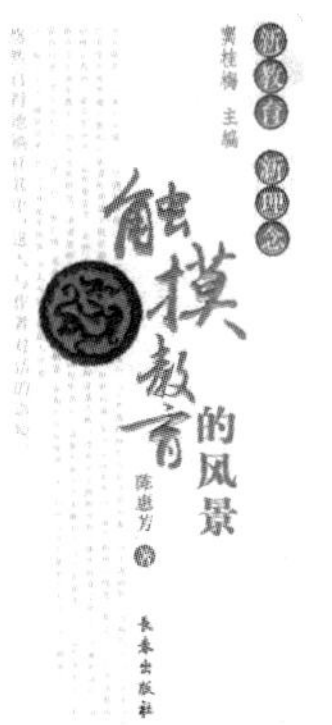

长春出版社，2005 年 8 月版

2002 年 6 月 18 日，我和我的一帮教师朋友创办了教育在线网站。自此，每天早晨六时左右我都要上网“晨练”一小时，中午也要上去“运动”一会儿。网络占去了我的休息时间，但我一天天感觉到，它已成为我生命中不可或缺的组成部分了。

在网上，我感受着年轻的快乐。与年轻的教师们一起交流，与年轻的思想在一起碰撞，那种热情与勇气，那种专注与执着，似乎让我也回到了热血沸腾的青年时代。

在网上，我听到了更多的真话。网络上观点鲜明的帖子以及毫无顾忌的评论，尤其是对教育现状的批评，让我多了一份冷静，多了一点思索，多了一点压力，更多了一点改革的动力。

在网上，我发现了一大批教育英才，结识了原本素不相识的一批优秀教师：省内的，省外的；中学的，小学的；年轻的，年长的……这其中，就有张家港市沙洲小学副校长、数学教师陈惠芳。

陈惠芳是一位优秀的青年教师，曾获苏州市优秀教育工作者、苏州市百名“好师徒”、张家港市第三届“十佳”师德标兵，张家港市名教师、数学学科教改带头人、教育科研学术带头人等荣誉称号；2004 年，她的美丽形象还登上了《人民教育》等杂志的封面……应当说，这几年陈惠芳老师成长的速度很快，我在网上网下关注着她，觉得她的成长或者说成功是有规律可循的，是值得广大的青年教师借鉴的。

她勤于学习，一方面，在日常的教育教学中她常常拿一把尺子量自己的短处，一把尺子量别人的长处；另一方面，她常常一头扎进互联网信息高速公路的世界，在教育教学论坛，尤其是教育在线论坛，跟帖发帖，碰撞思想，激活思维，激发灵感。她具有拼命汲取新知的本领与素质，犹如树木，把根须伸展到泥土中，吸取氮、磷、钾，直到微量元素。这慢慢积累起了她知识的底蕴，滋养了她的底气。

她善于思考，能够及时总结新教育实验开展和新课程实施中的点滴体会，及时反思自己教育教学中的成败得失，坚持撰写教育故事、随笔感想。写成了之后就拿到教育在线的论坛去张贴，去发表，去和她的网友也是同行们进行讨论，以引起进一步的思考。她的不少文章先后被《人民教育》、《中国教育报》、《中国教师报》、《小学德育》、《小学青年教师》等选用。从她发表的文章里，我们能看到的是，她站在教育而不仅仅局限于学科教育的高度，在思考着自己的职业。她对教育、学校，乃至自身的存在与发展的理解越来越深，这使她在教师专业化发展的道路上越走越远。可以说，以写作尤其是网络写作带动的思考，磨砺了她的灵气。

她勇于实践，无论是以“优点卡”、“成长日记”、“快乐成长袋”为抓手的赏识教育，还是运用多元认知策略、多元智能理论、建构主义原理开展的数学课堂教学，都显露出她敏锐的洞察力、丰富的想象力和大胆的探索精神，以及勇于打破传统教育模式、具有开拓进取意识和创新求异能力的品质。尤其值得指出的是，自从她所在的学校成为我们的新教育实验学校后，她所开展的实践研究更新鲜、更活跃了。她就像那一朵洁白的浪花，涌动在教改实践的潮头。

我们新教育实验有一个目标追求，那就是：追寻理想，超越自我。我相信，从陈惠芳老师的文章中，各位读者除了能读到她教育教学的一些成功经验、反思教训，更能够也是更应当读到的，则是她的这般理想追求。她告诉我们，每一个做教师的都应该有自己的梦，都应该给自己一种挑战自我的勇气，一种超越自我的精神。每一个做教师的都要寻找成功的感觉，这个成功，或许是平常一堂课的出彩，或许是网上一个帖的共鸣，或许是一次思维碰撞和思想交锋中自我的提升，或许是一场学术研讨或教育沙龙时内在的彰显……这个成功，是“智慧资本”和“文化资本”的成功，是对教育充分的、活跃的、忘我的、集中精力的、全神贯注的体验。

2005 年 7 月 2 日

写于姑苏滴石斋

凌龙华的教育世界

——凌龙华《教育，教育》序

文汇出版社，2005 年 4 月版

我对吴江有特殊的感情。

在苏州大学教书的时候，吴江是我经常去的城市。那个时候，吴江为干部办了一个培训班，我是主要的教师之一，因此差不多每个周末都要去吴江。这样，也就认识了不少吴江的朋友，从分管教育的市长，到办教育的许多校长们。因此，也开始真正地走进了吴江的教育，爱上了这里的教育人。

到吴江的次数多了，我也开始知道，吴江是一块文化的沃土。一个柳亚子，一个退思园，就可以把吴江的文化演绎得淋漓尽致。这里的教育，这里的人，因此也很有文化的味道。我认识的许多教师，他们的教育文章，都洋溢着这样的味道。凌龙华就是无数具有这种味道的老师之一。

我喜欢这样的文化味道。因此，当凌龙华让我为他的新作《教育，教育》写序言的时候，我毫不犹豫地答应了。

最初认识龙华，是因为他在我的一篇文章后面的跟帖。当时我在教育在线发表了一篇《还语文教育的本来面目》的小文，龙华马上在后面写下了这样的文字：

不管把语文界定为什么，语文永远是最基础、最博大、最富文化内涵和最具人文色彩的学科。

语文不是“教”出来的，语文是“学”出来的。“教”的语文是死的，它解读的是符号代码（体现语文学科的工具属性）；“学”的语文是活的，它导向的是文本外的文人品质（体现语文学科的人文属性）。

语文教学的目的是让学生学会文本的解读与表达，通过文本来实现人文精神的体悟与捍卫。

因而，文本与人本的交融，就支撑起语文天地斑斓广阔的创造空间。

因而，语文教学从根本上讲是语文学习。语文能力是在语文实践（语言运用）中培养起来的。勤奋的语文老师可以教好文字、语法与解题技巧，但语感和写作是永远不能“教”出来的。

因而，语文应该是最宽容的，最有灵性的，语文学习的主体始终应该是“我”。

我注意到他这段充满个性的文字，便开始留意起他。我向吴江的朋友了解到他的情况：吴江市高级中学教科室副主任（现在已经是副校长）、苏州市作协会员、苏州市学术带头人、苏州市语文学科带头人、吴江市名教师、吴江市中青年专业技术拔尖人才培养对象，曾获吴江市十大杰出青年提名奖。看他的一些文章，经常会有找到知己的感觉。例如，他这样描述自己的人生信条：“没有什么比自由地读书和自由地表达更能把梦带向远方。”他这样表达自己的教育教学观：“教育首先是一种生活，语文是诗意的学习。”他这样说明自己的教育科研观：“教育是诗一般的事业，教育科研也应该充满诗意和愉悦。只有不拘一格才能别具一格。”虽然不能说龙华已经完全形成了自己的教育思想体系，但是我们可以看到属于他自己的教育世界。

《教育，教育》就是凌龙华的教育世界。这个世界的每一个风景都是精彩的。你看，《给空间，就是给发展》、《教育，请关注生命》、《教育：留点空间，留点缺憾》、《读书，教师的另类备课》、《教育沙龙：点燃思想的火炬》、《追问，让教育富有意义》、《行走在幸福的边缘》、《风筝读书天》、《享受书香》、《穿越文本》、《字里人生》、《上网灌水，下线读诗》……一篇篇美丽的文章让我们看到了他对于教育的情感与智慧。

我不知道龙华为什么取这样的书名。我知道他曾经写过这样的文字："什么是教育？我们需要怎样的教育？这样的困惑与追问，也许会让人发笑。"也许，这是他对于这个问题的回答。每个人对于教育的回答都是不同的，因此每个人都有自己的教育世界。那么，就让我们一起走进凌龙华的教育世界吧！

2005 年 4 月 1 日

写于姑苏滴石斋

爱心和智慧

周春良主编《校园里的守望——草桥故事》序

苏州大学出版社，2005年10月版

苏州市第一中学教师的第一本教育叙事文集出版了，这是一件值得祝贺的事！

这是一所具有优良办学传统和丰富文化积淀的百年名校，百年来先后走出了叶圣陶、顾颉刚、顾廷龙、吕叔湘、颜文樑、吴湖帆、胡绳等一大批杰出人物和16位“两院”院士；这又是一所勇于探索和创新、跃立在教育改革潮头浪尖的新校，现已形成由一中本部（公办高中）、草桥实验中学（国有民办公助初中）、一中分校（公办初中）、新草桥中学（民办完中）、国际预科学校等四个校区、五所学校、千名教师、万名学生组成的多体制、立体化的优质教育集团。可以想见，在如此庞大的“航空母舰”式的学校，会有多少色彩斑斓的教育故事发生；在如此丰富的形态各异的课堂，又会有多少精彩灵动的教育智慧生成！

读着书名《校园里的守望》，我想起了那篇著名的文学经典：“有那么一群小孩子在一大块麦田里做游戏。几千几万个小孩子，附近没有一个人——没有一个大人，我是说——除了我。我呢，就站在那混账的悬崖边。我的职务是在那儿守望，要是有哪个孩子往悬崖边奔过来，我就把他捉住——我是说孩子们都在狂奔，也不知道自己是在往哪儿跑，我得从什么地方出来，把他们捉住。我整天就干这样的事。我只想当个麦田里的守望者。”这就是塞林格（J. D. Salinger）借主人公霍尔顿·考尔菲德之口所说的“麦田里的守望者”的含义，也是16岁的霍尔顿海市蜃楼般的人生理想。而我们，教育工作者，就是一群“校园里的守望者”。正是在这个意义上，我曾经把我的十卷本教育文集之一定名为《校园守望者》。这收在集子里的一百多个故事，有成功时的欣喜，有挫折后的反思；有在课堂上耕耘的神采飞扬，有走访学生家庭的疲惫身影；有体贴入微关爱有加的悉心呵护，有严而有格严而有度的精心雕琢；有老教师打开尘封在记忆中的昨夜涛声，有年轻人体悟成长滋味的苦乐年华……林林总总，多彩多姿。我读出的都是一个字：爱。教育是一份爱的事业。有了爱，才有教育激情的迸发和飞扬，才有教育智慧的生成和提升，才有对孩子情感、心灵、智慧、人生的虔诚守望！

守望，需要爱心，更需要智慧。教育教学工作是一项充满艰辛也富有乐趣的创造性劳动。因此，教育工作也就成了一项活到老、学到老的工作。教育智慧从哪里来？来自课堂实践，课堂是产生教育智慧的温床；来自广泛阅读，学习、借鉴是任何成功不可或缺的秘诀。但是，智慧，不会在课堂上自然生成；借鉴，也不是对别人经验的生搬硬套。这里有一个重要的环节，就是总结和反思。没有深入的总结、反思，大量提升教育智慧的素材就会从身边悄悄流失。年长日久，我们的工作就会多了些暮气，少了点聪慧；多了些刻板，少了点鲜活；多了些心灵的疲惫，少了点创造的激情。因此，无论是从事业发展的需要出发，还是从成功体验的渴求出发，我都积极倡导教师们在读书实践的同时，经常总结反思，提升教育智慧。

“教育叙事”就是这样的一种好形式。教育叙事，是一项崭新而富有活力的教育科研活动。实践性、反思性是教育叙事的突出品格。在教师日常的教育教学工作中，总是或多或少地感受和体验到一些难以忘却、留有深刻印象的事情。这些事情或令人振奋，或令人激动，或令人感慨，或令人惊诧，或令人不安，或令人悔恨……它让你把目光投向自己的某节课或者某个教学细节，投向某个教育行为。一回刻骨铭心的谈话，一项富有创意的活动，一个新颖的教学设计，甚至，一节失败的课堂教学……都可以成为教育叙事的话题。珍惜我们每一次教育教学的创造吧！这里，有我们的心血，有我们的智慧，有我们生命的痕迹；而更加重要的是，从这里出发，我们的教学艺术会日益走向成熟，我们的教育智慧能得以不断升华，我们的事业之树也会因此而果实累累！也正因如此，我主持的“新教育实验”把“师生共写随笔”作为六大行动之一。教师的教育随笔正是教育叙事的基本样式。其实，在学校生活中，在教师成长的历程中，撰写教育随笔的叙事方式，是记录成长、发展智慧、提升品质的最好的方式。为了写得精彩，必须活得精彩，做得精彩；只有活得精彩，做得精彩，才能写得精彩！这已经成为我们新教育实验学校的共识。苏州第一中学虽然不是实验学校，但他们认真实践新教育实验的精神，鼓励教师撰写教育随笔，开展教育叙事研究，是值得鼓励和支持的。

我感谢苏州一中的教师们在繁忙的工作中能够认真反思自己的教育行为，体验教育的成功与快乐。我也诚挚地希望苏州一中的教师们能把教育叙事坚持写下去，努力坚持，打造出一支事业有成、德艺双馨、越来越优秀的教师队伍。

是所望焉。谨以为序。

2005 年 4 月 25 日

写于北京滴石斋

最重要的是“喜欢”
——周惠琴《放手是一种美丽》序

作家出版社，2004 年 12 月版

两年多来，作为全国第一家新教育实验学校，昆山玉峰实验学校确实做了许多工作。翻看全体教师在新教育实验工作室中陈列的两年来的教育随笔，我想了许多许多，我为老师们真心而做高兴着。来玉峰实验学校考察的诸多朋友亲眼看到这些随笔，在羡慕、感叹的同时，也纷纷提出要加入新教育实验。因为大家相信，教育随笔，真的让老师成长起来了。

虽然玉峰的许多老师都把自己的随笔集装订成册，我也曾经为两位老师的随笔写过一些文字，但是周惠琴是玉峰实验学校第一位就要正式出版教育随笔的老师。周老师是学校德育处主任，应该说是非常忙的，因为孩子德育方面的事特别多，上面布置的任务也肯定多；周主任还担任两个班的数学老师，课要备，作业要改，学生要辅导，事肯定还是不少；周老师还是数学学科优秀教师，优秀教师在学校要起到带头人作用，优秀老师在学校里还要指导年轻老师，优秀老师每学期还要多次上示范课、研讨课……这方面的事她肯定要做好。

然而，读周老师的随笔，“忙”这个字被“喜欢”、“热爱”、“享受”、“快乐”等词代替了，我们看到的是她欢快的脚步和坚实的脚印。

自教育在线网站创办以来，自新教育实验工作开展以来，我读了许多随笔。读每一篇随笔，我仿佛都能听到老师们敲击键盘的声音，都能看到老师们上课时的模样，都能感受到学生在课堂中的那种表现……读周老师的随笔，我同样能听到周老师面带微笑地与孩子交流，看到学生们聚在周老师周围为一个题在争论着，看到周老师带着学生一步步地走那一千米……对数学喜欢，对数学课堂热爱，对学生学习数学真心关注，才会有数学教学方面的成绩。

数学大师陈省身先生曾为中国的小朋友题词“数学好玩”。周老师是在一步步地引领孩子在玩中感受数学的美，在玩中让思维得到发展。玩是属于孩子的，玩应该是属于数学的，玩同样也应该是属于小学数学老师的。要让学生会玩数学，老师首先也应该是个数学玩家；要想让学生在数学上玩出个名堂，老师应该在数学教学中玩出个智慧。我曾经从六个方面说我心目中理想的课堂。读周老师的小学数学课堂随笔，我们分明可以看到她课堂上的那份亲和、那份延展、那份自由、那份参与……我们看到周老师在往理想课堂的方向行走着，同时，我们也分享着她那行走的快乐。

2004 年 12 月 15 日，联合国教科文组织召开了“第二届国民教育论坛”，这次论坛的主题是“教育质量”。改革开放以来，我国在数学方面取得了一些成绩，但许多成绩令人担心，比如国际奥林匹克数学竞赛很多次获得金奖，但整个民族爱数学的精神却没有真正形成。看来我们对数学教学质量的理解还存在着许多问题，这些问题最终还是需要中小学老师来完成。如何在这方面取得重大突破？仅仅靠数学考试考出来的成绩是不行的，关键是要引领学生真正地喜欢，广泛地热爱。而这种喜欢，最终还是靠老师的喜欢。著名数学家吴文俊在获得国家最高科学奖时说：“我在大学三年级以前，不喜欢数学，就是因为大四时一位武老师的课太精彩了，我才从此喜欢上数学。”这句话对我们很有启发意义。二十年前，我在苏州大学教数学系学生的教育学，调查中发现许多学生对数学没有兴趣，我写信向苏步青教授请教，他说，如果没有兴趣，不仅学不好数学，以后也教不好数学，因为教数学的最高境界是让学生真正喜欢数学。我们小学、中学的数学老师，主要任务不是为了培养数学家，而是让我们的学生喜欢数学。

其实，学习数学是如此，做教育也是如此。只有喜欢，只有真正地享受教育，我们的生活才会有意义，我们的教育才会精彩。

2004 年 12 月 26 日

写于姑苏滴石斋

一个特别的学生与一篇特殊的论文

——李镇西《民主与教育》序

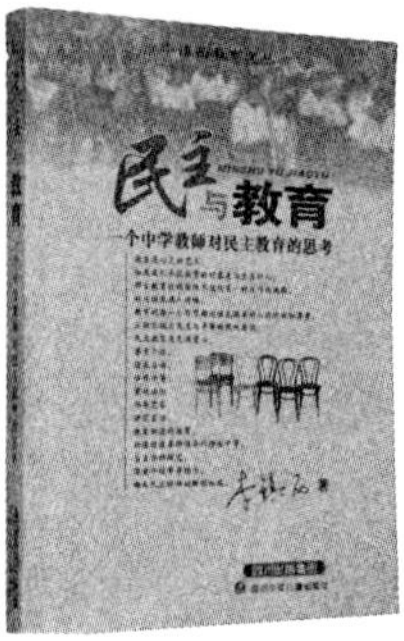

四川少年儿童出版社，2004 年 3 月版

许多人都知道李镇西是我的学生。其实，我认识李镇西，是因为先做了他的学生。

我们共同的朋友——张家港高级中学的校长高万祥先生是我们的“媒人”。万祥告诉我，四川成都有一位中学老师，写了一本很有影响的著作《爱心与教育》，让许多老师流下了这个时代不太容易流的感动的泪水。

于是，我拜托万祥把李镇西请到苏州，为我们的名师班学员做报告。

那一天，我故意坐在最后一排，准备随时出去处理公务。没有想到，他的报告是那么精彩，虽然没有慷慨激昂的陈辞，但他饱含真情而又如数家珍般讲着他与学生的故事，那份温馨和纯真深深地打动了在场的每一个人。细心的李镇西后来在一篇文章里写道，他发现了我盈眶的热泪。

也许是命中注定的缘分，他后来成为了我的博士生。开学的时候，大家发现他是一个比较特殊的人。说他“特殊”，一是因为他已经有相当的知名度，经常有学校邀请他做报告；二是因为他英语基础比较差，我专门请了一位学生帮助他，他竟然像高中生那样，每天早上坚持背单词。上课讨论问题，他有时也会像一个高中学生一样与人争论。他给我的电话也特别多，差不多成了“早请示晚汇报”。同学们悄悄对我说：“这个李镇西，像个小孩子!”

他特别喜欢网络，在“中青在线”和“K12”都是呼风唤雨的风云人物，还经常在我面前说起“网事”。我曾当面“批评”他，叫他不要像中学生那样沉湎网络！但是，他阳奉阴违，我行我素。更有意思的是，有一天，他和焦晓骏、袁卫星等年轻的朋友竟然密谋把我拉下了水，拖进了网。他们说，著名学者都有自己的网站，朱老师当然应该有！就这样，去年6月，我们的网站——“新教育在线”（www.edu01.com.cn）开张了。李镇西担任了网站的总版主。

李镇西在“教育在线”的形象，就是那个光着屁股不断扭的小孩子。他美其名曰：“这就是赤子!”他在网上理直气壮地宣称：“不愿长大!”

因为他“不愿长大”，他始终和他的学生们在一块儿玩耍，把自己视为他们的一分子。

因为他“不愿长大”，他始终童言无忌。他甚至敢说：“教师不是人类灵魂的工程师!”

因为他“不愿长大”，他始终不善伪装，争论时往往会搞得面红脖子粗，开心时又往往会拥抱加亲吻。

2003年“六一”儿童节，李镇西在网上发了一篇《童心万岁》的帖子。他写了这样一段心灵的独白：

何谓“童心”？童心是儿童天真纯朴之心。人不可能永远处于儿童时代，但他却可以永远拥有一颗童心。因为儿童的纯真与善良，在一个人不同的年龄阶段，都可以以不同的方式体现出来。那么，我们应怎样保持自己的童心呢？

保持童心，就是保持对人民的善良之心。我小学时曾扶盲人过街，替迷路幼儿找妈妈，我愿意把这可贵的善良之心随着我年龄的增长而扩展、升华为对集体、对国家、对民族的爱，并把这种爱体现在工作、生活中的每一件小事上，体现于我对每一位网友的爱。

保持童心，就是保持对邪恶的正直之心。儿童的眼睛是容不下一粒沙子的，儿童的嘴巴是很难说一句假话的。童话《皇帝的新衣》中，不正是一个小孩首先说出皇帝什么也没穿吗？面对“四人帮”的谣言，张志新同志坚持真理，敢于直言。有人说她“傻”，我却认为她拥有童心！

保持童心，就是保持对事业的创造之心。儿童对一切都感到新奇，什么都想试试。科学家最可贵的品质之一，就是永远对这个世界保持着孩童般好奇、探寻的眼光，而不断开拓、进取。这也是一种童心。

保持童心，就是保持对生活的热情之心。儿童对生活总是充满憧憬、幻想，拥有童心的人总是对生活保持着激情与乐观。有的人年纪轻轻，便对生活缺乏信心，而有的人虽已退休，却仍创造着生活的乐趣，正所谓“越活越年轻”。

我曾写过一篇散文《不愿成熟》，我愿自己永远童心不泯，也愿“教育在线”每一位朋友永远童心闪亮！

更为有趣的是，“新教育在线”的许多朋友们悄悄地对我说：“你和李镇西的性格真像！”其实，人和人是有缘分的。不是一家人，不进一家门。当然，李镇西虽然是我的学生，从过去传道、授业、解惑的角度来说，我的确应该履行我的义务。但是，从现代师生关系的角度来说，教师与学生应该是双向影响甚至有时是反向影响的过程。我不知道是我影响了李镇西，还是李镇西影响了我。但是我曾经坦白地对他说：“与其说你是我的学生，不如说我们是互为师生。”无论是在课堂的讨论中，还是在平时的生活中，我都从李镇西那里学到了许多。他将我带到网络世界，让我与无数的中小学教师面对面，让我有了许多新的朋友，新的灵感，新的空间！我也曾经在一篇文章中写道：“既然李镇西不愿长大，那么让我们一起不愿长大！让我们永远有一颗年轻的心！”

李镇西是一个特殊的人。尽管对他有各种各样的评价甚至争议，他并没有改变自己去迎合世俗。他总是喜欢“标新立异”、“独树一帜”，包括他的博士论文也与众不同。

其实，我很清楚，李镇西对这篇论文是花了不少精力与时间来不断修改的。由于李镇西的英语基础比较薄弱一些，我曾经想让他以自己的任何一本书作为博士论文的基础——因为在来苏州大学读书之前，他已经出版了《爱心与教育》、《走进心灵》等一系列有影响的著作，先后获得过中宣部“五个一”工程奖、中国图书奖、冰心图书奖大奖等重要的奖励。但是他明确表示，他愿意给自己一个新的挑战，从零开始真正写一篇博士论文。我支持他的选择，同时提醒他不要轻易放弃自己研究的基础。在我看来，所谓他“自己研究的基础”无非是两个：爱心教育和民主教育。如果他的论文以爱心教育为主题，不但有现成的《爱心与教育》为基础，而且这个主题是大家都容易认可的；而如果以“民主教育”为主题，则不但难度很大，而且很容易引起争议。但最终李镇西选择了后者，我也一再鼓励他一定要勇于突破和超越自己！

写博士论文对李镇西来说的确是一个挑战。尽管他出版过不少教育方面的著作，但是，这些著作更多是用夹叙夹议的方式写成的，是他自己教育生活的记录和思考；尽管他也读过不少教育理论的著作，但是，那种阅读更多是率性的、自由的，而且主要集中在陶行知、苏霍姆林斯基等他特别感兴趣的作者上。因此，我们制定了一个读书的计划，从卢梭到杜威，从马克思到后现代主义。

博士论文的提纲出来后，我们又进行了长时间的讨论。说实在的，对李镇西的文章，我不敢轻易地改动，因为我不想轻易地去改变一个学生已经形成的风格。风格就是生命，特色就是卓越，这是我一直倡导的东西。但是，论文的提纲的确与博士论文有差距。博士论文除了要求概念的清晰、逻辑的严密外，还要求具有相当的原创性。我与我的助手许庆豫教授，反复研究论文提纲的结构和写作的可能性，研究材料的来源和李镇西自己的特长，最后才确定了论文的提纲。这个过程，差不多花了两个月的时间。

挑战不仅仅来自论文内容的出新，也来自论文形式的创新。说一句心里话，我这么多年，一直在审查本校和外校的博士论文，许多论文味同嚼蜡，实在是没有什么看头。而且，许多论文是在玩概念的游戏，既解决不了任何现实问题，也没有真正的理论价值。因此，我一直在鼓励李镇西有所突破与创新，我甚至对他说：“我还真希望你能写出散文式的博士论文！”但是，论文草稿出来以后，我还是有不少担心的——担心他的形式创新是否能够成功。由于是用一种随笔的形式写博士论文，既要有学术性，又要有可读性，因此我可以坦率地说，镇西的草稿并不十分令人满意。但我并没有叫他回到传统的所谓“写作规范”上去，而是鼓励他继续探索下去，争取在修改的过程中完善论文。而且更重要的是，镇西自己也是清醒的——他也意识到了初稿的不足，因而在修改时他更加严谨认真；同时他又是勇敢的——他没有放弃他所说的“写作冒险”，而是继续“冒险”，用一种随笔式的语言表述他对民主教育的理解。尽管用另外一个方式说话可能比较吃力，但是当你真正学会用另外一个方式说话的时候，你会发现你又进入了一个新的世界。他努力地修改，认真地读书。他还陆陆续续把论文的一些篇章发在“新教育在线”网站上，广泛征求并虚心听取各方面的意见。

由于“非典”的原因，李镇西论文的答辩是通过电话进行的。但是这不妨碍答辩老师对李镇西的评价。李镇西的勤奋是出名的，教授们对他认真的态度给予高度的评价，虽然这与论文本身没有关系，但勤奋与认真绝对是一个研究者所必备的前提条件。也正是因为他的勤奋和认真，论文从预答辩到最后的答辩，进行了多次修改，最后论文的质量有了很大的提升，这更是教授们有目共睹的。尽管在专家的通信评审中，有一部分人认为博士论文的写作规范仍然应该坚持，也有人对李镇西关于民主概念的解释、民主教育的特征的说明等还有不同的看法，但是大家对于李镇西的研究能力，特别是对他丰富的教育经验和对民主教育的情怀，都给予高度的评价。这篇特殊的博士论文，在一个特别的日子里（“非典”时期），终于得到了特别的关爱。结果，评委们一致给他的论文以优秀的评判。

在论文顺利通过答辩以后，我曾经给李镇西打了一个很长的电话。我希望他能够真正从民主教育的理论探索走向民主教育的实践追求，真正使生活中的民主教育“成为真正实行民主的准备”。我希望他能成为中国教育历史上有影响的、以民主教育为教育理想的教育家。

我相信，镇西会努力，更会成功。

2003 年 10 月 15 日

写于苏州大学文科楼

教育故事的真情诉说

——赵公明《神奇的教育世界》序

新华出版社，2004年5月版

作为一种复杂的社会现象，教育与人类社会同古。但在我们这个时代，教育从来没有像今天这样引起社会的广泛关注。正是在这样的时代背景下，教育凸现为一个热点和难点问题，因而也就成了一个世人关心的“公共话题”。按理，对于教育这一公共话题，人们自然可以各抒己见、畅所欲言，但是，教育论坛的历史与现状并非如此，而是常常陷入令人啼笑皆非的尴尬境地。在教育这个论坛之上，常常出现这样的现象：有的人喋喋不休、滔滔不绝地言说，听众却不知其所云；有的人下笔千言、洋洋洒洒，读者却百思不得其解；有的人结结巴巴、吞吞吐吐，最后则干脆充当了“沉默的大多数”；更糟糕的是，有的人人云亦云、鹦鹉学舌，最后是邯郸学步，在模仿与复制的过程中迷失了自我。不仅如此，具有不同教育时空背景的言说者，有时竟然会怒目相视乃至对对方的言说和行为进行讽刺与指责。

对于不同的教育思想而言，不是“只能这样表达”，也不是“怎么都行”，而是“可以这样表达，也可以那样表达”，表达者的话语总是可以有所调整，有所选择。这也是教育思想者由独白走向对话、由统一走向多元，从而丰富和发展教育思想的理想选择。就教育表达的历史与现实而言，我们亟待改变的是呆板、枯燥、晦涩、烦琐的写作格式和“意在近而求诸远，事本简而求诸繁”的一贯文风。我们必须抛弃单一化和模式化的表达方式，在尊重表达者自身生活和语言个性的前提下，积极尝试灵活有效的话语方式，鼓励多样化的文本与清新明快的言说风格，倡导话语的通俗性和可读性，但不浮泛浅薄；注重文本的学术性和深刻性，但不正襟危坐、故作高深。

按照广义教育学的观点，教育贯穿着每个人的一生，他（她）总会在家庭、学校或社会中接受到一定的教育。一个人从小学，甚至幼儿园，可以一直攻读到学士、硕士、博士学位，其漫长的学习历程和受教育历程必然形成自己特有的教育经验，如果再为人父、为人母或者走进学校为人师，则会拥有更为丰富的教育思想与认识。正是因为人人都有一定的教育和受教育的经验，在某种程度上，每个人都会形成一定的教育思想，每个人都具有一套自己的“教育理论”，每个人都有一个又一个的教育故事，每个人对教育都有话可说、有话要说。因此，对于教育，人人拥有话语权，人人都可以成为教育的言说者或者叫表达者。

从这一点来说，赵公明的《神奇的教育世界》一书，就是一个言说者对传统的教育话语方式进行的一种大胆的变革，他用讲故事的形式，以叙事探究的方式对教育思想的表达路径进行了积极可贵的探索。

应该说，很多教育在线的网友，对赵公明及其《神奇的教育世界》中的一些教育故事并不陌生。因为作为新教育在线的版主，他早在2003年4月23日就开始讲起他的教育故事来了，而且部分故事分别被《教师博览》、《师道》等杂志相继刊载。赵公明以讲故事的形式，娓娓道来，把他对于教育的所思所想、所感所悟呈现在“美丽的秘密”、“神奇的幸福”、“精彩的感受”之中，相信读者会从中受到一定的启发，进而产生一定的回响与共鸣。

一天天，一年年，每个人都有属于自己的成长故事，一个人的生命便是这些故事的积淀；日复一日，年复一年，听的故事看的故事越来越多，这些故事便成为一个人智慧的源泉。赵公明是一个有心人，他日积月累，最终成就了这本《神奇的教育世界》。

值得高兴的是，这本《神奇的教育世界》是赵公明先生在 2003 年至 2004 学年在苏州大学做高级访问学者期间完成的作品。赵公明是一个刻苦努力、勤于思考且善于思考的人。希望赵公明在以后的教育生涯中不懈奋斗，为我们的教育事业做出更大的贡献。也期待着赵公明讲出更多更精彩的教育故事，期待着父母、老师，期待着不同时空背景下具有不同教育理论和教育实践经验的朋友们，把自己心中的教育故事也告诉大家，也真情地说出来。

2004 年 3 月 18 日

写于姑苏滴石斋

教师的生活原来可以如此美丽

——《教师博览》编辑部编《教师的情感与智慧》序

江西教育出版社，2003 年 9 月版

在平常的闲聊中，在网上的议论中，我们经常可以听到教师们对生活的抱怨。有的人说，教师的生活太平淡、没有刺激；有的人说，教师的生活太机械，没有情调；有的人说，教师的生活太繁杂，没有成就感。

但是，当你读过《教师的情感与智慧》这本书以后，你对教师生活的理解，对教育工作的态度，一定会有新的变化。你会发现，你每天生活的校园与课堂，原来可以成为如此美丽的舞台，让你和你的孩子们上演那么精彩的话剧！你会发现，你每天普通的讲课与谈话，原来可以成为如此美丽的诗篇，让你的孩子们终身地铭记和吟诵！

《教师的情感和智慧》是《教师博览》杂志十年征文的精选本。其中有“我最难忘的一件事”、“难忘一课”、“教育有悔”、“素质教育一例”、“我与我家”等征文活动的内容。这些征文，大都是来自一线教师的手记，真实地记录了他们的原生态的场景，记录了他们的喜怒哀乐的情感，记录了他们处理各种复杂问题的教育机智。

我曾经说过，教育的神圣是寓于教育的平凡之中的。把教育看得过分神圣，会忽视它的平凡，远离它的真实；把教育看得过分平凡，又会忘记它的神圣，丢弃它的使命。我们每一天都在神圣与平凡中行走，应该认识教育的这种特性。当我们读这本《教师的情感与智慧》的时候，我们都会产生这样的感觉。无论是刘这这的《师情母爱》，还是王晓平的《心底的照片》；无论是江建国的《家筑在心上》，还是万金党的《第一课》；无论是那温柔的“一刀”，还是那“用爱铸成的错”，我们在感受教育的普通和平凡的同时，也领略了教育的伟大与神圣。除了于永正等少数著名的特级教师外，这本书的作者都是人们不太熟悉的普通老师。但他们，才是中国教育的真正的脊梁。在他们的学生心中，他们就是真正的教育英雄！

其实，每个人都有两个重要的世界——情感世界与智慧世界。一个人是否幸福，是否快乐，在很大程度上取决于这两个世界的满足的情况。教师也是如此。而且，这两个世界又是互相影响的。在情感世界，如果我们的老师能够真正地把爱心给所有的孩子，真正地用心对待自己的每一次讲课、每一次与学生的沟通，他一定会感受教育的乐趣、体验教育的幸福。同时，在智慧的世界，他也一定会找到“把发现留给学生”的办法，让学生每一天都在期待和惊喜中度过。

在这里，我要特别感谢《教师博览》编辑部的朋友们，正是他们辛勤的劳动，让我们能够深入教师的情感世界与智慧世界，看到了教育的一种境界、一种风景，也激励更多的教师能够像这些普通的老师作者一样，真实地记录自己的教育生活。我相信，许多年以后，无论是你自己，还是你的朋友，都会从中受到启发、得到教益。你一定会发现：

——教师的生活原来可以如此美丽！

2003 年 8 月

写于姑苏滴石斋

行者的吟唱

——朱墨《背起行囊走天下》跋

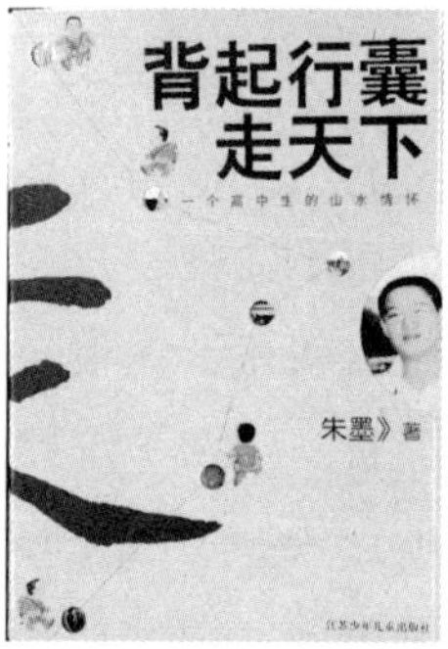

江苏少年儿童出版社，2003 年 11 月版

这是朱墨吾儿的第五本小书。在我准备写这篇跋的时候，已经不像为他的第一本书写跋那么激动了。有了梁晓声先生和冯斌先生的序言，我已经没有必要再添足了。而且，应该说的，在《老虎拉车我敢坐》和《我和老爸是哥们》中已经差不多都说了。

为什么还要写呢？一个原因是朱墨最近出版了长篇小说《梦之队》和散文集《朝北教室的风筝》（与两位大学生合作），我都没有写任何的文字，似乎欠了他一点东西；二是因为冯斌兄坚持说，这本书其实是朱墨的校园三部曲中的一本，你应该有始有终。想想有道理，还是为朱墨的学生时代划一个圆满的句号吧！

“读万卷书，行万里路”，这是古代知识分子的一种人生境界。朱墨是幸运的。他出生在一个拥有大量书籍的家庭，从幼儿园开始，图书就伴随着他。小学的时候，他就有了属于自己的书架。中学的时候，他又有了自己的书房。他还经常侵占我的领地，选择一些他感兴趣的书去读。我曾经说过，一个人的精神发育史其实就是他的阅读史。因此，我相信他的精神境界。

当然，我们也清楚地认识到，仅仅读有字书是不够的，必须读无字书，必须在行走中成长。因此，只要有时间，尤其在节日假期中间，我们尽可能让他忘情于山水之间，他的足迹踏遍了大江南北，从姑苏园林到平遥古城，从龙门石窟到敦煌壁画，从北海银滩到内蒙古草原，从山西五台山到河南少林寺，从陶渊明隐居的桃花源到严子陵垂钓的富春江，甚至漂洋过海，来到了徐志摩吟唱“再别康桥”的英国……所到之处，差不多都留下了他的吟唱。

没有想到，朱墨竟然对山水有着他特别的情感与思维，特别的记忆与想象。旅游回来，他能够完整地恢复记忆中的表象，写出一些具有自己特色的文章。有朋友称他颇有余秋雨的风骨，甚至说他是“小余秋雨”。这当然是夸张了，但是朱墨文字中的确是有一些人文的底蕴，这与他的大量阅读是分不开的。

难能可贵的是，朱墨的读书、行走和写作，都是在紧张的高中生活中进行的。他在苏州中学最好的一个国际班学习，班级的每一个学生都是尖子。但是，他的这些活动并没有影响他的学业，为了写《梦之队》，他甚至请了一个星期的“创作假”。他潇洒地读着，走着，写着。他的功课不但没有下降，成绩依然保持在班级的平均水平以上。在今年的全国四级英语考试中，他以 83 分的成绩顺利通过。当然，这一切，要感谢苏州中学的宽松环境，感谢倪振民校长对教育的特殊理解。他告诉朱墨，“不要太看重成绩，应该成为你自己!”

有意思的是，就在朱墨这本书即将出版的时候，我的一本小书也将要问世。我为这本书写了一篇题为《走在教育的路上》的序言：

我是一个行者
步履轻盈，在教育的路上
我的脸上带着笑容
我的心中充满阳光
我的行囊中为教育准备了一切
理想、智慧、激情、诗意和力量

我是一个行者
披星戴月，在教育的路上

我计划着行程，思考着方向
中国教育缺什么？
义务教育谁买单？
民办教育路何方？

我是一个行者
跋山涉水，在教育的路上
我的使命是探索，是发现
在人迹罕至的地方寻找风景
我用生命去融化，去燃烧
使平凡流逝的岁月充满春光

我是一个行者
行色匆匆，在教育的路上
我走遍了祖国的天涯海角、四面八方
似布谷，在孟夏望田惜雨时劝耕催种
如杜鹃，为沧桑荒芜沼泽里珠泣哀鸣
像云雀，喜翰墨香满华夏日开蓬歌唱

我是一个行者
日夜兼程，在教育的路上
遍访教育名胜、饱饮世纪风光
我要把游记献给我的母亲
我要把幸福溶进我的天堂
我相信，五千年的文明一定会再度辉煌

这大概也可以算是另外一个行者的吟唱。读着，走着，写着，是我们父子共同的行动，成长着，幸福着，快乐着，是我们父子共同的感受。我相信，我们会继续在行走中吟唱，在行走中成长。当然，我还会继续为儿子的行走加油，为儿子的吟唱喝彩。

我特别要感谢赵丽宏先生，他一直关注着朱墨的写作，关心着朱墨的成

长。他的每一次问候，都会让朱墨振奋。他特别向梁晓声先生和袁敏女士推荐了朱墨，梁先生因此为朱墨写了热情洋溢的序言，而作家出版社的袁敏老师也为这本书润色不少。

我还要特别感谢江苏少年儿童出版社的祁智社长，他与袁敏老师一样，都是著名的作家。为了一个普通学生的书稿，他们都给予了特别的关爱。朱赢春先生是我非常敬重的图书装帧专家，他为朱墨这本书作的设计，也是非常有个性，例如那双大大的鞋子，就是朱墨的“文物”。

朱墨的高中生活将要结束，明年，他就要经受高考的检验。这本书是他中学生活的纪念，是他开始人生远航的新的起点。我问他，你自己想对读者说些什么？他回答说，应该把这本书献给所有爱他、关心他、帮助他的人们，也包括你们，亲爱的读者。

2003 年 9 月 6 日

于姑苏滴石斋

时间正翻卷着书页

——高万祥等主编《在日记中成长》序

上海教育出版社，2003年9月版

叶圣陶曾说，教育归根到底是培养习惯。而好习惯来自于平时的点滴培养。一个孩子从小养成了良好的习惯，那么习惯就会成自然，就会成定势，他以后自然而然就会从事某种格式化的行为了。良好的习惯将使人终身受益。在众多的好习惯中，写日记必不可少。在我曾经开设的“朱永新成功保险公司”中，就承诺为那些坚持写十年日记的教师和学生投保，赔率是1赔10。通过写日记，学生可以对自己的学习、生活进行总结和深入思考；可以锻炼观察生活的能力和驾驭语言的能力，提高写作水平；可以倾诉自己的感情，调节自己的情绪；可以培养独立的个性和独立处理事物的能力；可以锻炼意志，开阔心胸，净化心灵。甚至可以说，写日记也是一种非常有效的“道德长跑”方式。通过写日记，学生可以不断反思自己的所作所为，让自己与自己对话，让一个自我战胜另一个自我。总之，日记可以使自己不断得到新的感悟，学生在写作的过程中不断强化求善意识，学生求善的倾向不断地定型化，从而形成特有的道德品质。对于一个有志于成才的学生来说，日记就是他磨刀的砺石，练翼的长空。写景状物，议论抒情，任其驰骋；喜怒哀乐，得失成败，任其倾诉；花开花落，云卷云舒，任其描绘。夕阳茅草寻常物，解用都为绝妙辞。写日记的好处我还可以甲乙丙丁地罗列出一大串，并可以进行古今中外的旁征博引。但我不想说更多。我需要提醒学生朋友的是，养成写日记的习惯并不是一件容易的事。坏习惯容易养成，因为它顺应了人性的弱点；而养成好习惯，则需要战胜人性中的懒惰、拖沓等弱点。实际上，我们称日记为“道德长跑”，其中就包含了写日记需要持之以恒的意思。这是一个人走向成功必须养成的意志品质。一曝十寒，时断时续、只凭心血来潮的人不会养成写日记的好习惯，也必然是个无所作为的人。有的学生朋友可能会说，学习太紧张，没有时间写日记。这实在不应该成为中断写日记的理由。我认为，生活节奏越是紧张，往往越是丰富多彩富有意义，越蕴涵丰富的日记素材，越是应该认真书写这美妙的人生画卷。敏于感知，勤于思考，这是时代青年必须具备的思想品质。正所谓“风声，雨声，读书声，声声入耳；家事，国事，天下事，事事关心”。在我们身边，每天都发生不少的新事，大至国际争端、中东危机，小至校园风波、家庭喜剧。这些鲜活生动的人与事全凭我们去感知，而一个具有敏锐的观察感悟能力的人就会发现，太阳每天都是新的，生活的流水决不会重复流过昨日的河床。世界如此浩瀚，社会如此瞬息万变，昨天走过的荒郊，明天就可能高楼林立；昨日的穷乡僻壤，明天可能是又一个“华西新村”。一花知春，一叶知秋，一事一物都必然有前因后果。不仅要观察记录，还要发掘它内在的深刻意义，渗透自己的观点。只有这样才能发现鲜活的日记素材，才能记录下丰富的生活内容。有远见的教育工作者总是要将日记写作列入学生教育的重要课程。在高万祥、蔡明、李婧娟等特级教师所在的中小学校，学生每天都开设一堂特殊的课程——日记课。虽然每天只有 15 分钟，但那是可以穿石的滴水长流，那是能够改变人生的素质教育、人文教育大课程。提倡日记教育是我多年的一贯主张。我主持的新教育实验所强调必须做好的重要工作之一，就是让中小学生与他们的教师一起天天写日记。现在，日记教育已经在四十多所新教育实验学校开展起来，效果很好。三位特级教师在教育实践的基础上，编写出了一本特殊的日记本，每天提供着可供写日记时阅读的经典故事，一同与写日记者回忆着历史上的今天，共同思考有价值的人生命题，让学生在潜移默化中耳濡目染，在阅读思考和自省中留下人生的每一天，其价值与意义无可估量。这不是一般意义上的出版物，是一种全新的教育理念的文本形式的呈现，是一种永久意义的教育实践。总之，日记是笔耕的田园，也是人生的史册，而时间永远翻卷着书页，等待着你的浓墨书写，等待着你的重彩描绘。

我希望所有学生朋友都明白，日记是生活不可分割的组成部分，养成写日记的习惯，并不仅仅是因为升学考试有作文，更为重要的是我们要生活。为了日记的精彩，我们需要生活的精彩。学生朋友们，愿日记成为伴随你们终生的生活习惯，愿日记成为你们人生旅途所必须经历的精神跋涉，愿日记陪伴着你青春的脚步、奋飞的旅程，让你们走上成功的人生。

2003 年 8 月 2 日

写于姑苏滴石斋

与学生一起成长

——吴文君《成长的故事》序

中国科学文化出版社，2003 年 8 月版

看着眼前的《成长的故事——一名心理教师的工作手记》，我倍感亲切。在多少年前我曾经致力于学校心理咨询的研究，并开设了青少年心理咨询门诊，创办了苏州大学心理咨询中心，出版了一本据说当时国内最早的心理咨询著作《学校心理咨询》。如果那时能够把设想继续下去，我也一定写出了很多类似于成长故事的工作手记，因为做一名优秀的心理咨询教师曾经是我的理想。

当我读吴文君老师的这本书稿时，我内心被感动了。我高兴地看到了一位苦苦追求自己教育理想的教师，用自己的笔写出了自己的心，写出了自己与学生、家长、教师们共同成长的心路历程。她在用自己的行动实践着理想的教育，追求成为理想的教师。她在以她的方式诠释着爱与尊重，以她的努力实践着教育的民主化和人性化。

《成长的故事》以案例的方式描写了学生、家长、教师和心理教师通过心理咨询和辅导获得心理成长的故事。白描的手法，没有修饰，却娓娓道来，清新生动，有很强的可读性，将我们带入与学生心灵温馨对话的现场，感受着心灵成长那痛苦而又快乐的历程。我以为，这其中投入的是老师对学生深深的爱。

她是一个尊重心灵成长，呵护学生灵魂的教师。每个案例都可以看出她的精心，她的细心，她的独具匠心。她是一个有梦的教师，她善于发现教育的乐趣。她坚信每天拥抱的是一个新的太阳，坚信每天面对着的个性迥异的孩子，都是一个个前程不可限量的个体。他们当中可能会有今后的政治领袖，可能会有今后的诺贝尔奖获得者，可能会有各种各样的可能。她能做的，是精心地去照料他们，哺育他们，帮助他们去找回自信，挖掘潜力，去面对成长中遇到的困难和问题。因为他们的能量是不可限量的——还有什么比促进人的成长更伟大的事业呢？她把她的创造力、想象力和全部能量、智慧发挥到极限，并发现了教育的乐趣与成长的快乐，她迷上了这份永远没有止境的事业，并深深地沉醉于其中。每一位教师、家长和学生阅读时，都会感觉到她爱教育事业的这份痴迷。

这也是一本好用的个案分析教材，可作为学校心理教师和德育教师个案培训之用，对一线教师具有一定的理论和实践指导意义。作者在努力工作，也在认真反思，时刻忧思着我们的教育，她在坦诚的自我解剖中寻求升华。她是一个有着明确目标的人，是一个挚爱探索心理教育的人，是一个对心理教育探索与追求的人，是一个肯于付出与思考的人。案例后记和相关的心理咨询与辅导资料的介绍，是她丰富的学校心理教育实践经验和不断的进修学习之后的理论思考，具有一定理论研究价值和借鉴意义。

时代呼唤着教育走进心灵，呼唤着更多具备心理教育能力的教师，呼唤着更多像吴老师这样不断实践、不断创新、不断思考的专家型教师。吴老师孤独而又成功的探索，给我们在第一线工作的广大教师以启发：耐得住寂寞，按自己的目标去坚持学习，提升自我，在自我的成长中去创造学生的成长，探索心灵成长的奥秘，体验心灵成长的快乐。

读着这本书，我感觉得到吴文君老师积极而又平和的人生态度。她把自己的人格特点融合进她的个别咨询中，融合进她的课堂教学中，融合进她的每一次辅导或培训中。她在经历着自我的超越，她在体验着“工作着就是快乐的”那种幸福感和成就感。不管读者是教师、家长还是学生，都会感受到她的这种境界，都会得到各不相同的启发。

我很高兴苏州有这样一名心理教师，进入江苏省学校心理教育名师之列。

值本书作为江苏省心理教育名师丛书之一出版之际，写下这些文字，愿这本书作为一株先发的幼苗，引来苏州心理教育满园的葱翠、满树的奇葩。

我想对苏州的老师们说，教育就是成长的事业，你只有体会与学生一起成长的快乐，与学校一起成长的快乐，你的生活才是充满阳光的。

2003 年 5 月 8 日清晨

写于姑苏滴石斋

呼唤新世纪的名教师、名校长

——王少东主编《与大师对话》序

苏州大学出版社，2002 年 6 月版

盘点 20 世纪苏州基础教育，我们最大的遗憾是像李吉林、邱学华、冯恩洪那样的全国著名教师和校长实在太少太少。新的世纪，苏州的基础教育呼唤自己的名教师、名校长。这几年，苏州市教育局制定了名教师、名校长培养计划，启动了名教师、名校长工程，下决心用几年的时间培养出一批在全国崭露头角的优秀教师和优秀校长。

第一，聘请名师、大师。把全国最著名的教师、大师请到苏州来，给名教师、名校长培训班的学员讲学。顾明远、钟启泉、叶澜等一大批中国教育界著名的大师来了，魏书生、冯恩洪、邱学华等一大批闻名全国的名师也来了。他们在为苏州的教育界带来国内外教育发展的最新动态和引领中国教育发展的全新理念的同时，其对中国教育的热切关注和对中国教育事业的执着追求，也深深地感染了苏州的同行。理性的启迪和情感的熏陶对名教师、名校长培训班的学员产生了巨大的震撼力。今后，不仅要聘请更多的大师、名师到苏州来讲学，让苏州成为大师、名师的云集之处，而且还要让名教师、名校长培训班的学员拜大师、名师为师，密切与大师、名师的联系，直接接受大师、名师的指点和引导。

第二，倡导勤于学习的学风。教师最重要的任务是学习，任何一个教育家都不可能脱离前代人的教育财富。事实上，很多的教育家只不过是把别人的财富应用到自己的教育实践中，用我们这个时代的语言阐释自己对大师的理解。作为一名教师，需要各方面的知识，一个知识面不广的教师，很难真正给学生以人格上的感召力。孩子的年龄越小，他们对教师的期望就越高，就越是把教师当做百科全书。在他们眼里，教师是无所不知的，如果教师一问三不知，他们就会非常失望。所以，教师应该完善自己的知识结构。勤于学习、不断充实自我，这是成为一名优秀教师的基础。一个理想的教师，一个要成为大师的教师，必须从最基础的事做起，扎扎实实多读一些书。名教师、名校长培训班的学员除了接受“与大师对话”等各种培训外，很重要的一条就是读名著。不读《论语》、不读陶行知、不读苏霍姆林斯基，恐怕很难成为教育家。在名教师、名校长的培训中，要倡导学习理论的风气，倡导读教育理论专著的风气，这是加速他们成长的重要基础。

第三，实施科研带动战略，提高名教师、名校长的教育科研能力和水平。教师学习要有载体，这个载体就是教育科学研究。通过教育科学研究，让教师学会琢磨、思考，推动教师去进行教改实践。教师积极参与科学研究，形成科研的意识和习惯，对于提高教师素质很重要。我们要实施科研带动战略，引导每个教师参与教育科学研究，以教育科学研究提高教师的整体素质，提升我们的办学质量。名教师、名校长培训班的学员不仅应该是教育教学和管理的能手，更应该成为教育科研的带头人。一名优秀的教师应该是一个有心人，应该从记录教育现象、记录自己的感受、记录自己的思考开始，把这一串串的“珍珠”串起来，那就是一条非常美丽的项链。名教师、名校长培训班的学员还应该利用与大师对话的机会，与大师合作进行一些理论上的探讨，写出自己的研究论文和专著。名教师、名校长培训班的学员写出个人专著的时候，才是他结业的时候。

第四，给名教师、名校长培训班的学员压担子。有些人为什么成长快，就是因为给他压了担子。担子越重，前进的动力也越大，不压担子，他们可能觉得无所谓，反正已获得了特级教师的职务。我们这些二三十岁的年轻教师，虽然已经当上特级教师了，后面还有几十年，怎么做，做什么，必须重新思考。一个优秀的教育家，应该是一个不断探索、不断创新的人。教书匠和教育家，一个最大的区别，就是教育家有一种追求卓越的精神和创新的精神。我们的教师，应该创造与众不同的品牌，打出自己的旗帜。实事求是地讲，现在我们有很多教师，包括评选出的优秀教师、特级教师，都没有自己的特色。我们现在评选优秀教师、特级教师时，往往看他发表的论著有多少，而很少探究他独特的一面。我认为，只有真正形成自己的风格、自己的体系，才能成为一名教育家。"风格即人"，只有形成风格、体系，才能成为大家。名教师、名校长培训班的学员能否早出成果、快出成果，很大程度上取决于我们给他们压力的大小。

第五，为优秀校长和教师创造脱产学习的机会。现在，越是名教师、名校长，越是忙，越是走不出来。根据工作计划，我们要把名教师、名校长培训班的学员都送出去学习一次。有条件的可以出国，一般的就在国内，给他们至少三个月到半年的机会，让他们静下来读一些书，写一些文章，思考一些问题。一名教师的成长，不只是他个人自己的事情，更是他所在学校、所在区域的重要工作。没有魏书生，我们怎么知道辽宁省的盘锦市？实际上，了解一所学校，往往就是通过一名名教师实现的；一名教师往往就是一个品牌。要创造我们苏州自己的品牌，就必须让我们的教师有时间进修和提高。

苏州的教育呼唤名教师、名校长。只要我们不懈努力，苏州教育界一定能孕育出一批在全国有影响的名教师、名校长。

2002 年 3 月 5 日

写于姑苏滴石斋

吾家有男初长成

——朱墨《我和老爸是哥们——一个初中生的情感生活写真》跋

希望出版社，2001 年 6 月版

朱墨的第二本小书《我和老爸是哥们——一个初中生的情感生活写真》就要付梓出版了。说实在的，我这个当父亲的“老爸”比儿子还要激动，也比第一本小书《老虎拉车我敢坐》出版时更为兴奋。如果说，第一本书意味着儿子从蹒跚学步的幼儿，成长为初谙世事的“翩翩少年郎”的话，第二本书则意味着儿子从“翩翩少年郎”成长为风华正茂的“准男子汉”了。通过这本书，大家会看到，一个初中生如何跨进了“青春的门”，如何对着“十六岁的胡子”思前想后，如何开始考虑“生死问题”，我也真切地感受到了这样的一个事实：吾家有男初长成。

这本书的书名确定过程颇费周折。先后考虑过“十五岁的故事”、“青春的门开了”等，但我们还是偏爱“我和老爸是哥们儿”。虽说这个书名有点“痞”气，但多少反映了我的民主教育观，也反映了我们家庭教育的平等气氛。“老爸”是现代年轻人对父亲的昵称，“哥们儿”也是现代年轻人的时髦交际用语，既然这本书是记录这一代年轻人生活足迹的，不妨就姑妄用之吧。

在朱墨第一本小书出版后，就有不少报刊约稿，要我们谈谈所谓的“育儿经”。这里不妨做一点背景的交代。其实，真正对儿子进行管教的是我爱人、朱墨的妈妈，我是主张“无为而治”的教育论者，而且我到现在也不认为朱墨就是一个全面发展的“好孩子”。和许多孩子一样，朱墨也是一个很有个性，有着许多缺点的学生。和许多父母一样，我们为孩子的成长而焦虑，为孩子的问题而忧愁。作为我来说，读过不少教育理论著作的，可能有一点与众不同，那就是内心一直执着地认为：真正的教育必须是充满乐趣的，必须把童年和童心还给孩子。

童年是人生最为重要也最为宝贵的时期。童年本来应该属于游戏，属于玩耍，属于无忧无虑，属于童话世界。童年应该有自己的时空，有自己的色彩，有自己的活动。我们这一代人还算有自己的童年，我们捉过迷藏，做过游戏，放过风筝，曾经脱光了衣服下河游泳、抓鱼，曾经在小伙伴的掩护下偷吃瓜果……那真是充满阳光的岁月。看看现在的孩子，则远远没有他们父辈那么幸运，他们的童年过早地丧失了，他们被迫学那些父母强求而自己毫无兴趣的东西，被迫放弃了应该属于自己的一切。我们虽然也像许多家长一样，让朱墨学过手风琴、书法、绘画、电脑、奥林匹克等等，但是我们并没有把自己的意志强加给他。喜欢的，就坚持了下来；不喜欢的，则就此罢休。我们鼓励他接触不同的领域，诱导他与自己的潜能碰撞，尽可能寻找出他的特长，诱发出天然存在于他身上的东西。这就是我们的教育理念。

读书与写日记或许就属于这一类东西。幼时的朱墨似乎一生下来就与书有缘。周岁时，外婆让他在木梳、糖果、玩具、书等物品中“选择”，他竟鬼使神差地抓了一本书。一年级开始他就迷上了书，我们也自觉地要求他读书、写日记。读书后，我们就“认真”地饶有兴趣地听他讲书上的故事，对于他写的日记也大张旗鼓地肯定和鼓励。这样，小书看了不过瘾，就看大书；自己的书看完了就看我书架上的书。直到今天，朱墨还是上厕所时看书，睡在床上时看书，吃饭时看书，真是个小书痴。书看多了，自然就能写了。日记愈写质量愈高，他那小书的出版也就在情理之中了。

童心是童年生活最真切的镜子。童心是天真无邪的，是纯洁无瑕的，是未受污染的。只有童心，才能敞开胸怀接受；只有童心，才能满怀兴趣探索；只有童心，才能袒露内心的世界；只有童心，才能毫无掩饰地喜怒哀乐。我认为，育人的关键是“育心”。在任何时候，我们都关注着朱墨的人格发展，把品德视为超越成绩、分数的至高无上的东西，以至于到了初中，老师和学

生都觉得朱墨那么天真甚至于稚气未脱。我们反复向朱墨强调，成绩的波动和下降是可以原谅的，只要他尽了最大的努力；而品德的缺陷是不可以原谅的，哪怕是说一句谎，拿一分钱，也从不轻易放过。

写日记也是我们培育童心的一条途径。从某种意义上讲，我认为写日记的意义与其说在写作、语文方面，不如说在育人、品格方面。通过写日记，朱墨的意志品质有了明显的增强。通过写日记，他也开始细心地观察生活，认真地考虑人生。或许，这将是他人生的最大财富。

儿子是有点“马大哈”的。许多写得不错的文章由于未及时打印出来，而在电脑中丢失了。收在这本书里的文章，都是他每周向我们“交差”的文字，水平有些参差不齐，与他的心境好坏以及时间宽紧有很大关系。我们还是下决心鼓励他编成这本集子，也是为了记录他人生中这一段值得纪念的岁月。有兴趣的读者，不妨从《老虎拉车我敢坐》（江苏教育出版社 1998 年版）看起，可以看到一个当代中国中学生的成长轨迹。

这本小书的出版凝聚着许多领导与朋友的心血。我首先要感谢全国人大常委会副委员长许嘉璐先生，他亲自与朱墨讨论过这本书的书名，并亲切地与朱墨合影留念，给予鼓励。我还要感谢学友赵丽宏先生，这位中国散文界的大师在出国考察前夕，用了不少时间审读了一个初中生的习作，并给予充分的肯定。苏州市文联副主席吕锦华女士也是我必须感谢的，朱墨读过她那细腻深沉的散文，锦华同志也对朱墨给予了洋溢热情的评价与耐心细致的指导。苏州市少年文学院的冯斌先生也详细审阅了全书的手稿，提出了许多建设性的意见，并为“篮球队的故事”进行了点评。

南京师范大学出版社的著名书籍装帧师朱迎春先生，因设计拙著《我的教育理想》而广获赞誉，主动承担了这本小书的装帧设计工作，他富有创造性的设计，无疑为本书增色不少。希望出版社的琚林勇社长和薛蔚原先生以及苏州铁道师院附中的原青女士等，为本书的出版也作出了许多的努力，在此一并表示谢意。

2001 年 5 月 1 日
于姑苏滴石斋

年未而立书先成

——陈国安《语文教学心理学简稿》序

宁夏人民教育出版社，2000 年 8 月版

语文教学心理学是一门新兴的边缘学科，随着教学论和教育心理学研究的不断深入，这门学科的理论价值和实践价值会越来越被重视。

国安学弟送来《语文教学心理学简稿》的校样，请我审读并写个序。这是他六年来给汉语言文学教育（师范）专业本科毕业班学生开设“语文教学心理学”课程的讲稿简编。

作为这本专著的一个读者，我乐意将它的特色介绍如下：

一、重理论亦重实践。时下语文教学论专著大多倾向教学实践的分析，很少进行理论性探讨。该著以较大的力气进行了实践（教学实验、实例）基础上的理论思考，如“语文知识和语文能力”一章在语文教学论和语文教学心理学研究上都具有理论上的创新，从更高层次分析语文知识的传授和语文能力的培养。当然，作者对“技术”层面的实践分析也未忽视，如从心理学角度指导写作、提问等方面，都有阐释前人之所未言的地方，并能指导实际教学操作。

二、重宏观也重微观研究。作者独立承担着江苏省教委人文社科项目“五十年语文教学思想和语文教学论发展史论”，该著也是此课题一项成果。

书中在辨析语文教学心理学许多概念、范畴时，力求将其置于五十年语文教学思想和教学论发展的历程中考察流变，如考查读、写教学和听、说教学问题时可谓发他人之所未发。重视宏观研究的同时，作者更重视微观研究，尤其重视一些习见概念的辨析，这是该著微观研究的一大特色，诸如教学过程与语文教学过程、学习与语文学习，以及与“思维”有关的一些概念都一一辨析，言之有据，甚有新意。这种微观研究从心理学角度澄清了一些现在理论者和实践者不太注意的问题。

三、重本体研究。作者是著名学者、国学大师钱仲联教授的研究生，勤于“语文”的积累和研究，并在古代文学方面学有所长。可喜的是他将语言、文学研究的成果运用到了语文教学心理学中，并强调在语文教学心理学、语文教学论的研究中首先应该从本体研究入手，他确也是这样做的。如“情境教学”一章可见作者在本体研究中所下的功夫了，从语文本体研究出发，得出的结论似乎更能说明问题、解决问题。

四、重破更重立。语文教学心理学是一门未成熟的学科，作者从这一新的角度发现了语文教学实践和理论中的一些不和谐问题，大胆分析，也不藏拙，勇呈一家之言，甚至敢于质疑一些名家旧说。书中多处直接说“自己的设想”，这是一种良好的学术倾向，分析别人的问题，提出自己的看法，尽管并非完全正确亦非完全成熟。我想，正是因为有这种学术探索的精神，我们的语文教学才有希望，我们的教育才有希望，我们的学术才有希望。该著属于作者一家之言的地方在许多章节和问题上均能发现，兹不赘举，可见作者讨论问题时都是有感而发。

总之，读完之后，我认为这是一部学风谨严、语言流畅、立论有据、观念新颖的专著，从体例到章节安排都不同于其他语文教学心理学著作。

当然，这是作者第一部独著，在某些细节问题上仍有不尽理想之处，如作者所言“这是将三十多万字的讲稿删汰一半后的简稿”，因此某些地方出现了“跳跃”和“空白”。

国安学弟年未“而立”，肯坐冷板凳，能耐住寂寞，自甘淡泊，心无旁骛地读书写作、沉迷学术。据云他教学与科研相长，上课颇受学生欢迎。所以对他的学术前途，余亦有深望焉，故乐为之序。

2000 年 8 月

写于苏州大学研究室

日记与教育

——朱墨《老虎拉车我敢坐》跋

江苏教育出版社，1999 年 10 月版

光阴荏苒。转眼间，儿子已由一个蹒跚学步的儿童成长为初谙人生的翩翩少年郎了，我也突然感到自己也由一个血气方刚的青年迈入了“不惑之期”。真是岁月不饶人啊！

和所有“望子成龙”的家长一样，我们也无时不为孩子成长过程中的点滴成绩而喜悦、骄傲；无刻不为孩子成长过程中的小小过失而烦恼、焦急。孩子成了家庭的晴雨表，我们与孩子真可谓同甘共苦、休戚与共。

与其他家长稍有不同的是，作为教育理论工作者，我们试图把更多的理性自觉渗透到孩子的成长过程中。我们想让孩子有一个属于自己的童年，不要过早地卷入成人的世界、过早地感受外部的压力。在我们的理性活动中，我始终对日记有一种特殊的感情。我认为，日记对孩子的成长至少有四方面的意义：

第一，写日记可以培养孩子的写作能力。为了丰富日记的内容，孩子必须学会观察，必须学会读书，必须学会表达，在这个过程中，写作能力自然而然就得到了提高。

第二，写日记可以培养孩子的良好行为习惯与意志能力。日复一日、年复一年地坚持写日记，对于培养孩子做事有始有终的习惯、锲而不舍的精神无疑会起到重要作用。久而久之，韧性、毅力与习惯就会逐步养成。

第三，写日记可以让孩子练就一手好字。如果在写日记的同时要求姿势正确、书写认真、字迹工整，对于培养孩子的写字能力也起到促进作用。

第四，写日记可以培养孩子自我教育的能力。日记本身具有较强的教育功能，它是自己对自己的诉说与交流，是自我成长的真实写照，是自我鼓励、自我批评、自我惩戒的有效手段。记日记本身是一种自我教育的过程，人生往往能在日记中得到升华。正是在这个意义上，著名教育家魏书生称写日记为“道德长跑”，认为坚持写日记可以使人的心灵爱美、求真、向善。

基于这样的认识，从小学一年级起，我和爱人就开始让儿子朱墨写日记，尽管开始只是用拼音，但只有两三行字的“日记”也着实让我们兴奋不已。我们知道，这是他自己记录人生的一个开端。

和许多贪玩的孩子一样，朱墨也不太喜欢接受每天写日记的束缚。从四年级起，随着作业的增多，他就不断与我们“讨价还价”，并且写下了一些“埋怨”甚至“诅咒”日记的日记。但我们坚守阵地，软硬兼施，尤其是爱人毫不退却，总算让他坚持了下来。如果日记教育本身成为学校教育的内容，如果教师大力配合，或许成效会更好一些。

与对日记的态度相反，朱墨对于读书却是情有独钟。差不多从记日记开始，他也就与书结下了不解之缘。《三国演义》、《西游记》、《上下五千年》、《格林童话》、《莎士比亚戏剧故事集》等中外名著，成为陪伴他的最好的朋友，多少慰藉了现代儿童孤独的心灵。许多书他都能给我们生动地讲述，尤其是中国历史故事深深吸引了他。读书对于丰富他的语言，提高他的写作水平起到了潜移默化的作用。我们惊喜地发现，儿子的日记内容越来越丰富，越来越富有童趣，观察越来越细致，文字越来越优美。读书与日记成为相得益彰的两项活动。

我们及时从中选择了一些写得较好的日记，如《我与〈小学生语文学习〉》、《雨中游泳》、《日记伴我成长》、《放风筝》、《春天的校园》、《绿》、《水仙花》等投稿有关报刊，结果大多先后发表或获奖了。这无疑极大地激发了儿子写日记的兴趣与热情，成为推动他继续写日记的力量。

当儿子即将结束其小学生活时，为了感谢苏州市沧浪区实验小学领导与教师的辛勤劳动，为了记录他人生第一阶段的童心童趣，为了鞭策他更好地珍惜未来的生活，走好今后的第二步、第三步……也为了报答多年来关心他成长的长辈与朋友，特别是为了纪念长期照料他的慈祥的外公，我从其6年的日记中选择了100多篇结集出版。作为小学生的日记，其幼稚与不成熟是显而易见的，为了真实反映文章的原貌和时间的变化，我们从一年级起选择了一些作品，除改正一些错别字和个别明显的病句外，基本未作加工。每一组的压题图画，也大都是朱墨幼时的涂鸦。我们希望他的这第一本书，也是他人生一个新的起点。我们更希望天下父母和学校老师更多地关心日记教育，使孩子真正成为自我教育的主体。

为了这本不成熟的小书，许多朋友付出了辛勤的劳动。苏州市教委副主任谷公胜先生是这本书的第一位读者。有勇气公开出版，也是这位语文教育专家的催生。他作为全国中考语文改革的探索者，为这本小学生的集子作了精彩的评点，花费了大量心血。著名小学语文教育专家斯霞老师和著名作家、江苏省作家协会副主席范小青同志为这本不登大雅之堂的习作撰写了热情洋溢的序言。朱墨的两位同班同学也为“老友”捧场助威。为此，谨致谢意。

1999年9月29日

写于姑苏滴石斋

附录：朱永新教育序跋目录清单

1998 年

1. **创建文明、健康、科学的生活方式**——徐洪斌等主编《城乡卫生歌》，古吴轩出版社 1998 年 4 月版

1999 年

2. **日记与教育**——朱墨《老虎拉车我敢坐》跋，江苏教育出版社 1999 年 10 月版

3. **加强教育科研，培养教育专家**——王少东等主编《中小学教育科研导论》序，苏州大学出版社 1999 年 10 月版

2000 年

4. **学问与技术**——陈国安《语文教学心理学简编》序，宁夏人民教育出版社 2000 年 8 月版

2001 年

5. **做一个研究型教师**——霍益平主编《让教师走进研究性学习》序，广西教育出版社 2001 年 5 月版

6. **健康城市：21 世纪爱国卫生新目标**——府采芹等主编《健康城市》，

苏州市爱国卫生委员会，2001 年 5 月印制

7. **吾家有男初长成**——朱墨《我和老爸是哥们》跋，希望出版社 2001 年 6 月版

2002 年

8. **这是一个说真话的时代**——高万祥《语文的诗意》序，苏州大学出版社 2002 年 4 月版

9. **学校规范管理的尝试**——陆建荣主编《学校实施 SO9001 认证的探索》序，教育科学出版社 2002 年 5 月版

10. **与日记为伴**——江苏江阴环南路小学优秀日记选《放飞希望》序，内部印制，2002 年 5 月版

11. **呼唤新世纪的名师名校长**——王少东主编《与大师对话》序，苏州大学出版社 2002 年 6 月版

12. **放飞七彩理想**——周建华主编《七彩园——新教育实验学生日记选》序，昆山玉峰实验学校印制，2002 年 10 月版

13. **为快乐喝彩**——李杰等《三（3）班的故事》序，百花洲文艺出版社 2002 年 12 月版

2003 年

14. **大学生的良师益友**——胡中刚主编《大学生安全读本》序，苏州大学出版社 2003 年 2 月版

15. **与学生一起成长**——吴文君《成长的故事——一位心理老师的工作手记》序，中国科学文化出版社 2003 年 8 月版

16. **教师的生活原来可以如此精彩**——《教师博览》编辑部编《教师的情感与智慧》序，江西教育出版社 2003 年 9 月版

17. **时间正翻卷着书页**——高万祥等主编《在日记中成长》序，上海教育出版社 2003 年 9 月版

18. **行者的吟唱**——朱墨《背起行囊走天下》跋，江苏少儿出版社 2003 年 11 月版

2004 年

19. **一个钟爱阳光与花的校长**——张德超《点亮心灯——师生沟通手记》序，知识经济出版社 2004 年 3 月版

20. **一个特殊的学生和一篇特殊的论文**——李镇西《民主与教育》序，四川少儿出版社 2004 年 3 月版

21. **梦想是一对翅膀**——冯斌等《双殇》序，希望出版社 2004 年 5 月版

22. **教育故事的真情诉说**——赵公明《神奇的教育世界》序，新华出版社 2004 年 5 月版

23. **画信传心声**——苏州画信学校等《世界遗产在我心中》序，自印本，2004 年 6 月版

24. **教育就是培养习惯**——任苏民《教育与人生——叶圣陶教育论著选》跋，上海教育出版社 2004 年 7 月版

25. **一个年轻教师的教育追求**——申屠待旦《教育的新节奏》序，人民日报出版社 2004 年 9 月版

26. **让叶圣陶思想回到故乡**——任苏民《叶圣陶教育改革思想研究》，苏州大学出版社 2004 年 9 月版

27. **最重要的是喜欢**——周惠琴《放手是一种美丽》序，作家出版社 2004 年 12 月版

2005 年

28. **一个用脚做梦的老师**——于春祥《用脚做梦》序，四川教育出版社 2005 年 1 月版

29. **感受语文的魅力**——朱学坤《语文的魅力》序，四川教育出版社 2005 年 1 月版

30. **不酷的老师为麻辣学生加油**——苏静《麻辣学生酷老师》序，福建教育出版社 2005 年 1 月版

31. **从书斋走向田野的心理学史**——彭彦琴《审美之魅：中国传统审美心理思想体系及现代转换》序，中国社会科学出版社 2005 年 3 月版

32. **龙华的教育世界**——凌龙华《教育，教育》序，文汇出版社 2005 年 4 月版

33. **生命教育，让教育回家**——袁卫星《生命课》序，天津教育出版社 2005 年 5 月版

34. **不老的童谣，永远的苏州**——《苏州新童谣》序（内部印刷，2005 年 5 月版）

35. **聚沙成塔，成在毅力**——衣奎伟《散落在校园里的思绪》序，远方出版社 2005 年 8 月版

36. **在网络上成长**——陈惠芳《触摸教育的风景》序，长春出版社 2005 年 8 月版

37. **爱心与智慧**——周春良主编《校园里的守望：草桥故事》序，苏州大学出版社 2005 年 10 月版

38. **用科学发展观指导教育**——李杰《科学发展教育论》序，苏州大学出版社 2005 年 11 月版

2006 年

39. **一个让学校有灵魂的人**——高万祥《高万祥与人文教育》跋，北京师范大学出版社 2006 年 1 月版

40. **守望梦想**——陈晓华《怀揣着希望上路》序，教育科学出版社 2006 年 1 月版

41. **听 501 唱歌**——华暖主编《R 小子与 J 小妞》序，江阴环南路小学印制，2006 年 1 月版

42. **一个教育局长的求真与创新之路**——张刘祥《求真与创新》序，中央文献出版社 2006 年 1 月版

43. **在行动中迈向理想——**葛虹主编《迈向理想：快乐、有效、智慧——新教育实验“构筑理想课堂”教学设计与评析》序，吉林音像出版社2006年5月版

44. **覃川的教育情怀——**覃川《今天怎样做老师》序，中国轻工业出版社2006年5月版

45. **让孤独的心不再孤独——**洪延平《给孩子一个梦想的天空》跋，福建教育出版社2006年5月版

46. **一位普通的校长和一所不普通的学校——**奚亚英《一所好学校是这样炼成的》序，人民教育出版社2006年6月版

47. **少年心灵的守护者——**卢红《花季前夕风满楼》序，重庆出版社2006年7月版

48. **与黎明共舞——**（美）罗克萨姆·科里特等《晨会：美国中小学的情商教育》序，上海人民出版社2006年9月版

49. **家庭教育是一门学问——**李杰等主编《家庭教育如是说》序，古吴轩出版社2006年9月版

50. **三十六计与企业战略思维——**葛存根《大道至简》序，经济管理出版社2006年9月版

51. **跨越国界的企业文化战略——**葛存根《文化融通》序，经济管理出版社2006年9月版

52. **特殊教育园地的辛勤耕耘者——**陆振华《特教园地耕耘录》序，吉林人民出版社2006年9月版

53. **非常老师的非常课堂——**王开东《非常课堂》序，华东师大出版社2006年12月版

2007年

54. **孙云晓的儿童世界——**孙云晓《孙云晓教育作品集》序，江苏教育出版社2007年1月版

55. **魅力老师的魅力课堂——**庄惠芬《魅力数学课堂》序，新华出版社

2007 年 1 月版

56. **“海子”老师的教育情结**——吴樱花《孩子，我看着你长大——宋小迪日进录》序，江苏文艺出版社 2007 年 4 月版

57. **作为一个学者和行者的冯卫东**——冯卫东《走在研究的引桥上》序，江苏教育出版社 2007 年 8 月版

58. **与孩子一起成长** ——曹保印《月子：一位父亲的札记》序，东方出版社 2007 年 10 月版

59. **让我们为爱忙碌**——李庾南《班主任工作艺术 100 例》序，人民教育出版社 2007 年 10 月版

60. **理想德育的有效探索**——朱小敏《点燃希望》序，教育科学出版社 2007 年 10 月版

61. **叶圣陶与冯斌**——冯斌《叶圣陶书影》序，古吴轩出版社 2007 年 10 月版

62. **十中的文化味道**——柳袁照《百年足音》序，古吴轩出版社 2007 年 12 月版

2008 **年**

63. **理想的父母从哪里来**——马建强主编《父母必读的 50 本书》序，华东师大出版社 2008 年 1 月版

64. **向卢军学习怎样当老师**——卢军《教师成长关键词》序，重庆大学出版社 2008 年 3 月版

65. **学校，校长精神的折射**——李首民《学校发展的九块基石》序，华东师大出版社 2008 年 5 月版

66. **谢孝思和苏州文化**——民进苏州市委《一个人与一座城市》序，古吴轩出版社 2008 年 5 月版

67. **教育是一首诗**——苏静《凭什么让学生爱上你》序，湖北教育出版社 2008 年 6 月版

68. **梦想照耀在里下河上**——俞永军《教育梦想升起的地方》序，天津

教育出版社 2008 年 6 月版

69. **“青春老人”的倾力之作**——张万祥《班主任专业成长的途径——40 位优秀班主任的案例》序，华东师大出版社 2008 年 8 月版

70. **寻找儿时欢快的梦**——胡莉英等《吴地传统游戏集萃》序，中国文联出版社 2008 年 8 月版

71. **一部优秀的公民道德建设教科书**——蔡元培《中国人的修养》序，中国工人出版社 2008 年 10 月版

2009 年

72. **乡土教材的典范**——杭州萧山区义桥实验学校《渔浦》序，校本教材，2009 年 1 月版

73. **追寻梦想，扎根田野**——游建华主编《教育研究与评论》序，江苏教育出版社 2009 年 1 月版

74. **民办高校的核心竞争力是什么**——杨树兵《民办高校发展战略和政策需求研究》序，江苏大学出版社 2009 年 3 月版

75. **行走，不要忘了一路的风景**——何新主编《走在成长的路上丛书》序，江苏教育出版社 2009 年 3 月版

76. **心志正跑马拉松**——赵登亮《人生就是马拉松》序，中国文联出版社 2009 年 3 月版

77. **民进与教育的不解之缘**——金德岭主编《春华秋实集——济南市教育教学优秀论文精选》序，中国戏剧出版社 2009 年 5 月版

78. **寻找大学精神**——鲁育宗《大学寻梦——1977－2007》序，上海书店 2009 年 6 月版

79. **生命的颜色**——曹保印《风雨彩虹：5·12 地震灾区儿童绘画集》序，上海百家出版社 2009 年 6 月版

80. **教育呼唤童真**——陈军《新课程视野中的聋校语文教学》序，厦门大学出版社 2009 年 7 月版

81. **学会理性执政**——王青逯《教育改革与发展探索录》序，吉林人民

出版社 2009 年 8 月版

82. **用遗产点亮未来**——曹伦华主编《中国的世界遗产》序，南京师范大学出版社 2009 年 9 月版

83. **学者官员汪长根**——汪长根《三知斋随笔》序，苏州大学出版社 2009 年 9 月版

84. **校长的力量从哪里来**——汤勇《修炼校长力》序，四川文艺出版社 2009 年 9 月版

85. **晚霞正璀璨**——谢继贤《八十春秋回忆录》序，内部印制，2009 年 8 月版

86. **湘湖汉子教育情**——谢庆《长沙诺贝尔摇篮幼儿教育集团办学纪实》序，湖南人民出版社 2009 年 10 月版

87. **为临淄新教育加油**——孙林涛主编《区域推进新教育实验的理论与实践探索》序，中国石油大学出版社 2009 年 10 月版

2010 年

88. **教育需要返璞归真**——杨斌《什么是真正的教育——50 位大师论教育》序，福建教育出版社 2010 年 1 月版

89. **教育是有颜色的**——丁莉莉《紫色的教育星空》序，北京教育出版社 2010 年 1 月版

90. **灵魂的飞翔**——童喜喜《影之翼》序，中国少儿出版社 2010 年 1 月版

91. **需要拯救的不仅是男孩**——孙云晓《拯救男孩》序，作家出版社 2010 年 1 月版

92. **校长的文化情结和学校的文化味道**——包祥《教育原来如此美好》序，江苏教育出版社 2010 年 3 月版

93. **媒体人的教育言说**——黄耀红《给教育一个远镜头》序，湖南教育出版社 2010 年 4 月版

94. **从亲子共赏到亲子共读**——曹保印《陪孩子看电影吧——一名父亲

和教育专家的观影札记》序，东方出版社 2010 年 4 月版

95. **幸福感比成绩更重要**——韦斯伯德著、张筠艇译《守护孩子的幸福感》序，福建教育出版社 2010 年 4 月版

96. **勤于“三耕”乐为师**——孙惠芳《教育十日谈》序，吉林人民出版社 2010 年 4 月版

97. **学生喜欢的心理学**——丹尼尔·T. 威林厄姆著、赵萌译《如何让学生喜欢作业》序，江苏教育出版社 2010 年 5 月版

98. **在阅读与写作中成长**——马小菲《自在飞花》序，中国文联出版社 2010 年 5 月版

99. **小学校长的大教育视野**——徐天中《小学大教育——我的办学思想与实践》序，江苏人民出版社 2010 年 7 月版

100. **其实没有秘诀**——张万祥主编《班主任成功秘诀丛书》序，中国轻工业出版社 2010 年 9 月版

101. **走向明亮的那方**——汤勇《我的教育心旅》序，四川文艺出版社 2010 年 9 月版

102. **让学校拥有灵魂**——曹伦华《大道思远——构建学校大文化教育的探索与思考》序，南京师大出版社 2010 年 9 月版

103. **为学校把脉**——成彦明《办好学校的关键策略》序，南京大学出版社 2010 年 10 月版

104. **诗人校长与诗性校园**——柳袁照《星星降临》跋，山东画报出版社 2010 年 10 月版

105. **左手智慧右手幸福**——谷定珍《美的教育》序，中国戏剧出版社 2010 年 10 月版

106. **书院精神的当代价值**——王涵《历代书院学记选》序，首都师范大学出版社 2010 年 11 月版

2011 年

107. **用脑袋走路的卢志文**——卢志文《今天我们怎样做教育》序，文化

艺术出版社 2011 年 1 月版

108. **教育，从家庭开始**——蓝献华《家教漫谈——给家长的九十九条建议》序，上海社会科学出版社 2011 年 1 月版

109. **不老的燕国材先生**——燕国材《教育学与心理学的和谐变奏》序，人民教育出版社 2011 年 1 月版

110. **读书改变人生**——丁林兴《读书论——“营造书香校园”的理论与实践》序，苏州大学出版社 2011 年 1 月版

111. **百尺竿头更进步，书香满园竞风流**——郭涵等主编《北京一零一中学教育丛书》序，人民日报出版社，2011 年 3 月版

112. **教育，需要爱，更需要思想**——卜延中《用思想激扬教育》序，福建教育出版社 2011 年 4 月版

113. **最好的教育风景在教室**——赵红婷《小学数学课堂观察》序，西南师范大学出版社 2011 年 4 月版

114. **改造教育，从改造教室、改造学校开始**——李庆平《改造我们的学校》序，教育科学出版社 2011 年 5 月版

115. **松开孩子的翅膀**——江苏省妇联主编《给您一只金手指——父母教子百问百答》序，江苏人民出版社 2011 年 5 月版

116. **女孩当自强**——孙晓云《拯救女孩》序，作家出版社 2011 年 5 月版

117. **追梦人的朴实情怀**——游和平《追梦》序，吉林文史出版社 2011 年 6 月版

118. **种子的梦想**——周惠琴《周惠琴教数学》序，现代教育出版社 2011 年 8 月版

119. **品诗词之美，壮文化之根**——曹文轩《听听读读背背：新课标小学生必背古诗词 75 首》序，光明日报出版社 2011 年 8 月版

120. **青峰的攀越**——夏青峰《同行的岁月——我在华士实验学校十八年》序，江苏人民出版社 2011 年 9 月版

121. **开启学校之门的咒语**——杜军《践行教育的信仰——一位校长的学、思、行》序，中华书局，2011 年 10 月版

122. **用梦想成就奇迹，用足迹写下思想**——奚亚英《我的平民教育情怀》序，江苏教育出版社 2011 年 10 月版

123. **肝胆相照强亦忠**——强亦忠《肝胆集》序，民进苏州市委印制，2011 年 11 月版

2012 年

124. **幸福在哪里？**——杨斌《教师职业幸福的秘密》序，华东师范大学出版社，2012 年 1 月版

125. **孩子，我看着你成长**——吴樱花《遭遇学困生》序，中国轻工业出版社，2012 年 1 月版

126. **有一种幸福叫教育**——于洁《草尖上的露珠》序，陕西人民教育出版社 2012 年 1 月版

127. **魅力无限张曼凌**——张曼凌《魅力女教师修炼记》序，中国轻工业出版社 2012 年 1 月版

128. **海门教育奇迹解码**——何新《海门教育的追梦之旅》序，江苏教育出版社 2012 年 3 月版

129. **一个人、一个团队与一个品牌**——张梅霞《童媒突围》序，光明日报出版社，2012 年 3 月版

130. **把最美丽的童话给最美丽的童年**——黄蓓佳《中国童话美绘本》序，江苏少儿出版社 2012 年 5 月版

131. **书道与教育**——程方平《中国书道》序，华文出版社 2012 年 5 月版

132. **教育改革需登高望远**——张荣伟《我们需要怎样的教育——中国基础教育改革概论》序，教育科学出版社 2012 年 7 月版

133. **常识不寻常**——熊丙奇《教育的挑战》序，华东师范大学出版社 2012 年 7 月版

134. **“首席教师”周信达**——周信达《校长 6 年》序，福建教育出版社 2012 年 8 月版

135. **爱心育人，用心做事**——赵萱、张小武《霍懋征传》序，中国大百科全书出版社2012年8月版

136. **局长仍是一书生**——汤勇《做一个卓越而幸福的教育者》序，教育科学出版社2012年9月版

137. **破解理想语文课堂的密码**——张悦《知识、生活与生命的共鸣——新教育语文课堂》序，福建教育出版社2012年10月版

138. **眺望教育家**——民进江苏省委员会《江苏民进特级教师风采录》序，民进江苏省委印制，2012年10月版

139. **大教育需要大视野**——东缨《教育大乾坤》序，教育科学出版社2012年11月版

140. **小舟在远航**——顾舟群《写给妈妈的信》序，中国人民大学出版社2012年11月版

141. **为诗教而活着**——苏静《中华儿童诗意课》序，中华书局2012年11月版

142. **细节的力量**——方海东《细节成就优秀的教师》序，新华出版社2012年12月版

2013年

143. **在希望的田野上**——牛心红《小学学校仪式的设计与指导》序，中国轻工业出版社2013年1月版

144. **教育是第一民生**——赵学勤、马国川《中国教育问题求解》序，云南教育出版社2013年1月版

145. **“俺莱芜有”新教育**——刘静主编《走在新教育的路上——莱芜新教育实验成果汇编》序，山东友谊出版社2013年1月

146. **清心与坚守**——仁华、文华《清心——明学大和尚简记》序，宗教文化出版社2013年4月版

147. **童年是幸福的起点**——付小平《陪孩子一起上幼儿园》序，电子工业出版社2013年6月版

148. **与经典同行的幸福**——于树泉等《走进名著——人大附中学生这样读书》序，中国人民大学出版社 2013 年 7 月版

149. **我在乎你**——邵喜珍《学生好，一切都好——我和我的学校》序，河北教育出版社 2013 年 8 月版

150. **桃花烂漫又逢君**——卢春桃《春华秋实》序，开明出版社 2013 年 8 月版

151. **让作文回归生活**——钟传祎《写中学——让学习更有效的学科写作教学》序，江苏教育出版社 2013 年 11 月版

2014 年

152. **自有课程活水来**——牛心红主编《小学创新作文数学设计 28 例》序，中国轻工业出版社 2014 年 1 月版

153. **做一个幸福的梦想家**——童喜喜、李西西《幸福梦想家书系》序，江苏少儿出版社 2014 年 1 月版

154. **幸福地行走在农村教育的路上**——黄行福《教育，看上去很美》序，待出版

155. **在幼小的心灵播下美好的种子**——童喜喜《影之翼》（修订版）序，待出版

156. **以师育师**——何小忠等《教师教育资源丛书》序，待出版

157. **百年文脉写新篇**——武进教育局《百年老校》序，待出版

158. **有心有行，潜心而行**——襄城教育局《媒体眼中的襄城教育》序，待出版

159. **用文化为学校立魂**——黄大龙《学校文化建设的原点》序，待出版

160. **挖掘文本自身的魅力**——陈国安《大学老师的小学语文课堂》序，待出版

161. **愿书香飘溢吾土**——徐雁《阅读的人文与人文的阅读》序，待出版

后　　记

年前，山西教育出版社的刘立平兄送来了《教育的诗意——朱永新教育序跋》的清样。由于工作繁忙，一直没有时间校改，一放就是两个月的时间。

排排自己的工作日程，只有利用春节长假。于是，春节期间，躲在北京的家中闭门干活，对清样进行了再次校改，定稿。

这本序跋集收录了截至2012年底我为亲朋好友和学生等的著作所撰写的大部分序跋。按照时间由近及远排序，其中2012、2011和2010年单独组成一个版块，其他的年份根据篇幅而定。

这本序跋集是从150多篇序跋中精选出来的。由于时间跨度比较大，有些书已经无法找到，该书的序跋自然就无法收录。有些书由于种种原因最后没有出版，这些书的序言也就没有收录。还有一些与教育的关系不大，如《城乡卫生歌》、《大道至简》等，也只能舍弃。特别是2013年已经出版或正在印制过程中的书，也没有收录。为了弥补这一缺憾，用附录的方式将所有的序跋列出了清单。

感谢山西教育出版社，他们为《朱永新教育之旅系列》的出版付出了辛勤劳动，也表现出极大的诚意和耐心。特别是刘立平总编和李梦燕责任编辑，以及美术编辑，多次往来于北京、太原之间，让我非常感动。

我的好友，著名画家杨明义先生为这本小书提供了精美的国画作为插图，在此深表谢意。

所谓序跋，其实记录的是我与朋友们的心灵对话，因为在我的阅读生涯中，读亲朋好友的著作是重要组成部分。感谢这些书，感谢这些作者，是这样的精神交流，让我们同行的人生之路，充满了温暖，洋溢着诗意。

朱永新

2014年1月18日

写于北京滴石斋